D1918335

DUMONT

Mit über 80 ist noch lange nicht Schluss, entscheidet Camille. Die alleinstehende alte Dame hat ihre eigenen Bedürfnisse stets zurückgestellt und möchte nun noch einmal etwas erleben.
Irgendwann ist auch mal Schluss, entscheidet Isabelle und kündigt ihren Job. Die 48-jährige Juristin ist ausgebrannt, einsam und hat die eigenen Wünsche und Ziele aus den Augen verloren.
Das Schicksal führt die ungleichen Frauen auf der Beerdigung von Arnaud, Camilles Sohn und Isabelles Ex-Mann, wieder zusammen. Die beiden haben sich immer gut verstanden, doch über die Jahre ist ihr Kontakt eingeschlafen. Nun merken sie, dass sie viel mehr verbindet als die Trauer um Arnaud. Und sie beschließen, sich einen alten Traum zu erfüllen: eine gemeinsame Reise. Jede soll der anderen die Schönheiten ihrer Heimat zeigen. Die beiden Frauen brechen zu einer Fahrt in die Normandie und die Bretagne auf. Sie stürzen sich in ein Abenteuer, das ihre kühnsten Erwartungen übertrifft – denn mit dieser Reise ändert sich alles.
Fanny André erzählt eine hinreißende Geschichte über Liebe und Freundschaft, darüber, wie wir den Mut finden, Neues zu wagen und Träume zu verwirklichen.

Fanny André, 1984 geboren, lebt in der Bretagne in der Region Côtes d'Armor. Nach dem Studium der Literatur und der bildenden Kunst beschloss sie, sich ganz dem Schreiben zu widmen und hat seit 2015 mehrere Romane veröffentlicht.

Ingrid Ickler studierte nach Stationen in Paris, Rom und Ferrara Übersetzungswissenschaften in Heidelberg und übersetzt heute aus dem Englischen, Französischen und Italienischen. Daneben arbeitet sie als Autorin und Moderatorin.

FANNY ANDRÉ
ZWEI AM MEER

Roman

Aus dem Französischen
von Ingrid Ickler

DUMONT

MIX
Papier | Fördert gute Waldnutzung
FSC® C083411

Das bei der Produktion dieses Buches entstandene CO_2 wurde durch die Finanzierung von Klimaschutzprojekten kompensiert:
climate-id.com/17531-2110-1001/de

3. Auflage 2024
DuMont Buchverlag, Köln
Alle Rechte vorbehalten
Die französische Originalausgabe erschien 2020 unter dem Titel ›Pour le sourire d'Isabelle‹ bei Presses de la Cité, Paris.
© Presses de la Cité, un département de Place des Editeurs, 2020
© 2022 für die deutsche Ausgabe: DuMont Buchverlag, Köln
Übersetzung: Ingrid Ickler
Umschlaggestaltung: Lübbeke Naumann Thoben, Köln
Umschlagillustration: www.hortense-affiches.com

Hortense

Satz: Angelika Kudella, Köln
Gesetzt aus der Aldus
Druck und Verarbeitung: CPI books GmbH, Leck
Gedruckt auf säurefreiem und chlorfrei gebleichtem Papier
Printed in Germany
ISBN 978-3-8321-6683-0

www.dumont-buchverlag.de

DANK

Für dieses Buch möchte ich mich bei zwei Menschen bedanken, die mich mit viel Liebe (und Ausdauer!) begleitet und unterstützt haben: Annie und Florence. Danke, dass es euch gibt, für eure Meinung, eure Nachsicht und dafür, dass ich dort, wo mein Hirn gescheitert ist, auf euren scharfen Verstand zurückgreifen konnte.

Dieser Roman erzählt die abenteuerliche Geschichte von Camille und Isabelle, zwei Frauen, die mir sehr ans Herz gewachsen sind, auch wenn sie nur auf dem Papier existieren. Ich hoffe, ich bin ihnen gerecht geworden. Sie sollten Ihnen und mir nah sein mit ihren Zweifeln und ihrem Bedauern, aber auch mit ihren Glücksmomenten. Ihre Geschichte aufzuschreiben, hat mich wachsen lassen, und dafür bin ich ihnen dankbar. Dieses Buch ist ein Wendepunkt für mich und eine wichtige Etappe in meinem Leben als Autorin.

Besonderer Dank gilt den Frauen meiner Familie: Allen voran Raymonde und Nadine, die mir den Weg bereitet haben, Sandra, weil sie den Weg mit mir gegangen ist und mir immer einen Schritt voraus war. Aber auch den wunderbaren Frauen der neuen Generation, meiner Pampelmuse, Morgane, und meinen Herzenstöchtern. Danke, dass es euch gibt, dass ihr mich wachsen lasst und auf mich achtet. Ihr seid meine Amazonen, euch gehört all meine Liebe und Zärtlichkeit.

Mein Dank geht auch an meinen Agenten Michael, der dieses Projekt mit mir bis zum wunderbaren Team der Presses de la Cité geführt hat. Ich danke Sophie, Clarisse, Claire, Carole und Isabelle, Frauen, die diesen Roman mit dem Wohlwollen und der Professionalität betreut haben, von der ich geträumt habe.

Nun wünsche ich Ihnen, liebe Leserinnen und Leser, einen schönen Roadtrip mit Isabelle und Camille.

CAMILLE

Eine Beerdigung muss traurig sein. Ich glaube, das hat irgendwer mal geschrieben, und niemand hatte den Mut, ihn eines Besseren zu belehren. Es ist einfacher zu nicken, als dem zu widersprechen.

Ich hätte nie gedacht, eines Tages meinen Sohn beerdigen zu müssen. Ich hatte die Trauerfeier für meinen Arnaud mit der Sachlichkeit organisiert, die man von mir erwartete. Und den düstersten Gesichtsausdruck aufgelegt, zu dem ich fähig war. Dabei war meine Trauer nicht gespielt, beileibe nicht. Aber ich hätte ihm meinen Schmerz gerne auf meine Art gezeigt oder ihn ganz für mich behalten, anstatt mich den vorgegebenen Ritualen zu unterwerfen, diesen Traditionen, die mir so gar nicht entsprachen, auf die ich aber keinen Einfluss hatte. Der Tod sollte etwas Persönliches und Intimes sein, wir sollten uns nicht vorschreiben lassen, wie wir versuchen, unseren Schmerz zu überstehen.

Die Erwartungen reichten bis zur Musik. Man hatte mir das Übliche nahegelegt, von Leonard Cohens *Hallelujah* bis zum Trauermarsch von Chopin. Arnaud hatte sich nie etwas aus Musik gemacht, er hätte Bashung nicht von Gainsbourg unterscheiden können, selbst wenn sein Leben davon abgehangen hätte. Aber Pauline, meine Nachbarin und Freundin seit mehr als dreißig Jahren, hatte darauf bestanden, dass auf einer Beerdigung Musik gespielt wurde. Nach langer Suche stieß ich auf *The Sound of Silence*, so konnte ich der Tradition ein Schnippchen schlagen, ohne den Leuten auf die Füße zu treten.

Ganz in Schwarz, wie es sich gehört, sitze ich da, in der ersten Reihe. Neben mir sitzt Pauline, sonst niemand. Ebenfalls Witwe, ersetzt sie heute die Familie, die ich nicht mehr habe. Der Priester macht seine Sache gut, er predigt mit monotoner Stimme, die Sätze plätschern dahin, und ich nehme an, dass die Messe genau so ist, wie sie sein muss. Totenmessen haben diese beruhigende Wirkung.

Während wir uns in kleinen Gruppen auf dem Friedhof sammeln, sehe ich sie endlich, eine schmale Silhouette in der Menge. Sie hebt den Kopf, und die Art, wie sie ihre braunen Augen zusammenkneift, gibt mir mein Lächeln zurück. Mehr wagt sie nicht, nicht in diesem Moment, Wiedersehensfreude an einem Sarg würde befremdlich wirken. Sie fällt auf zwischen den anderen Gästen, schon durch ihr dunkelblaues Kostüm, das eine wohltuende Wirkung auf mich hat bei all dem Schwarz. Keine offizielle Traueruniform für sie. Es ist nur ein winziges Detail, aber selbst dieser kleine Bruch mit den Konventionen tut mir gut.

Ich spüre, wie Paulines Hand krampfhaft meinen Arm drückt.

»Sie ist gekommen. Hast du sie eingeladen?«

Pauline ist eine wunderbare Frau, und ihr Anstand grenzt an Wahn. Wenn sie sich eine Tarteform leiht, wird sie blitzblank und ohne einen Kratzer zurückgegeben. Es käme ihr nicht in den Sinn, auch nur eine Kirsche von meinem Baum zu pflücken, dessen Äste von meinem Garten bis auf ihr Grundstück ragen. Sie ist ein guter Mensch, und man kann sich auf sie verlassen, was heutzutage selten ist. Allerdings hat sie Isabelle nie verziehen, dass sie sich von Arnaud getrennt hat. Ich dagegen schon, deshalb versuche ich, so freundlich wie möglich zu antworten: »Er war ihr Ex-Mann, sie hat ein Recht, hier zu sein.«

Mein Blick bleibt an der Grube und dem schlichten Holzsarg hängen. Ich hätte eine Feuerbestattung vorgezogen, mich beruhigt die Vorstellung der reinigenden Flammen, aber Arnaud und ich waren bei den wichtigen Fragen nur selten einer Meinung, und eben auch nicht, was den Tod betrifft. Der beste Beweis dafür ist, dass ich noch lebe. Anders als er.

Zwei Stunden später drängen sich in meinem Haus die Trauergäste: Nachbarn, Verwandte und Bekannte, die an diesem grauen Tag dem Sarg gefolgt sind. Wie machen das die Leute im Süden eigentlich? Kann man auch bei Sonnenschein trauern?

Alle haben mir kondoliert, und die meisten waren aufrichtig: Man sollte seine Kinder nicht überleben, besonders dann nicht, wenn ihr Herz versagt, während das eigene zwar alt und verbraucht ist, aber unermüdlich weiterschlägt. Ich sitze auf der Veranda und ruhe mich aus, so wie alle es mir geraten haben. »Ruhen Sie sich aus, Camille.« »Wir kümmern uns um alles.« »Machen Sie sich keine Sorgen, Camille.« Ich komme mir vor, als hätte ich Geburtstag. So wenig hat man selten von mir verlangt. Wahrscheinlich haben sie Angst. Ich weine nicht, ich breche nicht zusammen, und das ist seltsam. Ich habe das Gefühl, als würde etwas meinen Schmerz blockieren. Aber vielleicht warten die Tränen nur auf Ruhe, damit sie ihren Weg finden können.

Endlich wagt Isabelle sich zu mir. Ich habe sie nicht kommen gehört, mit ihren schwarzen Ballerinas scheint sie über die Holzdielen der Veranda zu schweben. Sie setzt sich neben mich, und eine Wolke ihres Parfüms hüllt mich ein. Sie duftet nach Iris und Pfingstrose. Als Arnaud sie mir damals vorgestellt hat, etwa zwei Jahre bevor sie heirateten, ist es mir sofort aufgefallen. Dieses dezente Parfüm. Und ihr Lächeln. Ein Lächeln, das etwas preisgibt, und zwar den schönsten Teil von ihr, in dem ihr Interesse für ihre Umgebung, ihr Wohlwollen sichtbar wird. Isabelles Lächeln ist kein Reflex und folgt keiner Konvention, es ist ein Versprechen, ein Erkennen und Wahrnehmen, eine Zuwendung. Und es hat etwas Melancholisches. Isabelle wirkt ein bisschen wie eine Jane Eyre des 20. Jahrhunderts, irgendwie deplatziert. Doch zur Zeit Jane Eyres wäre es das 20. Jahrhundert, das fehl am Platz wäre.

Eine sanfte Brise ist aufgekommen, und ich habe die großen Glasfenster weit geöffnet. Es ist ungewöhnlich warm in diesen Tagen Ende April, ideal zum Sitzen auf meiner »exzentrischen Idee«, wie mein Mann Hervé die Veranda immer genannt hat. Isabelle nimmt auf dem zweiten Schaukelstuhl Platz und reicht mir eine Tasse Tee.

»Hier, Camille, Pauline hat mich gebeten, Ihnen die zu bringen. Ihrem Gesichtsausdruck zufolge, hätte sie mir den Tee lieber ins Gesicht geschüttet, aber dann hat sie es sich doch anders überlegt. Vielleicht aus Angst um den Fußboden …?«

Mechanisch greife ich nach der Tasse, bevor mir klar wird, mit wem ich es zu tun habe. Vor Isabelle brauche ich mich nicht zu verstellen, vor allem wenn ich nach all den Jahren das Eis zwischen uns brechen möchte.

»Danke, aber das ist schon die dritte Tasse, die man mir anbietet. In meinem Alter sollte man das Schicksal nicht herausfordern. Wenn ich zu viel Tee trinke, muss ich ständig auf die Toilette, was das Risiko eines Oberschenkelhalsbruchs erhöht. Und meinen Oberschenkelhals hüte ich wie meinen Augapfel!«

Isabelle unterdrückt ein Lachen und schüttelt den Kopf. Ihr ovales Gesicht wirkt schmaler als früher, die Wangenknochen stehen etwas hervor, und in den Augenwinkeln hat sie ein paar feine Fältchen. Sie sieht gut aus für ihre Vierzig, trotzdem merkt man, dass sie älter geworden ist. Aber was habe ich schon zu reden, bei den vielen Jahren, die zwischen uns liegen?

»In diesem Fall erlaube ich mir, ihn selbst zu trinken. Sagen Sie, schwimmen Sie immer noch jede Woche?«

Ich kichere.

»Ja, aber verraten Sie es niemand. Die Ausrede mit dem Oberschenkelhals ist sehr nützlich …«

Sie zwinkert mir komplizenhaft zu, presst die Lippen aufeinander und macht eine Geste, als ob sie sie verschließen und dann den Schlüssel wegwerfen würde. Wir mustern uns einen Augenblick lang. Ich habe das Gefühl, das wiederzufinden, was sie die ganzen Jahre für mich war: eine alte Freundin, die ich aus den Augen verloren hatte. In ihrem Blick liegt Wehmut, ihr Gesicht wirkt ernst. Sie sieht aus wie eine Frau, die lieber Baudelaire liest, als herzhaft zu lachen. Aber heute würde ich darauf wetten, dass sie den gleichen Eindruck von mir hat. Als ob sie meine Gedanken lesen könnte, legt sie ihre Hand sanft auf meine. Meine Haut ist dünn wie Pergament und mit Altersflecken übersät. Was für ein Kontrast zu ihrer glatten zarten Hand. Vor fünfzehn Jahren habe ich noch versucht, die Flecke mit Zitronensaft loszuwerden, danach mit einer sündhaft teuren Creme. Die Leute, die für so etwas Werbung machen, sollten sich wirklich schämen.

»Es tut mir leid, Camille. Dass Arnaud nicht mehr da ist … Ich kann es ehrlich gesagt kaum glauben. Er war immer ein Fixpunkt, eine verlässliche Größe, selbst nach unserer Scheidung … Ich weiß nicht, aber für mich war er immer eine Art Konstante.«

Ich schüttele den Kopf. Meine Schwiegertochter verfügt über einen gesunden Menschenverstand. Mit Hervé ging es mir genauso. Er hat immer auf sich achtgegeben und ist nach seinem Leistenbruch sogar vorzeitig in Ruhestand gegangen, zwölf Jahre vor seinem Tod. Ich hatte immer geglaubt, er würde mich überleben. Aber vor fünfzehn Jahren hat das Schicksal anders entschieden. Im Leben gibt es keine Konstanten.

Ich höre auf zu denken und betrachte meine Azaleen. Sanft wiege ich mich in meinem Schaukelstuhl. Isabelle beginnt ebenfalls zu schaukeln. Zusammen mit meiner Ex-Schwiegertochter verbringe ich einen Moment der Ruhe außerhalb von Raum und Zeit, nur begleitet vom Knarzen der Schaukelstühle.

ISABELLE

Allmählich verlassen die Trauergäste das Haus. Selbst Pauline wirkt jetzt etwas erschöpft. Ich hüte mich, ein falsches Wort zu sagen, aber schließlich schickt Camille sie selbst nach Hause. Pauline hat mich seit jeher an eine Eule erinnert: Hinter ihrer altmodischen Brille liegen wachsame Augen, und ihre Ohren sind ausgesprochen gut. Eigentlich ist sie auf eine liebenswerte Art kauzig, wenn sie nicht so neugierig wäre. Sie will auf keinen Fall etwas verpassen. Aber da ist sie nicht die Einzige. Ich lausche und höre, wie sie Camille zum Abschied fragt: »Soll ich dafür sorgen, dass deine Schwiegertochter geht?«

»Das ist sie nicht mehr, Pauline. Sie sind geschieden, und Arnaud ist tot.«

Die Nachbarin gibt einen undefinierbaren Laut von sich, eine wütende Mischung aus Seufzen und Schnauben. Sie könnte ruhig etwas feinfühliger sein. Aber Feinfühligkeit ist nicht Paulines starke Seite. Ich erinnere mich, dass mein Ex-Schwiegervater immer sagte, sie sei so »fein wie grobes Salz«. Nur wenige würden ihm da widersprechen.

Als das Haus endlich leer ist, erkenne ich die altbekannten Geräusche wieder: Das Ticken der Standuhr aus der Franche-Comté, die sie von einer ihrer seltenen Reisen außerhalb der Normandie mitgebracht hatten. Arnaud hatte sich nicht von ihr trennen wollen. Camille hatte sie Marie-Charlotte getauft, was ich schon immer sehr originell fand. Das Klopfen des in die Jahre gekommenen Heizkessels. Das Knarzen des Massivholzparketts, auf das Hervé so stolz gewesen war. »Normannisches Splintholz!«, hatte er immer gesagt.

Hier war alles normannisch. Im Obstgarten standen die Apfelbäume dicht an dicht, und im Buffetschrank stand bestimmt noch Calvados. Das Haus mit seiner Fachwerkfassade wirkte immer schon wie losgelöst von Raum und Zeit. Ganz im Gegensatz zu seinen Bewohnern. Vor fünfzehn Jahren Hervé und jetzt Arnaud … Was wird aus Camille mit ihren einundachtzig Jahren werden, wenn sich niemand mehr um sie kümmert?

Ein Gefühl von schlechtem Gewissen kommt in mir auf, aber ich versuche, es zu ignorieren. Bei der Scheidung hat Camille mir keine Vorwürfe gemacht. Sie wusste, warum unsere Ehe gescheitert war. Hervé, mein Schwiegervater, wäre sicher weniger verständnisvoll gewesen, aber er war damals schon tot. Nach so langer Zeit wieder hier zu sein reißt alte Wunden auf …

Camille kommt zu mir und lächelt mich feierlich an.

»Isabelle, möchtest du einen Tee mit mir trinken? Und vielleicht etwas Gebäck? Du erinnerst dich bestimmt daran, dass mir diese Tradition heilig ist. Weißt du, was das Gute ist, wenn man ein gewisses Alter erreicht hat? Ich nasche wieder fröhlich wie ein Kind.«

Ich schüttele den Kopf. »Und der Tee gefährdet deinen Oberschenkelhals wirklich nicht?«

Sie zwinkert mir zu. »Weißt du, nicht alle können sich *junen* lassen, aber …«

Ich räume gerade ein wenig auf und halte überrascht inne. »Können was?«

Camille wirkt verblüfft.

»Na, das, was die jungen Leute mit ihren Autos machen, damit sie schneller fahren?«

Ich lache und frotzele: »*Tuning*, Camille, mit einem T. Und sagen Sie besser nicht ›die jungen Leute‹, das klingt, als würden Sie gleich den Löffel abgeben.«

Sie kichert wie ein junges Mädchen. Ich entspanne mich etwas und lasse die Gedanken an die Vergangenheit ziehen, um ihr beim Aufräumen der Küche und beim Anrichten zu helfen. Gegessen habe ich bisher nichts, mein Magen war wie zugeschnürt.

Camille bittet mich, alles auf ein Tablett zu stellen, und wir setzen uns wieder auf die Veranda an der Rückseite des Hauses – ein Geschenk zu ihrem vierzigsten Geburtstag. Für meinen Ex-Schwiegervater war die Veranda immer ein Schandfleck auf dem Erbe seiner Eltern, ich dagegen finde sie gelungen, ein wohltuender Kontrast zu dem alten Gemäuer und der altmodischen Einrichtung im Haus. Obwohl, vielleicht bin ich ungerecht, denn trotz ihrer einundachtzig Jahre hat Camille noch immer einen guten Geschmack. Keine Kreuzstichbilder, keine unsäglichen Vasen mit Hirschköpfen oder sonstige Erbstücke von Großmutter Odette.

Wir sitzen auf den Schaukelstühlen und betrachten den Rasen vor uns. Die Zeit fließt gemächlich dahin. Als ich noch ein Mitglied der Familie Chardin war, verbrachte ich gerne die Ferien hier. Mit einem Buch lag ich im Obstgarten auf einer Decke, döste und las, dabei hielt ich das Buch über meinen Kopf, bis meine Arme lahm wurden, ein jedem Leser wohlbekanntes Problem. Das Leben verging langsam und gemütlich. Mein heutiger Alltag hat mit damals rein gar nichts mehr zu tun.

»Bedien dich bitte«, fordert Camille mich auf. »Es ist so viel übrig geblieben, wer soll das alles essen? Die Leute meinen es gut und wollten mir Aufwand ersparen … aber nichts von dem, was sie mitgebracht haben, ist nur für eine Person gedacht. Ich könnte alle Obdachlosen der Gegend zu einem Bankett einladen. Allerdings wohne ich dafür im falschen Viertel.«

Ich unterdrücke ein Lachen. Ich kenne sie gut genug, um zu wissen, dass sie durchaus zu einer solchen Einladung imstande wäre. Anders als die meisten Menschen ist sie mit Nächstenliebe und Vertrauen gesegnet. Ich weiß nicht, ob es an ihrem behüteten Leben oder an einem tiefen Glauben an die Menschlichkeit liegt, auf jeden Fall beneide ich sie darum.

Ich nehme mir ein Stück Pflaumentarte. Bestimmt von Pauline, ihre Pflaumenbäume sind eine Pracht. Alle im Viertel schwärmen von ihnen, und vor nicht allzu langer Zeit herrschte hier noch reger Tauschhandel. Wie viel Rhabarber, wie viele Feigen waren »Paulines Pflaumen« wert?

Nach dem ersten Bissen sage ich: »Pauline hat sich wieder einmal selbst übertroffen …«

»Ohne Zweifel. Du solltest mal ihre Pflaumenmarmelade mit Rosmarin probieren.«

Marie-Charlotte schlägt fünf, und wir lassen uns die Köstlichkeiten auf dem Tablett schmecken. Wie lange dieses kleine Picknick geht, spielt keine Rolle. Das erste Mal seit Monaten esse ich mit Genuss. Ich bin in guter Gesellschaft, an einem Ort, den ich einmal geliebt habe. Heute Abend werde ich in meine Wohnung in Caen zurückkehren und auf die Silhouette der Abbaye aux Dames blicken, aber für den Moment koste ich Camilles hausgemachten Kartoffel-Sellerie-Salat. An diesen *Salade cauchoise* werde ich mich nie gewöhnen …

CAMILLE

Seit einer halben Stunde haben wir keinen Bissen mehr angerührt. Unser Bankett zu Ehren Arnauds scheint offiziell ein Ende gefunden zu haben. Ich habe das Gefühl, gleich zu platzen, was mir ein schlechtes Gewissen macht. Ich habe gerade meinen einzigen Sohn zu Grabe getragen, und jetzt sitze ich hier und schlage mir den Bauch voll. Eigentlich sollte ich in Tränen aufgelöst sein und schluchzen. Aber so ist es nicht.

Trotzdem ist eine Leere in mir: Ich habe alle meine Liebsten verloren. Die beiden Männer meiner ohnehin kleinen Familie sind gegangen. Gott wird auf sie achtgeben. Aber ich werde mich weder die Treppe hinunterstürzen noch mich zu Tode hungern. Letzteres beweist das Spannen des Gummizugs in meinem Hosenbund.

Mir wird klar, dass mich mein Instinkt dazu gebracht hat, Isabelle einzuladen – unter dem Vorwand, dass sie als Ex-Frau meines Sohnes ein Recht dazu hat, heute hier zu sein. Ich brauche gerade Menschen um mich, die ich gernhabe. Einer davon ist Isabelle, ein anderer wäre meine Mutter. Als hätte sie den Staffelstab an mich weitergereicht. Auch sie hat ihren Mann und zwei ihrer Kinder begraben müssen. Mit wem sonst soll ich über mein Leben reden? Wem die Anekdoten erzählen, von all den kleinen Siegen, die wir im ewigen Kampf des Lebens gefeiert haben, berichten?

Der Moment am Ende der Schulzeit, als Arnaud mit dem Stottern aufgehört hat. Oder als Hervé den Angelwettbewerb gewonnen und sich einen Monat lang gefreut hat. Zum allerersten Mal in seinem Leben war er stolz auf sich. Oder dieses perfekte Jahrzehnt, in dem mein Garten am schönsten von allen in Trouville geblüht hat. Wer wird mir in diesem leeren Haus zuhören? Marie-Charlotte dreht endlos ihre Runden, die Rohre und Leitungen sind in die Jahre gekommen, und irgendwann werde ich nicht mal mehr in die verfluchte alte Badewanne steigen können.

»Isabelle, wie geht es dir wirklich?«

Kaum ausgesprochen, wird mir klar, wie seltsam meine Frage klingt. Aber ich will wissen, wie es in ihrem Inneren aussieht. Nicht, wie ihre Karriere läuft (sicher gut), nichts von den sonstigen Belanglosigkeiten, über die man eben so redet. »Ich kann nicht klagen, die Geschäfte laufen gut.« »Ich habe die Küche renovieren lassen – Chrom ist heutzutage ja völlig außer Mode!« Was haben solche Gespräche für einen Sinn?

Eine vage Handbewegung verrät mir, dass meine Frage ins Schwarze getroffen hat.

»Ich …« Ihr Gesicht verfinstert sich. »Ich hatte einen Burn-out, Camille.«

Einen Moment lang bin ich wie erstarrt. Was genau ist das? Ich merke mal wieder, wie alt ich bin. Kleinlaut gestehe ich: »Ich weiß nicht genau, was …«

Sie sieht mich an und lächelt ohne jede Überheblichkeit. So ist Isabelle. Es ist genau diese Freundlichkeit, die so selten und kostbar ist, ihre Art, die Unkenntnis eines anderen als Unzulänglichkeit ihrerseits zu begreifen. Am liebsten hätte ich ihr über die Schulter gestreichelt.

»Das ist ein Begriff für eine Krankheit, bei der Menschen in ihrem Job so sehr unter Druck stehen, dass sie fast explodieren. Eine geistige Erschöpfung, wenn Sie so wollen.«

Das Thema ist wichtig, und ich beschließe, aufrichtig zu sein. »Danke, so verstehe ich es schon besser. Aber ehrlich gesagt bin ich noch immer nicht sicher, was das mit dir zu tun hat.«

Ich sehe wie ihr Körper steif wird, aber ihre Augen bleiben weich.

»Es ist eine andere Bezeichnung für eine schwere Depression.«

Ich kneife die Augen zusammen, das »sagt« mir leider mehr.

»Und wie lange dauert diese geistige Erschöpfung schon?«

Ihre Gesichtszüge verhärten sich.

»Nun ja, schon so lange, dass ich gar nicht mehr sagen kann, wann das alles begonnen hat. Auf jeden Fall länger als sechs Monate. Seit ein paar Wochen geht es mir besser.«

Ich zucke zusammen. Kann man sich heute wegen einer Depression ein halbes Jahr freinehmen? Ich taste mich weiter vor: »Wie klappt das denn mit deiner Kanzlei, wenn du nicht da bist?«

»Nicht sehr gut. Ehrlich gesagt hatte ich Glück, sie mussten sich sowieso von Teilhabern trennen. Statt mir am Ende meiner Arbeitsunfähigkeit nahezulegen, von mir aus zu gehen, hat mir mein Chef, Sie wissen schon, Monsieur Mati, angeboten, mich zu entlassen, damit ich eine Entschädigung bekomme. Auch für die Arbeitslosigkeit war es so einfacher. Aber ich habe sowieso nicht vor, mich wieder in ein Büro zu setzen und im alten Trott weiterzumachen. Die Geister, die sich gerade verabschiedet haben, würden mich zu gerne wieder empfangen.«

Wir schweigen. Ich muss mich an den Gedanken gewöhnen, dass Isabelle die Arbeit aufgegeben hat, die früher ihr Lebensinhalt war. Wie sehr muss sie gelitten haben! Und wahrscheinlich durchlebt sie gerade noch einmal die Monate, die ihr wie Jahre vorgekommen sein müssen.

Meine Schwiegertochter weiß es nicht, niemand außer Hervé wusste davon, und selbst er wollte es lieber nicht wahrhaben. Nach Arnauds Geburt ging es mir ähnlich. Heute nennt man das Wochenbettdepression, aber damals gab es diesen Begriff noch nicht. Das Glück, ein Kind geboren zu haben, musste alles andere überstrahlen, auch den Schmerz einer Mutter. Das war nun mal die Aufgabe einer Frau. Damals wäre es unmöglich gewesen zu zeigen, dass man genau das Gegenteil von Glück empfand, zum Schatten seiner selbst wurde, ohne es zu wollen und ohne zu verstehen, was da mit einem vor sich ging. Wie hatte Isabelle das genannt? »Geister«? So hatte ich es noch nicht gesehen, aber genau so war es.

Ich erinnere mich nur zu gut an die endlosen Tage, die sich aneinanderreihten, die an mir klebten und auf mir lasteten. Jede Bewegung fällt schwer, die Gedanken sind träge, und jeder Seufzer fährt durch die Seele wie eine Klinge. Ich kenne das, aber wie soll ich ihr das erklären?

Ich erwische mich dabei, für kurze Zeit den Anlass unseres Wiedersehens verdrängt zu haben. Ich stehe auf, um uns einen Digestif zu holen. Falls Isabelle überrascht ist, zeigt sie es nicht.

»Ein Gläschchen Pommeau? Dieser Apfellikör ist eine

der wenigen Sachen aus eurer Normandie, die mich wirklich überzeugen.«

Sie nickt amüsiert. Ich gieße die bernsteinfarbene Flüssigkeit in zwei formvollendete Gläschen, die ich bei einem Glaser in Etretat entdeckt habe.

»Nach fünfzig Jahren auf normannischem Boden sind Sie doch genauso Normannin wie ich, Camille.«

»O nein, einmal Bretonin, immer Bretonin!«

Ihr Lächeln wird fröhlicher. Die Schwermut der letzten Minuten weicht allmählich, und ich ärgere mich, dass mir unsere kleine Rivalität nicht früher eingefallen ist. Sie schlägt die Beine übereinander und spielt das Spielchen mit: »Jedenfalls scheinen Sie einen Pommeau Ihrem bretonischen Honigwein vorzuziehen. Ich habe Sie noch nie Chouchen trinken sehen.«

Ich muss lachen.

»Das liegt daran, dass Hervé noch nationalistischer war als ich! Er war mehr Normanne als Malherbe höchstselbst! Wenn ich Lust auf Crêpes aus Buchweizenmehl hatte, rief er mich entrüstet zur Ordnung! Ein guter Mann, aber dickköpfig wie ein Esel, das kannst du mir glauben.«

Als wir anstoßen, hat sich ein schelmischer Ausdruck auf Isabelles Lippen geschlichen.

»Erinnern Sie sich an Weihnachten 1999 und die Silvesternacht ins Jahr 2000? Wir hatten uns alle im Wohnzimmer am Kamin zu einem festlichen *Apéritiv dînatoire* versammelt.«

Ich nicke. Wenn ich an Hervé denke, sind es diese Momente, die mir in den Sinn kommen. Nichts Intimes, kein Kuss und keine Umarmung. Auch nicht unser Hochzeitstag, an dem ich ein Kleid à la Grace Kelly trug, aus Seidentaft mit langen Ärmeln aus Spitze und einer Reihe Perlmuttknöpfe vorne auf dem engen Bustier. Nein, vor meinem inneren Auge tauchen Frotzeleien auf, keine echten Auseinandersetzungen, großen Krisen und Tränen. Natürlich gab es die auch, aber diese Bilder verblassen nach dem Tod des anderen.

Die kleinen Scharmützel aber bleiben, die Eigenarten, die Momente, wo man dem normannischen Dickschädel am liebsten mit der Taschenlampe eins übergezogen hätte, weil er so bockig war. Weihnachten 1999 war dafür ein gutes Beispiel!

Die Kinder waren bei uns, wir waren »dran«, nachdem sie im Vorjahr in Bayeux bei Isabelles Familie gefeiert hatten. Ich war glücklich, es würde kein Heiligabend »alleine zu zweit« geben. Bei diesen Weihnachten zog ich mich lieber mit einem Grog zurück und ging früh ins Bett, damit das Ganze möglichst schnell vorbei war. Aber dieses Mal waren sie bei uns bis zum Silvestertag, der uns ins dritte Jahrtausend katapultieren würde! Wenn man wie ich vor dem Zweiten Weltkrieg geboren ist, war die Jahrtausendwende schon etwas Verrücktes. Jetzt, wo das dritte Jahrtausend schon in seinen Teenagerjahren ist, kommt es mir gar nicht mehr so anders vor als sein Vorgänger. Die Autos fliegen nicht, und ich habe keinen Roboter zu Hause, der meine Tartes backt. Als Arnaud mir ein »elektronisches Buch« geschenkt hat, konnte ich auch darin keinen echten Fortschritt erkennen.

Dieses magische Neujahr 2000 sollte denkwürdig werden, und wir legten uns richtig ins Zeug. Nicht der übliche mit Maronen gefüllte Truthahn, keine Apfeltarte oder Ähnliches. Auf dem Programm stand ein opulentes Apéritifbuffet. Natürlich habe ich es wie immer übertrieben, der niedrige Tisch im Wohnzimmer bog sich fast, und was nicht mehr draufpasste, fand auf zwei Beistelltischen Platz. Ich genoss es, all die kleinen Köstlichkeiten vorzubereiten, und natürlich durften auch einige bretonische Spezialitäten nicht fehlen: Flusskrebse, Sardinen … Selbst nach sechsundvierzig Jahren in der Normandie blieb ich im Herzen doch Bretonin.

Während wir hackten, schnippelten und brutzelten, redeten wir über dies und das, vor allem aber über die Normandie, die Bretagne und das Kleinod dazwischen: den Mont-Saint-Michel! Dabei tranken wir auch das ein oder andere Glas Chablis, das muss ich zugeben. Und dann hatten wir eine Idee …

»Ich dachte, Hervé würde mich rauswerfen«, erinnert sich Isabelle und holt mich in die Gegenwart zurück. Die Gegenwart, in der Arnaud und Hervé nicht mehr dabei sind.

»Das glaube ich dir sofort! Aber er wusste sehr wohl, was er damit riskiert hätte …«

Sie lächelt.

»Arnaud hat nur die Augen verdreht, er dachte wohl, wir hätten den Verstand verloren!«

Ich schüttele den Kopf und starre in meinen Pommeau. Die bernsteinfarbene Flüssigkeit changiert, wenn man sie im Glas schwenkt, in dem einige unterschiedlich große Luftblasen eingeschlossen sind. Ich sehe Isabelle nicht an, als ich sie frage, denn ich fürchte mich vor ihrer Antwort: »Würdest du wirklich gerne diese Reise machen und herausfinden, ob die Bretagne oder die Normandie die Goldene Palme für die schönste Region Frankreichs verdient?«

Sie schiebt sich eine braune Locke von der Schulter. Mit so langen Haaren kenne ich sie gar nicht, früher hatte sie immer einen Pagenschnitt, sie sieht ganz anders aus.

»Nun ja, ich hatte damals schon ein oder zwei Ziele im Kopf«, antwortet sie, ohne zu zögern.

Ich lächele, nichts kann mich daran hindern, selbst an einem solchen Tag nicht.

»Welche?«

Ich frage, als ob es noch wichtig wäre. Aber wer weiß, vielleicht ist es das ja auch. Schließlich liebäugle ich mit dem Gedanken, die Normandie zu verlassen.

Ihre Augen strahlen, und ich fülle ihr Glas ein zweites Mal.

»Jetzt ist aber Schluss, sonst weiß ich nicht, ob ich noch fahren kann«, versonnen blickt sie in ihr Glas.

»Das Haus ist groß genug, du kannst im Gästezimmer schlafen, das Bett ist bezogen, und ich wische regelmäßig Staub.«

Sie hebt den Blick, ihre Augen wandern zur Tür und dann durch das große Glasfenster ins Wohnzimmer.

»Ihr Haus ist wie immer tadellos sauber. Im Wohnzimmer riecht es nach Möbelpolitur, und ich habe das Gefühl, zehn Jahre in der Zeit zurückgereist zu sein. Diesen Geruch habe ich immer als Erstes wahrgenommen, danach kam der Duft nach Apfeltarte …«

Ich nicke.

»Die habe ich jedes Mal gebacken, wenn Arnaud zu Besuch kam, das war ein richtiges Ritual.«

Die Müdigkeit oder der Alkohol lassen mich sentimental werden, die erste Träne des Tages rollt meine Wange hinab. Ich schäme mich ein bisschen und senke den Blick. Wenn man in meinem Alter weint, erweckt man immer Mitleid. Und schlimmer noch, es könnte Isabelle traurig machen. Als sie weiterspricht, ahne ich, dass sie ebenso gerührt ist wie ich. Und ich bin dankbar, dass sie nicht in Tränen ausbricht.

»Camille, wenn Sie wollen, können wir unseren Plan in die Tat umsetzen. Ich habe nächste Woche nichts vor. Ein wenig frische Luft zu schnappen, durch die Region zu reisen, das würde uns beiden bestimmt guttun.«

Ungläubig hebe ich den Kopf. Sie sagt das einfach so, ohne großartig nachzudenken. Oder hat sie doch mehr getrunken als gedacht? Die Idee ist so verlockend. Dieses stille Haus zu verlassen, das mich erdrückt, mit der Trauer um Arnaud und meinem monotonen Alltag. Isabelle legt sanft ihre Hand auf meine.

»Sie würden mir sogar einen Gefallen damit tun. Ich drehe mich seit sechs Monaten im Kreis, zwinge mich jeden Tag, eine Stunde im Park der Abbaye aux Dames spazieren zu gehen. Wissen Sie, was mein letztes Abenteuer war? Ein Ausflug in den Botanischen Garten.«

Ich kichere, sie hat es geschafft. Den Botanischen Garten haben wir einmal gemeinsam besucht, und sie scheint nicht vergessen zu haben, wie begeistert ich damals von dieser exotischen Pflanzenwelt inmitten der Stadt gewesen war. Mein Gärtchen voller Kunigundenkraut, Indianernesseln, Azaleen und Hortensien ist zwar der Beweis für meinen grünen Daumen, aber mit diesem Paradies kann ich nicht mithalten. Falls ich jemals von hier fortgehe, nehme ich Ableger aus meinem Garten mit und natürlich Germaine, meine weiße Pfingstrose.

Isabelle scheint auf meine Antwort zu warten, während ich ihr Angebot noch immer nicht ernst nehmen kann.

»Das ist wirklich sehr nett von dir, einer verrückten Alten das Gefühl zu geben, dass sie gebraucht würde, aber …«

Ihr wohlwollendes Lächeln bekommt eine schelmische Facette.

»Nun ja, ›verrückt‹ würde ich Sie nicht nennen, eher originell, daran gibt es keinen Zweifel! Ich kenne niemanden, der Gegenständen in seinem Haus Namen gibt oder einem Zeugen Jehovas die Bibel erklärt …«

Ich zucke mit den Schultern. Die letzte Geschichte, auf die sie anspielt, hat kein gutes Ende genommen.

»Wusstest du, dass meine Mutter mich nach der Firmung gedrängt hat, ins Kloster zu gehen? Sie meinte, das würde der Familie Glück bringen, den ›lieben Gott gnädig stimmen‹, dass es der richtige Ort wäre für mein ›sanftes Naturell‹.«

Wir müssen lachen. Ich glaube, dass ich einem an der Oberfläche ruhigen Fluss ähnele, doch darunter tobt das Leben. Das wissen alle, die mir nah sind, auch wenn ich mit den Jahren gelassener geworden bin. Ganz allmählich mache ich mich mit dem Gedanken vertraut. Warum eigentlich nicht?

»Und für wie lange würden wir fahren?«

»Weil ich arbeitslos bin, kann ich nur kurz weg, und ich muss dem Amt Bescheid geben. Aber ich kann mich noch mal informieren. Soviel ich weiß, stehen mir sieben Tage Urlaub zu, ohne Gründe angeben zu müssen. Danach gibt es Auflagen. Arbeitsrecht ist zwar nicht mein Fachgebiet, aber ich glaube, ich liege richtig …«

Wir sehen uns unschlüssig an. Die Idee, aus heiterem Himmel wiedergeboren, nimmt plötzlich Form an. So sehr, dass sie sich nicht mehr einfach vom Tisch wischen lässt. Ich sehe in den braunen Augen meiner Isabelle, an ihrem leicht verzogenen Mund, dass sie Angst hat.

Ich denke an meine eigene Depression, daran, wie schwer

es war, Gesellschaft zu ertragen. Aber ich erinnere mich auch, dass ich mir gewünscht hätte, jemand hätte mir geholfen, dem grauen Trott zu entkommen.

Ich beschließe, ihr die Entscheidung abzunehmen. Für sie. Und für mich.

»Weißt du, was? Wir machen es. Zeigen wir uns gegenseitig unsere Heimat!«

ISABELLE

Ich stehe vor meinem geöffneten Koffer, der auf meinem Bett liegt, in dem ich mich so oft verloren fühle, und zögere. Was aus diesem schwarz-grauen Stoffberg soll ich nur einpacken? Für einen Roadtrip mit einer Achtzigjährigen? Die Achtzigjährige sollte das lieber nicht hören, aber wäre es nicht besser, etwas Farbenfrohes mitzunehmen, Kleider, die nach Urlaub aussehen? Ehrlich gesagt weiß ich gar nicht mehr genau, wie man Urlaub macht. Wann war ich überhaupt das letzte Mal in den Ferien?

Ich bin alleinstehend und habe keine Kinder, deshalb haben Schulferien keine Bedeutung für mich, außer dass die Preise und der Lärmpegel in den öffentlichen Verkehrsmitteln steigen. Ich muss mich auch nicht um die Interessen eines Partners kümmern, denn meinen habe ich vor fünf Jahren verlassen, und gerade wurde er neben seinem Vater und seiner Großtante Lucine im Familiengrab beigesetzt. Das erste Jahr nach der Trennung bin ich auf die Malediven geflogen. Arnaud wollte immer nur in Frankreich Urlaub machen, die Reise war ein Traum von mir. Weihnachten verbrachte ich in Quebec. Im nächsten Jahr reiste ich durch Kambodscha und Thailand. Meine Ersparnisse schmolzen dahin wie Butter in der Sonne, aber es war traumhaft! Ich fuhr auf dem Sankt-Lorenz-Strom, löffelte Tom-Yam-Gung-Suppe und brachte in einem kleinen Tempel bei Battambang eine Opfergabe für Camille dar, die mir in den Jahren mit Arnaud ans Herz gewachsen war.

Im dritten Jahr nahm ich das Alleinreisen nicht mehr als Befreiung wahr, sondern spürte, dass mir etwas fehlte. Wer wartete auf mich? Wer sorgte sich, ob ich gesund zurückkehren würde? Niemand. Ich versuchte, Freundinnen für gemeinsame Reisen zu begeistern, aber lernte schnell: Meine besten Freundinnen waren verheiratet und hatten Kinder. Und die Geschiedenen hatten auch keine Zeit. Sie wollten lieber von mir wissen, wie sie ihren geizigen Ex-Männern das Leben zur Hölle machen konnten, als mit mir durch Kenia zu trekken. Wir teilten nicht dieselben Träume.

Ich stürzte mich in die Arbeit und wartete darauf, dass meine Freundinnen irgendwann doch Zeit hätten, spontan mit mir loszufahren. Wenn es sein müsste, auch nach Fréjus, warum nicht? In zwei Jahren ergab sich keine einzige Gelegenheit, und ich war zu Hause geblieben. Vielleicht auch eine Erklärung für meinen Burn-out, wer weiß?

Ich schaue wieder in den Kleiderschrank. Ich habe einfach nichts, was zu so einer Spritztour passt. Obwohl die Maisonne schüchtern durch die Vorhänge blinzelt, wirkt mein cremefarbenes Schlafzimmer heute Morgen trist. Immerhin kann ich von hier oben die Abbaye Sainte-Anne sehen. Das war nicht zuletzt der Grund, weshalb ich aus der Rue de Saint-Ouen hierhergezogen bin. Ich wollte Weite und Klarheit in mein Leben einladen.

Nach einer Expedition in die hintersten Ecken meines Schranks stoße ich auf einen knallroten Übergangspullover, ein Kleid in der gleichen Farbe und zwei luftig fallende Tuniken. Ich lege alles auf meine engen Jeans, in die ich heute locker reinpasse. Jahrelang habe ich versucht, die fünf Kilos loszuwerden, die sich jenseits der vierzig auf meine Hüften gelegt hatten. Inzwischen habe ich das Ziel erreicht. Danke, Burn-out! Aus dem Bett zu kommen war schon eine Herausforderung. Kauen war mir schlicht zu anstrengend.

So, das muss reichen. Wenn ich noch was brauche, kaufe ich es unterwegs Ich habe bei der Arbeitsagentur ohnehin nur ein paar Tage Urlaub eingereicht, warum stresse ich mich eigentlich so?

Vielleicht weil ich mit einer Dame unterwegs sein werde, die ich bezaubernd finde, die aber nicht mehr die Jüngste ist. Ich weiß nichts über ihren gesundheitlichen Zustand. Und was mich selbst angeht? Dass ich mich an diesem Abend beschwingt und leicht gefühlt habe, will nichts heißen …

Aber jetzt ist es zu spät, die Reise ist geplant, und ich habe keine Wahl. Ich möchte Camille nicht enttäuschen. Immerhin ist sie nach Arnauds Tod und dem meiner Eltern meine einzige »Familie«. Und bestimmt tut ihr ein bisschen Ablenkung in ihrer Trauer gut. In ihrem Alter kommt man über eine Depression nur schwer hinweg, und ich würde es mir mein Leben lang nicht verzeihen, nichts dagegen unternommen zu haben. Das bin ich Arnaud schuldig.

Als ich in meinen Audi steige, sind alle Zweifel überwunden. Ich habe sie in genau dem Moment hinter mir gelassen, in dem ich meinen Koffer im Kofferraum verstaut habe. Ich liebe das Losfahren! Dieses Gefühl hatte ich schon lange nicht mehr.

Mein Reiseprogramm liegt auf dem Beifahrersitz, ich bin

bereit. Bevor ich Camille abhole, muss ich es verstecken, die Route soll eine Überraschung sein. Sie soll sich vorkommen, als ginge die Reise ans andere Ende der Welt, ich möchte ihr die Normandie zeigen, wie sie sie noch nie gesehen hat.

Die Region ist meine Herzensheimat. Ich bin in Bayeux aufgewachsen und zum Studieren nach Caen gekommen. Ich liebe alles hier: das nahe Meer, die Menschen, die historische Altstadt. Der Charme Caens liegt in seinen Gegensätzen: Gässchen, die wie aus der Zeit gefallen wirken; die Rue Froide mit ihren alten Häusern; altehrwürdige Gebäude wie das Maison des Quatrans und das Hôtel d'Escoville. Und dazwischen erstrecken sich moderne Straßenzüge. Caen wurde stark bombardiert, und die Narben des Kriegs sind bis heute sichtbar. Für viele ist der Zweite Weltkrieg, die Landung der Alliierten und der Schatten, der sich in dieser dunklen Zeit auf Europa legte, Vergangenheit. Die Überbleibsel in der Region sind Touristenattraktionen. In Caen wird die Geschichte für mich greifbar. Eine Geschichte, die meine Familie geprägt hat und die noch bis ins 21. Jahrhundert nachwirkt, mit seinen Kriegen und seinem Extremismus.

Aber die Normandie hat so viel mehr zu bieten: die Grotten von Jobourg mit ihrer Schmugglervergangenheit, Clécy in der Normannischen Schweiz und die Ausflugslokale an den Ufern der Orne, die Inseln Jersey und Chausey … Ich kann mich kaum bremsen, sprühe vor Ideen, wo wir hinfahren könnten.

Die Herausforderung ist groß: Camille kennt die Normandie, und wenn ich ihr beweisen will, dass diese Region schöner ist als die Bretagne, in der sie geboren wurde, brauche ich Fingerspitzengefühl. Sie behauptet zwar, mit Leib und Seele

Bretonin zu sein, aber sie lebt schon so viele Jahre in der Normandie, dass es sicher nicht leicht wird, sie zu beeindrucken.

Ich weiß zum Beispiel, dass sie das mittelalterliche Bayeux gut kennt und auch die Kanalinsel Guernesey schon besucht hat. Einmal waren wir zusammen in Deauville, wo wir es uns in einem eleganten Hotel bei einer ausgiebigen Teatime gut gehen und uns vor den berühmten Badehütten am Strand fotografieren lassen haben. Arnaud und Hervé hatten damals eine ihrer berüchtigten 100-Kilometer-Wochenend-Fahrradtouren gemacht, nach denen sie immer völlig erledigt nach Hause kamen. Und so hatten auch wir das Wochenende für uns gehabt, an dem wir tagsüber Ausflüge machten und abends zu Hause in Trouville alte Filme schauten.

Mit Camille habe ich alle Hitchcock-Filme gesehen. Sie liebte die berühmten Klassiker: *Die Vögel, Psycho* oder *Der unsichtbare Dritte*. Ich hingegen bevorzugte die nicht kolorierten Schwarz-Weiß-Filme, die noch den Charme alter Krimis hatten: *Über den Dächern von Nizza, Die 39 Stufen, Das Fenster zum Hof …*

Ich streiche mir eine Locke hinters Ohr, schalte die Klimaanlage ein und ziehe meine Tunika über den Oberschenkeln glatt. Jetzt nur nicht nostalgisch werden! Ich erreiche Trouville und fahre durch die Stadt, um diese Zeit ist kaum Verkehr. Camille wohnt in der Rue d' Honfleur, Richtung Villerville. Ich schäme mich ein bisschen dafür, aber ich muss zugeben, dass ich mir immer vorgestellt habe, hier gemeinsam mit Arnaud meinen Lebensabend zu verbringen. Nachdem uns Hervé und Camille verlassen hätten … natürlich so spät wie möglich. Heute erinnert mich diese Straße an mein »anderes Leben« –

das, von dem ich dachte, es sei das Richtige für mich, das dann aber doch nichts für mich war. Zumindest hoffe ich das. Noch Jahre nach meiner Scheidung frage ich mich immer mal wieder: »Was wäre gewesen, wenn?« Wenn ich geblieben wäre? Wenn ich heute Kinder hätte, wie die anderen auch?

Mein Fuß drückt das Gaspedal etwas tiefer durch. Viel zu oft bin ich diese Strecke auf dem Beifahrerinnensitz gefahren, auf dem Weg zum sonntäglichen Mittagessen. Doch jetzt ist nicht der richtige Zeitpunkt, um über die Vergangenheit und Arnaud nachzudenken. Und den wird es auch nie mehr geben.

Was, wenn diese Reise ein Fehler ist? Warum gerade jetzt an der Vergangenheit rühren?

CAMILLE

Ich klebe am Küchenfenster und warte mit klopfendem Herzen auf Isabelle. Ich kann nicht anders. Vorgestern spürte ich noch ein erwartungsvolles Kribbeln: endlich ein Abenteuer! Nach der Beerdigung und dem Besuch am Familiengrab, in dem auch Hervé liegt, brauchte ich eindeutig frischen Wind. Deswegen kam die Idee zu der Reise genau richtig.

Aber als ich vor meinem geöffneten Koffer stand, machte der anfängliche Enthusiasmus einem gewissen Zögern Platz. Würden wir wirklich fahren? Ich war am Morgen schon mit leichten Bauchschmerzen aufgestanden. Nichts Schlimmes, wahrscheinlich der Zweifel, ob Isabelle wirklich auftauchen würde. Und die Frage, was auf mich zukommen würde, wenn sie es täte.

Mir ist klar, dass Isabelle sich verändert hat. Genau wie ich übrigens. Ich bin über achtzig, obwohl ich noch die Beine einer jungen Frau habe … von ein paar Krampfadern einmal abgesehen. Durch das Schwimmen im Meer, die frische salzige Luft und die Sonne bin ich noch immer schlank und beweglich. Eine kleine Wanderung, der Besuch eines Klosters oder was Isabelle sonst auf dem Programm hat, sollte ich durchaus schaffen. Wir machen ja keine Trekkingreise durch Nepal! Trotzdem mache ich mir Sorgen, sie zu enttäuschen. Albern, ich weiß.

Ich bin inzwischen ziemlich einsam, nur Pauline kommt jeden Tag auf einen Kaffee vorbei. Mit ihr zu reden ist etwas anderes, als Marie-Charlotte beim Ticken zuzuhören oder mit meinem Gasherd zu schimpfen, der mit den Jahren seinen eigenen Kopf entwickelt hat. Selbst Rhabarber, meine Kartäuserkatze, die ich nach der Katze von Audrey Hepburn in *Frühstück bei Tiffany* benannt habe, hat mich vor zwei Jahren verlassen. Sie war arroganter denn je geworden und litt an Arthrose. Auf das Bett oder den Sessel konnte das arme Tier da schon längst nicht mehr springen.

Unruhig tigere ich durchs Haus, räume die Küche auf, die längst aufgeräumt ist, und überlege zum hundertsten Mal, ob ich etwas vergessen habe. Im Flur betrachte ich mich im Standspiegel wie eine Elevin vor dem ersten Ball. Ich begutachte meine Ballerinas, die, wie ich hoffe, zeitlos sind. Meine weiße Jeans und meine pflaumenfarbene Tunika dagegen entsprechen nicht mehr ganz meinem Alter. Ich hoffe, dass Isabelle sich wegen mir nicht schämt. Der Gedanke ärgert mich. Ich bin eitler als die alte Madame Boulergue, eine Nachbarin von mir, die sich für Jane Fonda hielt und in einem Alter über ein Lifting nachgedacht hat, in dem es wirklich keinen Sinn mehr hatte.

Ich gehe zum Fenster zurück, als das Geräusch eines Autos zu hören ist. Das ist sie! Nervös schaue ich noch mal prüfend in die Küche. Alles blitzsauber und in Ordnung. Es duftet nach Orangen. Ich lege großen Wert darauf, dass es bei mir nicht nach »Alter« riecht, das hätte mir gerade noch gefehlt.

Ich öffne die Tür, und wir stehen uns ein wenig verlegen gegenüber.

»Isabelle, ich freue mich, dich zu sehen! Komm doch rein.«

Ich registriere, wie sie anerkennend den Flur mustert. Auch

ich lasse meinen Blick schweifen. Ich habe schon immer Wert darauf gelegt, dass Gäste einen guten Eindruck haben, wenn sie mein Haus betreten. Das ist längst nicht überall so.

»Einen Kaffee?«

Sie schaut mich an und zögert kurz.

»Ehrlich gesagt habe ich vor meiner Abfahrt schon zwei getrunken. Ich fürchte, dann kann ich nicht mehr still sitzen, entschuldige.«

Ich lege einen meiner Lieblingsseidenschals um, safranfarben mit den indisch wirkenden Motiven, und streife die Jacke über. Ich kann mich gerade noch bremsen, eine Drehung zu vollführen und »Ta da!« zu rufen. Ich bin wirklich sonderbar geworden. Nicht so sehr wie meine Nachbarin, aber nah dran.

»Gut, ich bin fertig.«

Ich spüre eine gewisse Unruhe in Isabelle, und das beruhigt mich seltsamerweise. Wenn nur ich Zweifel gehabt hätte, wäre ich mir lächerlich vorgekommen. Wenn wir beide ein wenig verunsichert sind, dann hat das etwas Normales. Nichts eint so sehr, wie gemeinsam etwas Verrücktes zu tun.

Ich greife nach meiner Handtasche, sie nimmt den Trolley. Nachdem ich mich zweimal vergewissert habe, dass ich die Haustür auch richtig abgeschlossen habe, geht es los. Pauline wird sich um die Pflanzen und die Post kümmern. Sie fand die Idee gar nicht gut, aber ich hatte auch den Eindruck, dass sie ein bisschen neidisch war. In unserem Alter ist es schon ein kleiner Triumph, wenn man mehr im Kalender stehen hat als Arzttermine.

Als ich auf dem Beifahrersitz Platz genommen habe, verabschiede ich mich innerlich von meinem Haus und ermahne es im Stillen, sich von seiner besten Seite zu zeigen, wenn interessierte Familien zur Besichtigung kommen. Es hat gute neue Besitzer verdient. Plötzlich sehe ich Arnaud vor meinem inneren Auge, der wie ein Irrer den Weg hinunterrennt, seinem Fußball hinterher, er dürfte sieben oder acht sein. Eine Welle von Gefühlen schwappt über mich, und ich tue alles, um mich nicht umreißen zu lassen.

Als Isabelle sich vorsichtig aus meiner engen Hofeinfahrt herausmanövriert, versuche ich, gelassen und heiter zu wirken, damit sie sich keine Sorgen macht. Sie steigt aus und schließt das Eisentor hinter uns, dessen vertrautes Quietschen mich sofort beruhigt. Ich habe Hervé nie erlaubt, es einzufetten. Bald wird ein Schild mit der Aufschrift »Zu verkaufen« an diesem Tor hängen. Die ersten Besichtigungen werden in meiner Abwesenheit stattfinden, so ist es weniger schmerzhaft. Ich habe Sorge, dass Hervé mich aus der Ferne für diesen Verrat bestrafen könnte. Außer Pauline habe ich niemandem von meiner Entscheidung erzählt, und auch das nur aus Angst, dass sie sonst den Makler anfallen könnte.

Isabelle setzt sich wieder neben mich und schließt die Fahrertür. Ihre Augen glänzen: »Bereit?«

»Absolut! Entdecken wir die Normandie!«

Sie biegt auf die Straße und fährt langsam los. Ich erinnere mich daran, dass Isabelle sonst eine eher hektische Fahrerin ist, und diese neue Ruhe verheißt nur Gutes für die nächsten Tage.

Ich seufze erleichtert und lasse mich in den Sitz sinken. Warum habe ich mich eigentlich so vor diesem Moment gefürchtet? Schlussendlich bin ich froh, hier im Auto zu sitzen. Um sie ein wenig zu necken, sage ich: »Ich bin neugierig, wohin die Reise geht. Ich habe schon ein bisschen spekuliert und habe da so eine Ahnung, was unser erstes Ziel sein könnte.«

Sie zieht die Augenbrauen hoch, hält den Blick aber auf die Straße gerichtet.

»Sie meinen Trouville? Ich nehme an, Sie kennen die Stadt besser als ich, Camille!«

»Ich dachte eher an Honfleur. Wie die Rue d'Honfleur!«

In diesem Moment wird mir klar, dass ich einen Fehler gemacht habe. Ihre Lippen werden schmal. Ich könnte mich ohrfeigen. Das Ziel sollte doch eine Überraschung bleiben! Isabelle wirft mir einen kurzen Seitenblick zu, mein Gesicht muss Bände sprechen, denn sie lächelt mich an, weil mir meine Ungeschicklichkeit so peinlich ist.

»Sie waren schon immer ein richtiger Sherlock Holmes! Hervé oder Arnaud konnten Ihnen auch nie etwas vormachen, wenn sie heimlich genascht haben. Und selbst Pauline haben Sie überführt, damals, als sie erzählt hat, dass sie dieses entzückende runde Cafétischchen vom Gebrauchtmöbelmarkt hatte.«

Ich muss lachen.

»Pauline hatte einen wunderbaren Ehemann, aber er umklammerte sein Portemonnaie wie ein Krebs seine Beute. Sie war quasi gezwungen, die Wahrheit ab und zu ein wenig zurechtzubiegen! Deshalb habe ich sie früher auch Flunkerline genannt.«

Isabelle kichert, und ich spüre, wie sich die peinliche Situation auflöst. Sie deutet auf einen Korb voller Proviant: verschiedene Fruchtsäfte, die ich niemals trinken würde, nein danke! Aber auch Bergamottetee, denn sie kennt meinen Geschmack. Und eine Thermoskanne mit Kaffee.

»Du bist eine echte Perle, Isabelle. Warte, ich habe auch an dich gedacht.«

Ich wühle in meiner Tasche, die ich in den Fußraum vor mich gestellt habe. Dabei rutscht mir ein Hosenbein nach oben, das ich rasch wieder runterziehe. Isabelle mit ihren siebenundvierzig Lenzen muss nicht wissen, dass ich Kompressionsstrümpfe trage, weil wir so lange im Auto sitzen werden.

Ich öffne die Tupperdose und zeige ihr den Inhalt. Ihre Hand tippt aufgeregt gegen das Lenkrad.

»Nein! Sie haben Oreillettes gemacht? Mit Orangenblütenwasser?«

Ich nicke. Ich bin stolz wie eine Grundschülerin, die ihren Eltern ihr exzellentes Zeugnis präsentiert. Seit wann hatte ich nicht mehr das Vergnügen, die gute Köchin zu sein, die ihre Liebsten mit Köstlichkeiten verzaubert? Vor allem mit meiner Geheimwaffe, den Oreillettes, für die selbst Pauline niemals das Rezept bekommen wird.

Ich halte ihr eine Rolle Küchenkrepp hin und dann eines der mit Puderzucker bestäubten Teigblätter, die so dünn sind, dass man fast hindurchsehen kann. Isabelle lässt sich nicht lange bitten und beißt herzhaft hinein. Ich betrachte, wie sie kaut, und warte auf ihr Urteil. Sie schließt einen kurzen Augenblick genießerisch die Augen.

»Köstlich, Mammig … oh, entschuldigen Sie! Das ist mir so rausgerutscht, das hat Arnaud immer zu Ihnen gesagt.«

Sie verlangsamt das Tempo und meidet meinen Blick. Ich lächele sie an und versuche, mir nicht anmerken zu lassen, wie sehr es mich berührt, dieses Wort zu hören.

»Du musst dich nicht entschuldigen, ich werde schließlich immer Mutter bleiben, auch wenn Arnaud mich nicht mehr so nennen kann.«

Der Blick, den sie mir zuwirft, zeigt mir, dass ich dreinsehen muss, wie alle Menschen, die gerade in ein Fettnäpfchen getreten sind. Einem Blinden die Hand entgegenstrecken, einem Schwarzen erklären, dass es gar nicht auf die Hautfarbe ankomme … oder einer Frau deutlich machen, dass sie keine Mutter mehr werden wird.

»Isabelle …«

»Schon gut, Camille, wirklich. Deine Oreillettes sind zum Niederknien. Zum Glück gab es sie früher nur zu besonderen Anlässen, sonst hätte ich zehn Kilo mehr auf den Rippen gehabt, als ich Arnaud verlassen habe.«

Der Himmel ist zwar bewölkt, aber zwischen uns beiden scheint die Sonne, so achtsam und freundschaftlich gehen wir miteinander um. Ein tröstlicher Gedanke. Was kann es Schöneres geben, als zu wissen, dass jemand anderes genauso darauf bedacht ist, einen nicht zu verletzen, wie man selbst? Ich kuschele mich in meinen Sitz.

»Eigentlich wollte ich mich für unsere Fahrt an Pets-de-nonne probieren, aber ich habe es dann doch nicht gewagt, Nonnenfürzchen in meinem und Hervés Haus zu backen. Bei mir hat die strenge katholische Erziehung zwar zu einem gewissen Hang zur Blasphemie geführt. Aber du weißt, wie gottesfürchtig Hervé war.«

Isabelle ist amüsiert. Sie wischt sich die Finger an der Küchenrolle ab, die sie zwischen ihre Oberschenkel geklemmt hat. Ich zwinge mich, ihr keine zweite Oreillette anzubieten.

»Von Hervé weiß ich, außer ein paar Belanglosigkeiten, nur wenig. Arnaud hat selten von seinem Vater gesprochen, die beiden haben beim Radfahren offenbar eher geschwiegen.«

Ich betrachte die Landschaft und frage mich, wie lange wir wohl nach Honfleur brauchen werden.

»Die Beziehung zwischen den beiden war … wie wenn zwei Menschen vierhändig ein Stück auf dem Klavier spielen. Sie verstanden sich ohne viele Worte, hoben an und machten Pausen, ohne auch nur einen Blick zu wechseln. Sie wussten immer, dass sie nach der gleichen Partitur spielten. Manchmal gingen sie sich aus dem Weg, ohne dass ich wusste, warum. Alles lief im Stillen ab, auch wenn sie gemeinsam unterwegs waren. Einmal hatte ich mich als »Besenwagen« angeboten, du weißt schon, das Auto, das bei der Tour de France hinter dem Feld herfährt. Sie hatten geplant, bis nach Douvres zu fahren. Sie gaben alles, wollten wissen, wer zuerst aufgeben würde … Ich hatte richtig Angst um Hervé, der natürlich nicht zurückstecken wollte. Männer! Ich musste unterwegs einen Schwächeanfall simulieren, um die beiden zur Besinnung zu bringen. Und rate mal, wo wir da gerade waren?«

Isabelle schaut mich von der Seite an, lächelt wieder und setzt den Blinker, um einen Clio zu überholen, der langsamer fährt als Pauline auf ihrem Rad – vor zwanzig Jahren.

»Doch nicht etwa in Deauville?«

Jetzt lächle ich auch.

»Nein, ein bisschen weiter haben sie es schon geschafft. Wir waren gerade durch Houlgate gefahren, das erste Schild Richtung Ouistreham tauchte auf, und mir wurde klar, dass ich die Einzige von uns dreien war, die noch einen klaren Gedanken fassen konnte. Als wir endlich anhielten, war Arnauds Gesicht krebsrot!«

Wir schweigen in tiefem Einverständnis. Und mir wird klar, dass nicht nur ich Isabelle und unsere gemeinsamen Nachmittage nach der Scheidung vermisst hatte, sondern sie mich auch. Wir hatten alle Kontakte abgebrochen. Man fragt ja nicht heimlich seine Ex-Schwiegertochter, wie es so geht, und auch Isabelle meldete sich nicht einmal unter dem Vorwand, nach einem Rezept zu fragen.

Die sattgrüne Landschaft macht mich nachdenklich. Konventionen wurden von Menschen erfunden, die der Ansicht sind, dass Leben könne nicht auch so schon traurig genug sein. Von Leuten, die glauben, es gäbe nicht schon genug Dinge auf der Welt, die einen verzweifeln ließen, Menschen trennten und voneinander entfernten. Wenn es damals nach mir gegangen wäre, hätte ich sie angerufen. Um zusammen in der Rue Vaugueux einen Crêpe mit Butter und salzigem Karamell zu essen, wie wir es so oft getan hatten. Ich beschließe, dass all diese Regeln nicht weiter zwischen uns stehen sollen, das haben sie schließlich lange genug getan.

»Das mit dem Unfall von Guy und Olympe tut mir sehr leid.«

Ihre Finger umklammern das Lenkrad.

»Es war … schwer. Ich habe Arnaud Bescheid gesagt, weil er die beiden kannte, aber ohne von ihm zu erwarten, dass er kommt. Papa hätte es sicher gefallen, wenn er dabei gewesen wäre. Er hat mir die Scheidung lange vorgeworfen«, sagt sie mit leiser Stimme.

Das zu hören, macht mich traurig. Ich war Arnaud »eine treue Mutter« und dachte immer, bei Guy und Olympe wäre es genauso gewesen. Immerhin war Isabelle ihr einziges Kind. Aber Guy war altmodisch und bedauerte es sehr, dass seine Tochter keinen Sohn auf die Welt gebracht hatte, der seinen Namen weitertragen konnte. So etwas spüren Kinder, auch wenn es nicht laut ausgesprochen wird.

Und ich kann Guy verstehen. Ich habe mir selbst oft ein

Mädchen gewünscht. Ich habe die alte Schule erlebt: Bei uns zu Hause sprach man nicht über seine Periode, das war Frauensache, etwas, zu dem sich niemand offen äußerte. Aber ich hätte das bei meiner Tochter anders gemacht. Dann wäre ich sicher auch heute nicht die Einzige in meiner Familie gewesen, die alle Bücher von Anne Golon, Colleen McCullough oder Margret Mitchell gelesen hatte …

Ich wähle meine nächsten Worte mit Bedacht.

»Guy war ein herzensguter, offener Mensch. Aber er hatte seine eigenen Vorstellungen, und ich weiß durch meinen Hervé, dass es Männern dieser Generation manchmal an Umsicht fehlt und man das auch zu spüren bekommt.«

Isabelle wirft mir einen merkwürdigen Blick zu, bevor sie sich wieder auf den Verkehr konzentriert. Im Auto ist es recht frisch, und ich erlaube mir, die Heizung etwas höherzustellen, was zum Glück ganz einfach ist. Diese modernen Autos mit all dem Computerzeug, in denen es eiskalt ist, sind mir zuwider. Ich bin mal in einem Taxi mit so was gefahren und wäre fast wieder ausgestiegen. Aber damals hat meine Arthritis über meinen Überlebensinstinkt gesiegt, und der Fahrer hat mich nach Deauville gebracht.

»Es stimmt, dass er meine Entscheidungen nicht immer respektiert hat. Ich habe versucht, das hinzunehmen und damit zu leben. Mit den Jahren habe ich mich arrangiert: Ich bin froh, die beiden gehabt zu haben, auch wenn seine Vorstellungen aus einer anderen Zeit kamen.«

Ihre Worte klingen bitter, ich kann es ihr nicht verdenken. Wenn ich an meine Eltern zurückdenke, trotz der langen Zeit, die inzwischen vergangen ist, würde ich meine Mutter auch heute noch gerne fragen, warum sie mich immer kritisiert und meine Brüder vorgezogen hat, die weiß Gott keine Musterknaben waren, auch wenn sie es immer behauptet hat. Hatte sie nicht am eigenen Leib erfahren, wie schwer es war, eine Frau zu sein? Das Leben hatte ihr wahrlich nichts geschenkt. Oder hatte es daran gelegen, dass ich mich mit einem Normannen eingelassen hatte, obwohl sie mich mit einem guten Bretonen aus der Nachbarschaft verheiraten wollte? Als ich neunzehn war und es »Zeit wurde« fürs Heiraten.

Was mich mit einundachtzig zögern lässt, noch einmal umzuziehen und in die Bretagne zurückzukehren, ist nicht allein das Gefühl, mit dieser Entscheidung Hervé zu verraten. Ich will mir auch nicht eingestehen, dass meine Mutter doch recht gehabt hatte: »Dort wirst du niemals zu Hause sein!« Sie hat mich nicht ein einziges Mal besucht. Als sie gestorben ist, war Arnaud sechs, und sie hatte ihn nicht ein einziges Mal gesehen. Aber das ist Vergangenheit. Meine Mutter ist seit vierzig Jahren tot, es ist müßig, das alles wieder aufzuwärmen.

Ein Straßenschild verrät mir, dass wir in etwa zehn Minuten am Ziel sein werden. Isabelle hat die Küstenroute gewählt, damit wir aufs Meer sehen können. Sie weiß, wie sehr ich das Meer liebe.

Ich versuche, die Vergangenheit und die düsteren Erinnerungen auszublenden, die zu zahlreich sind, um sie zu zählen oder ihnen nachzuweinen, und konzentriere mich auf das Hier und Jetzt. Was kann ich Isabelle von Hervé erzählen? Ich denke nach, meine Augen verlieren sich in der blauen Weite des Meeres.

»Hervé war ein in sich gekehrter Mann. Obwohl ich mehr Zeit mit ihm als mit meinen Eltern verbracht habe, hatte ich nie das Gefühl, ihn wirklich zu kennen. So war das damals.

Paare haben sich gegenseitig nicht alles anvertraut, wie das heute der Fall ist. Er ging gerne angeln und fuhr gerne Rad. Er ist in der Nähe von Lisieux aufgewachsen, und seine Familie besaß einen kleinen Bauernhof.«

»Davon hat mir Arnaud auch erzählt«, erwidert Isabelle und schaut in den Rückspiegel.

Meine Gedanken wandern zu meinen längst verstorbenen Schwiegereltern, und ich fahre fort: »Seine Eltern haben Hervé darin bestärkt, Handwerker zu werden. Er war nicht gerade gut in der Schule, hat mit vierzehn seine Lehre begonnen. Sein Meister hatte seine beiden Söhne im Krieg verloren … Aber das alles klingt viel düsterer, als sein Leben eigentlich war! Hervé war ein Bonvivant und ein Gourmet, ich habe oft mit ihm geschimpft, weil er einige Kilos zu viel auf den Rippen hatte und ich immer Angst hatte, dass mein Lieblingssessel eines Tages unter ihm zusammenbricht. Und er mochte die Frauen. Selbst nach all den Jahren habe ich noch meine Zweifel, ob ich die einzige war.«

Ich bemerke, wie Isabelle innehält, und verkneife mir ein Lächeln.

»Aber er war clever und hat sich nie erwischen lassen, wie so viele andere, und dafür bin ich ihm dankbar. Niemand hat hinter meinem Rücken geflüstert, und manchmal genügt das schon … Und ich verrate dir noch etwas über ihn: Ich habe noch nie jemanden so falsch singen hören.«

Isabelle prustet los.

»Jetzt übertreiben Sie aber!«

»Auf keinen Fall! Meistens sang er Volkslieder, das ging ja noch, aber er liebte auch die Oper. Bizets Carmen vor allem. Wenn du das gehört hättest …«

Isabelle reißt die Augen auf.

»Na klar, jetzt erinnere ich mich. Wir hatten bei euch übernachtet, weil die beiden Männer eine Radtour nach Cormeilles machen wollten. Hervé war in der Küche und trällerte vor sich hin, während er den Proviant vorbereitete. Wie konnte ich das vergessen?«

Ich lache.

»Aha, da siehst du es. So etwas können deine Ohren nicht vergessen!«

»Stimmt«, sagt Isabelle und sieht mich treu an. »Hervé sang schließlich mindestens so gut wie Maurice Chevalier!«

In diesem Moment sehen wir das Ortsschild von Honfleur. Ich beuge mich nach vorne und betrachte die Umgebung.

»Verrückt, ich wohne keine halbe Stunde von dieser Stadt entfernt, die Straße, in der ich wohne, trägt ihren Namen, und ich war noch niemals hier.«

Isabelle mustert mich, ihre Augen leuchten.

»Das weiß ich. Ich war das erste Mal als Kind mit meiner Mutter in Honfleur, da war ich etwa zehn Jahre alt. Ich kann mich aber noch gut erinnern, denn die ganze Stadt hat ein Fest gefeiert. Es wurde viel gelacht, und wir sind erst nachts wieder heimgefahren, als sich die Lichter der Häuser schon auf der Wasseroberfläche des Hafenbeckens spiegelten. Für mich hat Honfleur seitdem etwas Magisches. Deshalb wollte ich mit Ihnen hierher«, erklärt sie mir und biegt auf einen der Parkplätze am Stadtrand.

Ich kann es kaum erwarten, Honfleur zu sehen. Besonders durch Isabelles strahlende Augen.

ISABELLE

Wir haben geparkt, unsere Taschen mitgenommen und sind in Richtung Hafen aufgebrochen. Die Maisonne scheint, trotzdem weht eine steife Brise, die auf unseren Wangen kribbelt.

Camille geht neben mir und streckt die Nase in den Wind, als würde sie das nahe Meer wittern.

Was mich als Kind besonders beeindruckt hat, waren die dicht an dicht stehenden schmalen Häuser, die sich aneinanderlehnen, wie Freunde auf einem Foto. Die Fassaden sind bunt gestrichen oder mit Schieferschindeln verkleidet, was einen interessanten Kontrast ergibt. Ich weiß noch, dass ich mir vorstellte, wie eng diese hohen Häuser innen sein müssen, und mich fragte, wie viele Treppen sie wohl haben.

Heute, nachdem ich viel von der Welt gesehen habe, wirkt der Ort auf mich wie eine französische Version von Notting Hill. Ich komme mir sofort wie eine Touristin vor, glaube alles fotografieren zu müssen, auch wenn man den Zauber dieses Städtchens mit der Kamera nicht einfangen kann.

Was die Engländer in Notting Hill allerdings nicht haben, ist das Meer. Die Boote, die schimmernden Reflexionen auf dem Wasser, sodass man meint, die Welt gleichzeitig normal und verkehrt herum zu sehen, ein Bild, an dem man sich nicht sattsehen kann.

An Camilles Gesichtsausdruck kann ich ablesen, dass ich

bereits Punkte mache. Ich weiß, dass sie früher Kurse für Ölmalerei in Deauville besucht hat, und habe gehofft, ihr Malerinnenauge zu betören.

»Das ist ja herrlich, Isabelle«, ruft sie begeistert.

Mit unserem kleinen Wettstreit im Hinterkopf antworte ich betont nüchtern: »Raten Sie mal, wer hier alles schon gesessen und diese Häuser gezeichnet hat? Courbet, Monet … und ich nehme an, da habe ich noch einige vergessen.«

Sie wiegt den Kopf und erwidert lächelnd: »Wer würde vor dieser zauberhaften Kulisse nicht gerne den Pinsel schwingen?«

Wir bleiben einen Moment am Wasser stehen und genießen die Atmosphäre des alten Hafenbeckens und der Restaurants auf der Promenade. Es ist ein Wochentag, es sind keine Ferien, und die Zahl der Touristen ist überschaubar. Ich habe nichts geplant, mich nicht nach den Öffnungszeiten der örtlichen Museen erkundigt, ich habe keine Sehenswürdigkeiten herausgesucht und auch keine Stadtführung gebucht. Ich verlasse mich ganz auf meinen eigenen Blick und auf meine Camille. »Meine« Camille – zumindest für die nächsten acht Tage.

Wir flanieren durch die engen Gassen, ohne festes Ziel, einfach nach Lust und Laune. Ich lausche dem Geräusch meiner Stiefeletten auf dem Kopfsteinpflaster und bewundere die Fachwerkfassaden, die mein normannisches Herz höherschlagen lassen. Die Boutiquen mit den Souvenirs ignoriere ich.

Camille steht vor einem kleinen Laden mit Postkarten und winkt mich zu sich.

»Schau mal, das ist Honfleur um 1900! Und jetzt sag mir

nicht, dass das kleine Mädchen hier ich sein könnte, so alt bin ich nun auch noch nicht!«

Ich lache. Trotz der Krähenfüße um die Augen und den Falten wirkt sie agil wie eine alte weise Löwin, es ist, als würde sie von innen leuchten.

»Das würde ich nie wagen, obwohl eine gewisse Ähnlichkeit …«

Camille hält die Postkarte in der Hand und schüttelt lächelnd den Kopf. Der Ladenbesitzer mustert uns misstrauisch durch seine dicken Brillengläser. Wenn die Karte auch nur einen Kratzer abbekommen würde, müssten wir sie kaufen, das ist klar.

Ich beuge mich über Camilles Schulter, um das Foto besser betrachten zu können. Die Kleidung der Leute sieht genauso aus, wie ich sie mir im Jahr 1900 vorstelle, die Straßen jedoch haben sich im Vergleich zu heute fast nicht verändert. Ich sage leise: »Meine Jeans hat hier eigentlich nichts zu suchen …«

»Ganz im Gegenteil, meine Liebe! Ich finde, Jeans sind ein echter Fortschritt.«

Sie zwinkert mir zu.

Der Ladenbesitzer kommt langsam auf uns zu, wohl um sich zu vergewissern, dass wir ihm seine Postkarte nicht entführen wollen. Mit einem nikotingelben Zeigefinger deutet er auf die Karte. »Das ist die Rue des Lingots, im Hintergrund erkennt man die Église Sainte-Catherine.«

Ich schaue in die Richtung, in die der Mann zeigt. Eine Wolke kalter Tabakrauch schlägt mir entgegen, der Geruch erinnert mich an die Gauloises, die mein Großvater immer geraucht hat. Der Glockenturm der Kirche ist gut zu erkennen, er hebt sich deutlich gegen den klaren Himmel ab, an dem kaum ein Wölkchen zu sehen ist.

»Ich finde diese Karten ganz wunderbar«, sagt Camille und fragt: »Wohnen Sie schon lange hier?«

Er fixiert uns über seine rechteckige Brille, dabei zieht er die buschigen Augenbrauen hoch. Nach kurzem Schweigen zuckt er mit den Schultern.

»Fünfunddreißig Jahre. Meine Frau hat sich in die Gegend verliebt, hier in Honfleur habe ich um ihre Hand angehalten. Danach kamen wir jedes Jahr. Sie nannte es unsere ›Pilgerreise‹, die immer an unserem Hochzeitstag stattfand. Als ich meine Arbeit verlor, war ich gezwungen, einen Neuanfang zu wagen. Wir wohnten nur fünfzehn Kilometer von Honfleur entfernt und hatten schon diesen besonderen Bezug zu dieser Stadt, da dachten wir, warum nicht gleich hierherziehen …«

Camille lächelt ihn freundlich an. Wahrscheinlich ist es ihm nicht bewusst, aber sein Blick wirkt jetzt weicher und nicht mehr so abweisend. Camille hat diese Wirkung auf Menschen. Jetzt kommt mir der Mann wie ein alter Brummbär vor, vor dem man sich als Kind hinter den Beinen seiner Mutter versteckt hat und mit dem man später seine Späße treibt.

»Das kann ich gut verstehen«, sagt Camille. »Ich bin froh, dass Isabelle mich hierhergebracht hat, Honfleur ist eine so schöne Stadt. Ich nehme die Karte. Und grüßen Sie …«

»Marie«, ergänzt er, ebenso amüsiert wie ich. »Ich schenke sie Ihnen, dann können Sie sich immer an die Rue des Lingots erinnern.«

»Gibt es eigentlich eine Geschichte zu diesem Namen? Etwas mit Schmuggel von englischen Waren zum Beispiel?«

Einen Augenblick später sind die beiden mitten in einem Gespräch über die strategische Lage von Honfleur, Richard III. und den Hundertjährigen Krieg. Ich höre fünf Minuten höflich zu, dann wird es mir zu viel. Alles, was länger als zweihundert Jahre zurückliegt, interessiert mich nicht. Ich bin nicht stolz darauf, aber ehrlich gesagt, ist es mir egal, wann der großartige Richard gelebt hat. Ich möchte lieber ein brauchbares Foto von diesem Glockenturm am Ende der Straße machen, dessen Spitze sich in den Himmel reckt, um den Gläubigen zu zeigen, wohin sie ihre Gebete richten sollen.

Ich gehe ein paar Schritte zur Seite, und als Camille mir auf die Schulter tippt, zucke ich zusammen. Sie strahlt vor Glück, und ich merke, wie mir bei ihrem Anblick das Herz aufgeht. Ein weiterer Schritt heraus aus dem Burn-out, gegen den ich seit Monaten kämpfe. Jemanden glücklich zu machen, macht einen selbst auch glücklich, das hat mit Karma zu tun.

»Jean, also der Kartenverkäufer, hat mir eine Teestube auf der anderen Seite des Hafenbeckens empfohlen. Was meinst du? Wir könnten erst die Kirche besichtigen, die dich so zu faszinieren scheint, und dann ein Stück Kuchen essen?«

»Kuchen zu Mittag? Sehr gesund …«

Camille zuckt mit den Schultern und erwidert: »Weißt du, was mir meine Freundin einmal gesagt hat? ›Das Leben ist zu kurz, für eine schlanke Taille!‹ Und das stimmt umso mehr, wenn die Arterien langsam ohnehin verstopfen und man sowieso alles mit seinem fortgeschrittenen Alter entschuldigen kann«, fügt sie mit einem Augenzwinkern hinzu.

Kopfschüttelnd betrachte ich ihre schlanke Figur, die sich seit zwanzig Jahren nicht ein bisschen verändert hat.

»Allzu häufig befolgen Sie den Rat Ihrer Freundin aber

nicht, es sei denn, Sie haben einen wirklich einzigartigen Stoffwechsel. Wenn das so ist, platze ich vor Neid! Aber klar, Kuchen zu Mittag, das machen wir.«

Wir haken uns unter, Camille tut, als würde sie sonst vielleicht stolpern, aber ich für meinen Teil habe das Gefühl, dass es die Nähe ist, die uns beiden guttut … und dass die Normandie schon wieder ein paar Punkte gemacht hat!

Ich betrete das Gotteshaus als Erste. Drinnen umfängt uns kalte Luft. Die Temperatur in Kirchen sorgt dafür, dass ich in der Stille immer sofort wortwörtlich einen kühlen Kopf bekomme. Ich hebe den Blick und betrachte das hölzerne Gewölbe. Plötzlich fühle ich mich wie im Bauch eines Schiffs. Vielleicht ist es die Nähe zum Hafen. Wir schreiten gemächlich durch die Reihen der Holzbänke. Vor dem Altar halten wir inne, mein Blick bleibt an den prachtvollen Glasfenstern hängen.

Meine Mutter hat mich früher immer mit in die Messe genommen, sie war gläubig, wenn auch nicht übermäßig. Als ich mich entschließe, etwas zu sagen, hallt mein Flüstern durch den Raum. Ich deute auf die Fenster: »Als ich meine Mutter das erste Mal fragte, was das ist, wissen Sie, was sie mir geantwortet hat?«

»Dass die Bilder die Worte Gottes sind? Für die Armen und Ungebildeten, die die Heilige Schrift nicht lesen können?«

Was für eine einfache wie geniale Erklärung. Ich unterdrücke ein Kichern und entgegne mit gespieltem Ernst: »Nein, sie sagte: Das sind die ersten Comics.«

Wir sehen uns einen Augenblick stumm an, dann prusten wir los wie zwei junge Mädchen bei einem Schulausflug. Einer der wenigen Gläubigen, der in einer Bankreihe sitzt und in tiefer Andacht versunken ist, hebt den Kopf und schaut uns vorwurfsvoll an. Ich versuche, mein Lachen so gut wie möglich zu unterdrücken.

»Sie hatte nicht unrecht.«

»Als ich erwiderte, dass die Figuren ganz anders aussähen als in meinen Mickey-Mouse-Heften, hat sie nur geschmunzelt.«

Mein Hals schnürt sich ein wenig zusammen, ich sehe den Gesichtsausdruck meiner Mutter vor mir, mit ihrem breiten Lächeln und den immer leicht geöffneten Lippen. Seit zwei Jahren vermisse ich dieses Lächeln nun schon. Seit diesem verfluchten Unfall.

»Camille, Sie haben doch Katechismusunterricht gehabt«, fahre ich fort. »Darf ich in dieser Kirche noch für meine Mutter beten, auch wenn ich gerade gelacht habe?«

Ihr Gesicht wird weich, sie kommt näher und flüstert, um nicht einen weiteren missfallenden Blick zu ernten.

»Dein Lachen war schon eine Form des Gebets, mehr als du denkst.«

Ich schüttele automatisch den Kopf, die Augen wieder auf die Glasfenster gerichtet, die bunte Kaleidoskopbilder auf den schwarz-weiß gefliesten Fußboden werfen. Ein bisschen auch, weil ich die Tränen zurückhalten möchte, die in mir aufzusteigen beginnen.

Wenn das Lachen ein Gebet ist, was waren dann all die Tränen, die ich in den letzten Monaten vergossen habe?

CAMILLE

Die kleine Teestube liegt in einem der Gebäude am Rand des alten Hafenbeckens. Wir sitzen an einem Fenstertisch, um die Aussicht genießen zu können. Auf der Karte stehen ein Dutzend Kuchen, und wir sind fest entschlossen, mindestens die Hälfte davon zu probieren.

Den Mund voller Zitronencreme und eine Tasse mit dampfendem Bergamottetee in der Hand, bin ich hochzufrieden. Der würzige Duft des Tees mischt sich mit dem süßlichen Geruch nach aufgehendem Hefeteig, der in der Luft liegt, zu einem harmonischen Ganzen. Jedes Mal wenn die Kellnerin aus der Küche kommt, um eine Bestellung aufzunehmen, dringt eine Wolke in den Gastraum, dass einem das Wasser im Mund zusammenläuft.

Ich habe schon immer gerne gebacken. Hervé war ein Feinschmecker, und Arnaud trat in seine Fußstapfen. Auch wenn ich stets auf meine Linie geachtet habe, Ausnahmen habe ich mir immer erlaubt und in meinem Leben einige Desserts gemacht. Unzählige, um ehrlich zu sein.

Als Arnaud noch klein war, wartete ich, bis er Mittagsschlaf machte, und setzte mich dann mit einem schwarzen Kaffee ins Wohnzimmer, schaute in den Garten und genoss die Sonne. Damals gab es die Veranda noch nicht. Das war mein Ruhemoment, ich saß einfach da und dachte an nichts. Meine

Art, Yoga zu praktizieren. Und ein wenig Gebäck zum Kaffee machte den Moment perfekt.

Ich sage verträumt: »In einem anderen Leben würde ich einen Salon de Thé führen.«

Isabelle hebt den Blick von ihrem Moelleux au Chcocolat, aus dem heiße Schokolade langsam auf ihren Teller läuft. Ihrem Gesichtsausdruck nach zu urteilen ist sie genauso im siebten Himmel wie ich.

»Eine gute Idee. Ich würde für Ihre Oreillettes oder Ihre Tarte Normande meilenweit fahren.«

Ich nicke.

»Tarte Normande war der Lieblingskuchen von Hervé … Ich weiß nicht, ob es einen Kuchen gibt, den ich öfter gebacken habe als diesen. Den Teig habe ich so lange geknetet, bis mir die Hände wehtaten, die Äpfel, die hauchfein geschnitten werden mussten … Ich werde dir das Rezept geben. Pauline schwört auf ihre eigene Tarte Normande, und es wäre schade, wenn es verloren gehen würde.«

Ich bemerke, wie ein Schatten über Isabelles Gesicht huscht. Vielleicht sollte ich nicht so oft durch die Blume von meinem Ableben sprechen. Aber ich bin nun mal nicht mehr die Jüngste, es ist besser, sich der Realität zu stellen.

Ich lächele ihr beruhigend zu. In der Maisonne leuchten Isabelles dunkelbraune Augen fast wie ihr Schokoladenkuchen. Die Falten rund um ihren Mund sehen heute weniger tief aus als bei der Beerdigung, sie wirken weicher und betonen ihre Lippen, statt sie einzurahmen.

Mit einem Finger nimmt sie einen Krümel vom Tisch und legt ihn auf die Untertasse ihres Latte macchiato. Merkwürdiges Getränk. Eine lächerliche Menge Kaffee, die in Zucker und Milch ertrinkt. Ich fand schon immer, dass ein schwarzer Kaffee ideal ist, um Pause zu machen und danach wieder durchzustarten, aber so ein Latte macchiato muss doch hundemüde machen.

Als Isabelle vorhin mit hochgezogenen Augenbrauen die Karte studiert hat, schien sie noch ihre Zweifel zu haben, aber jetzt, vor drei Stücken Kuchen sitzend, gibt es kein Entkommen mehr. Während ich meinen Teller von links nach rechts bis auf den letzten Krümel leer geputzt habe, hat sie erst mal von jedem ein Stückchen probiert und macht sich jetzt über den Schokoladenkuchen her.

Wir sitzen seit etwa einer Stunde hier, und ich habe das Gefühl, den ganzen Nachmittag an diesem Tisch verbringen zu können. In guter Gesellschaft scheint die Zeit stillzustehen, die Sonne scheint durch das große Fenster, die Aussicht ist herrlich. Das erinnert mich an unsere gemeinsamen »Mädelsausflüge«, als die Arthrose meine Knie noch nicht ruiniert hatte. Auch Isabelle hat damals noch öfter gelacht.

Seit wann habe ich mich nicht mehr so entspannt gefühlt? Nach der Rente schienen die Verpflichtungen nicht weniger, sondern immer mehr zu werden. Ich bin nicht die Art von älterer Dame, die den ganzen Tag vor dem Fernseher sitzt. Ich gehe jeden Tag spazieren, lerne Portugiesisch, weil das die einzige Sprache ist, die im Altentreff angeboten wird, und bin Mitglied eines Lesezirkels. Wir beschäftigen uns mit verschiedenen Themen, wie dem Herbst oder Indien, und jeder muss einen Roman finden, der thematisch passt, und ihn den anderen vorstellen. Auf diese Weise habe ich *Der 50-Jährige, der den Hintern nicht hochbekam, bis ihm ein Tiger auf die Sprünge half* kennen- und lieben gelernt.

Nach kurzem Zögern stelle ich eine Frage, die mich schon länger beschäftigt. Selbstverständlich warte ich aber so lange, bis sie ihren Schokoladenkuchen fertig gegessen hat. Nichts ist enttäuschender als ein erkalteter Schokoladenkern.

»Isabelle, womit beschäftigst du dich den ganzen Tag, jetzt, wo du nicht mehr arbeitest?«

Sie hält inne. Ihre Gabel, die gerade ein Pistazien-Financier in Angriff nehmen wollte, schwebt in der Luft.

Pauline hat ihr ganzes Leben damit verbracht, sich als Hausfrau zu verwirklichen, selbst als ihre Kinder aus dem Haus waren. Ich hatte nie den Eindruck, als würde sie sich langweilen. Isabelle ist anders, sie hat mit Absicht nicht den bequemen Weg gewählt. Und ich weiß, wovon ich rede.

Offiziell war ich mein Leben lang Hausfrau, obwohl ich in Wirklichkeit erst Sekretärin und dann Geschäftsführerin im Betrieb meines Mannes war. Darüber sprach man damals aber nicht. Als Hervé sich eines Tages entschloss, die Werkstatt an einen seiner Angestellten zu verkaufen, fand meine Berufstätigkeit ein jähes Ende. Ich war wieder Hausfrau. Nur dass Arnaud nicht mehr da war. Ich wollte nicht einfach vor mich hin dümpeln, sondern die Zeit in geordnete Bahnen lenken, sie zu etwas »nutzen«. Aber ich war damals schon fünfundfünfzig, für Isabelle ist es zu früh für solche Gedanken.

Sie lässt die Gabel sinken und wirft einen Blick aus dem Fenster. Sie schluckt. Ihr Hals ist schmal. Wenn sie sich auf die Ellbogen stützt, treten ihre Schlüsselbeine ein wenig unter ihrer leichten Strickjacke hervor. Sie hat heute die Haare hochgesteckt, was sie noch zerbrechlicher wirken lässt.

»Ich … Ehrlich gesagt, fällt mir die Antwort auf diese Frage schwer, Camille, denn ich weiß es nicht. Die Zeit … scheint einfach zu vergehen, ohne dass ich richtig dabei bin. Ich kann nicht mal sagen, was ich die zwei Tage vor der Beerdigung gemacht habe.«

Ihre Antwort spricht Bände. Ich nehme einen Schluck Tee, der jetzt die perfekte Temperatur hat. Ich werde von innen gewärmt, verbrenne mir aber nicht den Mund.

»Und danach?«

Sie zieht die Augenbrauen hoch, während sie eine Taube beobachtet, die auf der Fensterbank hin und her tippelt. Sie sieht zerzaust und irgendwie verwirrt aus.

»Ich … nein, da erinnere ich mich an alles«, antwortet sie nachdenklich.

»Und warum?«

Sie wirkt so schockiert, es ist fast komisch. Statt die Antwort abzuwarten, gebe ich sie selbst.

»Das Nichtstun ist der schlimmste Feind. Es absorbiert alles. Nachdem Arnaud aus dem Haus gegangen war, um zu studieren, habe ich das so empfunden. Und dazu diese bleierne Müdigkeit … Aber der Schleier lüftet sich, und bald wirst du aus diesem dunklen Tunnel ans Licht heraustreten.«

Isabelles Blick trifft mich mitten ins Herz. Ich lese all die Hilflosigkeit darin, die brutale Realität der letzten Monate … der letzten Jahre? Ich mache mir Vorwürfe und habe das schmerzhafte Gefühl, sie im Stich gelassen zu haben. Verlegen spielt sie mit den Zuckerkrümeln, die auf dem Tisch liegen.

»Um was zu tun? … Ich weiß nicht, wie ich es sagen soll, Camille … Im Grunde ist es ein dummer Gedanke … Aber … die Menschen, die eine Familie, einen Partner und Kinder haben … beschweren sich, keine Zeit mehr für ihr eigenes Leben zu haben … Ich verstehe das sehr gut. Aber ich, die sich, nun ja, nur um sich selbst kümmern muss …«

Sie verstummt, es ist ihr schwer genug gefallen, sich zu öffnen. Ich beuge mich spontan nach vorne und greife nach ihrer Hand.

»Isabelle, ich verurteile dich nicht. Dass ich eine Familie hatte, ändert gar nichts, das versichere ich dir.«

Sie seufzt und sagt dann: »Ich habe das Gefühl, meine Zeit zu verschwenden oder sie für unsinnige Dinge zu nutzen. Manchmal bekomme ich deshalb ein schlechtes Gewissen. Ich widme meine gesamte Zeit im Grunde nur mir. Ich weiß, ich habe mir das selbst ausgesucht, schließlich wollte ich damals die Scheidung … Aber bin ich nutzlos, weil ich mich gegen eine Familie entschieden habe? Keine Mutter, keine Ehefrau und nicht mal Tochter sein wollte …? Entschuldige, das klingt alles so dumm.«

Sie fährt sich mit den Fingern über die Augenbrauen. Ich kann ihren Schmerz fast körperlich spüren, sie schluckt immer wieder, ihr Gesicht ist verzerrt. Das macht mich wütend. Wer hat ihr diesen Unsinn bloß eingeredet? »Freunde«, die nur ihr Bestes wollten? Unsere Gesellschaft? Etwas in mir erwacht zu neuem Leben, etwas tief in mir Verborgenes, von dem ich dachte, ich hätte es längst verloren.

»Lass dich von solchen Gedanken nicht beherrschen. Du hast einen Beruf gewählt, bei dem du anderen zur Seite stehst …«

»Juristin mit Fachgebiet Immobilienrecht?«, widerspricht sie fast wütend.

»Warum nicht? Oder hat man dir da auch gesagt, dass deine Arbeit nichts wert ist? Dass du noch nie einem anderen Menschen geholfen hast?«

Sie denkt einen Moment nach.

»Nun ja, sicher, ich habe Menschen in finanziellen Krisen unterstützt, Mauscheleien verhindert … Aber verglichen mit einem Anwalt, der sich richtig ins Zeug legt, ich weiß nicht, einem Strafrechtler zum Beispiel, zählt das nicht wirklich. Trotzdem, es haben sich natürlich Leute bei mir bedankt. Ich bin keine von diesen skrupelosen Anwältinnen, die armen Menschen das Geld aus der Tasche ziehen.«

»Die Advokaten des Teufels.«

Sie lacht.

»Mindestens. Übrigens verlangt jetzt diese Pfirsich-Tarte nach meiner ganzen Aufmerksamkeit … Mmmh! Probieren Sie, Camille! Sie schmeckt, als hätte meine Großmutter sie gebacken.«

Ich nehme mir eine Gabel. Tatsächlich, der Pfirsich unter der luftigen Creme ist hauchzart und liegt auf einer dünnen Schicht Mandelteig, der mir auf der Zunge zergeht. Vanille, Mandeln … ein Hauch Ingwer? Ich weiß nicht recht. Auf jeden Fall ein besonderes Gewürz.

»Und?«

Wir schauen uns an, und ich sehe, dass sie sich dasselbe fragt. Auf einmal ist die Vergangenheit wie weggewischt. Wir sind auf der Suche. Sie schiebt den Teller weiter zu mir, und ich probiere noch einen Klecks Creme, ohne Pfirsich oder Teigboden. Die Textur ist ein wenig fester als Joghurt, aber leichter als eine Dessertcreme. Der Geschmack breitet sich im Mund aus, etwas Dezentes und schwer zu identifizieren … ein Gewürz, ganz sicher. Ich sage leise: »Zimt ist es nicht …«

»Ingwer?«

Ich schüttele den Kopf.

»Mensch! Es liegt mir …«

Isabelle zwinkert mir zu. »Auf der Zunge?«

Ich lächele.

»Unglaublich, ich kriege es nicht raus.«

Ich probiere den Boden. Wieder der dezente Hauch dieses Gewürzes. Ich muss dem Geheimnis dieser Tarte auf den Grund gehen. Die Kellnerin taucht wieder auf. Eine kleine Rothaarige mit einem eigenwilligen Geschmack, ihr ausgestelltes Kleid mit dem kleinen Kirschmuster fällt weich, die Schuhe mit Pfennigabsätzen passen perfekt. So etwas habe ich seit einer Ewigkeit nicht mehr gesehen. Sie wirkt gut gelaunt und freundlich, was zur heiteren Umgebung passt, in der Kalorien keine Rolle spielen.

Besorgt sieht sie auf den Teller zwischen uns.

»Ist alles in Ordnung?«

Isabelle deutet auf den Kuchen.

»Es ist köstlich. Vor allem diese Tarte macht uns neugierig.«

Ein wissendes Lächeln legt sich auf ihr Gesicht.

»Die Hälfte der Gäste möchte gerne Emilies Geheimrezept erfahren. Emilie ist unsere Bäckerin. Haben Sie schon eine Vermutung?«, fragt sie in einem Tonfall, der verrät, dass sie nicht aus der Gegend ist.

Ich fahre mit dem Löffel nachdenklich den Rand des Tellers nach.

»Auf jeden Fall Gewürze. Aber ich kann nicht sagen, welche. Kardamom und Zimt schließe ich aus! Aber ich weiß es nicht.«

Achselzuckend schaue ich zu der Kellnerin auf. Ein Sonnenstrahl verfängt sich in einer ihrer Korkenzieherlocken, als sie sich zu uns beugt und flüstert: »Ein Hauch Curry im Teig und etwas Sternanis in der Creme. Emilie meint, das wäre ein guter Kontrast zu den Mandeln. Ich gebe das nur wieder, ich kann nicht mal ein vernünftiges Spiegelei machen!«

Ein herzhaftes Lachen erfüllt das kleine Café. Erstaunt sehe ich zu Isabelle.

»Ich bin da ganz ähnlich«, sagt sie, »ich esse für mein Leben gern, aber Kochen ist eine andere Sache! Sie dagegen ist eine echte Meisterköchin.« Isabelle zeigt auf mich.

Die Kellnerin ist sichtlich stolz, dass sie mich überraschen konnte. Curry? Da wäre ich wirklich nie drauf gekommen.

»Ich sehe Sie zum ersten Mal hier, sind Sie auf der Durchreise?«

Isabelle nickt.

»Für einen Tag oder länger? Wenn Sie schon ein festes Programm haben, zum Beispiel La Lieutenance besichtigen oder ins Boudin-Museum gehen, behellige ich Sie nicht weiter. Andernfalls habe ich etwas ganz Besonderes für Sie. Wir feiern dieses Jahr den hundertfünfzigsten Geburtstag von Erik Satie, der, wie Sie vielleicht wissen, in Honfleur geboren wurde. In der ganzen Stadt gibt es Veranstaltungen. Und ein Freund von mir gibt am alten Hafen ein Konzert. Soll ich für Sie herausfinden, wann es beginnt?«

Ich zucke die Schultern, Erik Satie sagt mir wenig.

»Und was spielt er? Klavier? Das dürfte bei einem Straßenkonzert schwierig sein …«

Die Kellnerin beginnt, aufgeregt von einem Fuß auf den anderen zu treten, und ich ahne, dass der »Freund« vielleicht mehr als nur ein Freund ist.

»Er spielt ein Klavier, das auf einem Autoanhänger befestigt ist. Während des Musikfestivals ist Marc damit in der Stadt unterwegs. Es ist wirklich total cool!«

Fragend sehe ich Isabelle an. Ihr Blick sagt: Warum nicht?

»Also gut! Könnten Sie Isabelle die Infos schicken? Ich heiße übrigens Camille«, erkläre ich und reiche der Kellnerin die Hand.

»Klar! Sehr erfreut, ich bin Lina.«

Ich lächele sie an und blicke dann noch mal zu Isabelle. Die hat, ganz die schnelle Anwältin, die ich so gut kenne, schon ihr Handy gezückt. Trotzdem frage ich noch einmal nach.

»Wir könnten in Honfleur übernachten, und das wäre doch ein nettes Programm, was meinst du?«

Meine Reisegefährtin trinkt ihren Tee aus. »Ich finde, das ist eine ganz ausgezeichnete Idee!«

»Dann gebe ich Ihnen meine Nummer«, sagt Lina strahlend.

»Sehr gerne!«

Ich stehe auf, um mir ein wenig die Beine zu vertreten, dabei fällt mir ein kleiner runder Tisch auf, der neben der verwinkelten Treppe steht, die in den ersten Stock führt.

Darauf liegen Stapel bunter Prospekte. Stadtführungen, Restaurants, Galerien … ein breites Angebot. In der Mitte entdecke ich einen Flyer mit einem typisch normannischen Häuschen und dem Aufdruck »Bed & Breakfast«. Es wirkt schlicht, ohne Chichi, und ich greife sofort zu. Wenn Isabelle nichts dagegen hat, werden wir dort übernachten.

ISABELLE

Es dämmert schon, als ich wieder im Bed & Breakfast ankomme. Ich hatte erwartet, dass Camille eine kleine französische Pension auswählen würde, aber auch dieses Mal hat sie mich überrascht. Die Unterkunft wird getreu ihres Namens von einem englischen Ehepaar geführt, das vor einigen Jahren nach Frankreich gezogen ist.

Als Camille nach unserer Kuchenorgie sagte, sie sei müde, und vorschlug, gleich ein Zimmer zu mieten, damit sie sich ausruhen kann, habe ich sofort zugesagt. Ich nehme an, dass unsere gemeinsamen Tage stets einer Art Rhythmus folgen werden. Camille braucht ihre Ruhephasen. Und ich bin froh, ein paar Stunden für mich zu haben. Ich bin es gewohnt, allein zu sein, auch wenn es oft schmerzhaft ist. Aber weil wir uns auch ein Zimmer teilen, tut etwas Freiraum gut.

Meine Scheidung ist schon eine Weile her, und Camille ist älter geworden. Ich weiß, dass sie immer noch regelmäßig schwimmt, auf sich achtet und sich in Form hält, aber die Zeit hinterlässt trotzdem ihre Spuren. Dieser Gedanke verfolgt mich den ganzen Nachmittag. Camille und ihr Lächeln sind nicht unsterblich. Camille und ihre Liebe zur französischen Küche sind nicht unsterblich. Camille, mein letztes angeheiratetes Familienmitglied, ist nicht unsterblich. Wovor habe ich Angst? Waise zu werden? Sie ist nicht meine Mutter. Arnaud hatte sie mir nur geliehen, und als wir uns getrennt haben, musste ich sie zu meinem großen Bedauern zurückgeben.

Ich werfe Camille nicht vor, dass sie sich nicht gemeldet hat. Sie war nun mal auf Arnauds »Seite«. Aber es hat mir trotzdem wehgetan. Sich so sehr an eine Schwiegermutter zu binden, die berühmt-berüchtigte Feindin, hat etwas Ironisches. Und natürlich war es damals unrealistisch, aber ich hätte mir gewünscht, mit ihr in Kontakt zu bleiben. Zumindest heimlich, auch wenn das ein bisschen peinlich gewesen wäre. Ich habe keine nahen Verwandten mehr außer einer Cousine zweiten Grades, die im Languedoc lebt. Meine Familie war immer klein, aber jetzt bin ich wirklich die Einzige, die übrig ist, das Wort »Familie« ist inzwischen überflüssig. Die ganze Last meiner Vorfahren liegt allein auf meinen Schultern.

Ich bin froh, wieder in unserer kleinen Pension zu sein. Meine Stiefel sind zwar bequem, aber nach einigen Stunden zu Fuß bin ich doch müde. Camille sitzt auf der Terrasse.

Man sieht ihr das Alter an, die tiefen Lachfalten, die gekräuselten Augenbrauen, die runzligen Lider zeichnen eine ganz eigene Topografie in ihr Gesicht. Ihre Züge sind die einer Frau, die viele Jahrzehnte gelebt und geliebt hat. Man sieht, dass sie keine sechzig mehr ist. Sie trägt ihre Falten mit Anmut … aber sie wird nicht ewig leben. Ich versuche, mich zu fassen, die traurigen Gedanken abzuschütteln, denn diese kleine Stimme, die sich immer wieder meldet, ist die andere Isa. Die »Isa-out«, wie ich sie nenne, die Isabelle, für die ich mich schäme, die Burn-out-Isabelle, die sich unerwünscht im eigenen Leben fühlt.

Camille klopft auf die Armlehne des Stuhls neben ihr. Ich setze mich.

»Isabelle, ich fühle mich wie neugeboren, wie einmal durchgewaschen und gebügelt. Es kann wieder losgehen.«

»Das sehe ich. Die Nähe zum Meer kann wahre Wunder bewirken.«

»Oder ein Schläfchen. Aber das wäre wieder ein Zeichen, dass ich alt bin, sagen wir lieber, es ist das Meer.«

Wir plaudern ein wenig. Von der Terrasse aus können wir den Strand nicht sehen, aber wir hören die Wellen in der Ferne rauschen. Die kleine Pension liegt am Rand von Honfleur, hier ist es ganz ruhig. Ich denke an Camilles kleine Neckereien gegenüber Hervé zurück. Sie hat immer gesagt, sie hätte ihn nur geheiratet, weil er ihr versprochen hatte, sie würden am Strand wohnen.

Ich schließe die Augen und genieße den Moment der Stille und des Friedens, den wir gemeinsam teilen. Wegen mir könnte er ewig dauern.

Ein Hupen von der Straße holt mich in die Realität zurück, und ich komme mir vor, als hätte man mich aus einer Meditation gerissen, so stelle ich mir das jedenfalls vor. Ich schaue zu Camille, die mich schon eine Weile anzusehen scheint.

»Erzähl mir von deinen schönsten Erinnerungen an Arnaud.«

Das reißt mich nun endgültig aus der wohltuenden Lethargie, in der ich bade. Hinter ihrem Lächeln nehme ich einen Schatten wahr. Natürlich denkt sie die ganze Zeit an ihn, ich fühle mich unendlich egoistisch, wie ich um mich selbst kreise.

Ich brauche eine gute Erinnerung. Etwas, das von ihm erzählt, von uns … und von seinen Eltern. Ich rolle nachdenklich meine Zunge an den Gaumen und zurück an die Zähne, stille Wogen an einer Hafenkante.

Mit den Jahren fällt es mir immer schwerer, mich an die guten Momente zu erinnern. Unsere Beziehung war lange glücklich, am Ende jedoch durch gegenseitige Vorwürfe beschädigt, wir führten innerlich Krieg, es gab nur noch Missverständnisse. Auch wenn ich zugeben muss, dass ich es manchmal bedauere, nicht mehr verheiratet zu sein, auf den sozialen Status »Ehefrau« verzichten zu müssen, der eine Frau jenseits der vierzig in den Augen der Allgemeinheit nicht mitleiderregend wirken lässt, weiß ich, dass ich ein weiteres Zusammenleben nur mit Beruhigungsmitteln durchgestanden hätte. Mein Burn-out scheint mir unrecht zu geben, aber ist die Isaout nicht vielmehr das Ergebnis von zu viel aufreibender Arbeit als die Folge eines Fehlers, den ich einmal gemacht habe?

Ich zwinge mich, in Gedanken bei Arnaud zu bleiben. Und dann fällt mir doch etwas ein: »Die Sache war mir ziemlich peinlich, und ich wollte sie immer geheim halten. Und Arnaud hat das auch immer respektiert. Wahrscheinlich die Anwaltsseite in ihm …«

Sie scheint das amüsant zu finden. Schon verliert die Wehmut, die ihre Lippen umspielt, etwas von ihrer Schwere.

»Damals haben wir zusammen in Caen Jura studiert. Wir kannten uns aber nur aus den Vorlesungen. Martin, ein gemeinsamer Freund, organisierte Radtouren vom Hafen aus den Kanal entlang. Kurz gesagt, ein bisschen Bewegung und dann ein ausgiebiges Picknick und ziemlich viel Bier …«

Hoffentlich zerstöre ich nicht das Bild von ihrem »Wunderknaben«? Aber Camille verzieht keine Miene, das beruhigt mich. Sie ist eben Realistin.

»Diese Ausflüge hatten für alle das Ziel, nach den feuchtfröhlichen Abenden den Kopf wieder klar zu bekommen.«

Wenn ich daran zurückdenke, an meine ehemaligen Kommilitonen, die heute seriöse Anwälte sind, würde ich am liebsten loslachen.

Camille lächelt verständnisvoll.

»Und ihr habt die Biere rechts und links der Orne getestet.«

»Ehrlich gesagt, habe ich mich lange rausgeredet und vor den Ausflügen gedrückt ... denn ich konnte nicht Fahrrad fahren.«

Ich sehe die Überraschung in ihren Augen, auch wenn sie nichts dazu sagt.

»Nachdem ich es Arnaud eines Tages erzählt habe, machte er sich immer lustig über mich. Er liebte es, andere zu ...«

»Provozieren«, ergänzt Camille, die ihren Sohn kennt.

»Einmal habe ich ihm in der Unibibliothek vor Wut einen Band Strafrecht auf den Kopf gehauen, aber anstatt sauer zu sein, hat er mich überredet, es zu probieren. Ehe ich mich versah, saß ich auf seinem Rad. Er erklärte mir, was ich machen musste, und versprach, mich nicht loszulassen ...«

»Was er aber dann doch gemacht hat, nehme ich an?«

Ich sehe mich noch, wie ich verzweifelt den Lenker hin und her drehte, schwankend drei Meter fuhr, bis zu einer Bank, mit der ich fast kollidiert wäre. Als ich an meine Empörung von damals denke, muss ich schmunzeln.

»Ich war kurz davor, sein Rad vor einen Lastwagen zu werfen, der gerade vorbeifuhr!«

Camille grinst.

»Nachdem ich Arnaud ausgiebig beschimpft hatte, versuchten wir es noch einmal. Ich weiß bis heute nicht, wie er mich dazu gebracht hat, noch mal aufs Rad zu steigen. Er hat mich nicht mehr losgelassen, so lange, bis ich mich sicher fühlte.

Heute, zwanzig Jahre später, kann ich zugeben, dass das eine ganze Weile gedauert hat. Am Ende des Tages haben wir uns nicht mal in den Arm genommen. Aber ich musste zugeben, dass ich Gefallen an ihm gefunden hatte. Ein Kommilitone, der sich die Zeit nimmt, so etwas für eine junge Frau zu tun, und dann nicht mal nach einem Rendezvous fragt? Ab diesem Moment habe ich Arnaud mit anderen Augen gesehen.«

Camille nickt andächtig. Als ob sie meine Erinnerung langsam in sich aufnehmen würde. Sie löst ihre schmalen Finger voneinander und reibt sich die Hände, die mich an knotige Äste erinnern. Ihre Gelenke sind in den letzten Jahren etwas angeschwollen.

»Wollen wir los? Ich möchte mir gerne den Hafen bei Nacht ansehen. Vor allem wenn ich gleichzeitig die Musik von Satie kennenlernen kann.«

CAMILLE

Warm eingepackt in einen Fleecepullover und mit einer dicken Strickjacke unter dem Arm, bin ich bereit für den Abend. Es ist frisch, aber nicht wirklich kalt. Trotzdem, mit Zugluft bin ich vorsichtig. Immerhin ist eine alte Tante von mir an einer verschleppten Erkältung gestorben. Ich sehe die Grabinschrift schon vor mir: »Der Nordwind kam, Camille ging von uns!«

Wir schlendern am alten Hafenbecken entlang und bestaunen die Lichtreflexe auf der Wasseroberfläche. Ein malerischer Anblick, einfach bezaubernd, ohne Zweifel. Wo ist oben, wo unten? Man glaubt, sich darin zu verlieren. Und auch Lina hat nicht zu viel versprochen. Wir setzen uns auf eine Bank, und keine zehn Minuten später kommt ein Auto mit einem Anhänger. Darauf steht ein Piano, das etwa mein Jahrgang sein muss. Bei den ersten Tönen kommen einige Passanten neugierig näher.

Ich kenne mich mit klassischer Musik nicht besonders gut aus, das muss ich zugeben. Hervé liebte Bizet und Chopin, ich dagegen kann nicht mal Bach von Mozart unterscheiden, so wenig Ahnung habe ich auf diesem Gebiet. Satie kenne ich nur dem Namen nach. Er fällt häufig im Zusammenhang mit Honfleur und der Normandie, genau wie der von Malherbe oder Maupassant. Berühmte Männer, die man in dieser Region auf Sockel stellt, obwohl man nicht einmal weiß, ob sie ihre Heimat überhaupt gemocht haben.

Mit meinen einundachtzig Jahren habe ich nicht mehr damit gerechnet, die Klassik noch für mich zu entdecken. Doch an diesem Maiabend wirft dieser junge Pianist in seiner etwas zerschlissenen roten Weste alles um. Er kündigt ein Stück mit dem Namen *Gymnopédie* an. Ich lasse ihn mir von Isabelle wiederholen. Hat er das Wort erfunden? An diesem Abend, vor dieser Kulisse, trotz des Windes, der mir um die allmählich kalt werdenden Ohren weht, glaube ich, die Musik zu verstehen. Jedenfalls fühle ich sie.

Die Nostalgie, die in den Klängen liegt, ergreift Besitz von mir und bringt mich zum Träumen, bis mein Herz im Gleichklang mit dem Rhythmus des Stückes schlägt. Auch die anderen Zuhörer sind ergriffen, niemand am alten Hafenbecken sagt ein Wort, sie stehen einfach da und hören zu. Der junge Mann auf seinem Anhänger nimmt ihre Seelen mit.

Das Spiel des Pianisten dauert etwa zehn Minuten, die mir wie eine Ewigkeit vorkommen. Am Ende der Darbietung herrscht eine feierliche Stille. Die Zuhörer brauchen eine Weile, bis sie verstehen, dass es zu Ende ist, dann brandet Beifall auf. Der Pianist steht nicht auf, sondern hebt nur den Kopf und nickt kurz. Ich überlege, ob ich aufstehen soll, und in diesem Moment wird mir bewusst: Das ist mein allererstes Konzert. Noch dazu ein *klassisches*! Warum habe ich an dieser Musik nie ein gutes Haar gelassen? Weil ich sie nicht verstanden habe. Man musste sie mir auf diese Art und Weise nahebringen, am Rand einer glatten Wasseroberfläche, in der sich die erleuchteten Fassaden der Häuser spiegeln wie Gespenster.

Der Pianist kündigt ein zweites Stück an. *Gnossiennes.*

Einen Moment lang schweben seine Finger über den Tasten. Niemand bewegt sich, selbst die Kinder auf den Schultern der Eltern schweigen andächtig. Dann sinken seine Hände in die Tasten, die Musik setzt ein, ganz anders dieses Mal, und in mir öffnet sich etwas, was tief verborgen war.

Ich lege die Hand auf meinen Bauch und warte auf … was? Bald rollen Tränen über meine Wangen. Meine Trauer schwappt über mich, ich spüre sie in jeder Note. Der betörende Rhythmus, die wiederkehrenden Themen lassen die Tränen noch zahlreicher fließen, es sind all die Tränen, die ich bisher zurückgehalten habe, in der Annahme, dass ich auch später noch Zeit haben werde, die Schultern hängen zu lassen und an das Schlimmste zu denken.

Isabelle greift nach meiner Hand und schaut mich an. Ich bemerke, dass auch sie geweint hat. Kann der Funke der Emotion von einem Zuhörer zum anderen überspringen? Hier und jetzt scheint es so zu sein. Langsam schleicht sich ein anderes Gefühl zu meiner Trauer. Und ich gewinne eine neue Erkenntnis: Konzerte machen Spaß! Und klassische Musik auch, jedenfalls Satie. Dafür braucht man kein Pariser Müßiggänger zu sein. Auch wenn ich traurig bin und weine, bin ich dankbar: Ohne diesen Abend in Honfleur wäre mir das nie klar geworden!

Als das Stück abrupt abbricht und Stille einkehrt, herrscht Ungewissheit: Sollen wir applaudieren? Wir sind wie gebannt. Eine Frau neben mir wagt sich als Erste vor. Sie ruft: »Bravo! Danke!« Spontan schließe ich mich ihr an.

Der Pianist nickt uns zu, steht auf und tritt neben sein Klavier. Er verbeugt sich so würdevoll und voller Hochachtung vor seinem Publikum, als würde er auf der Bühne eines Konzertsaals stehen und nicht auf einem Anhänger. Dann blenden die Scheinwerfer des Autos auf, und es fährt weiter. Er sitzt auf seinem wackligen Hocker. Die Zuhörer treten zur Seite, um das Auto durchzulassen. Am liebsten hätte ich ihn aufgehalten, damit er noch mal von vorne beginnt. Er kann uns nach diesen wenigen Minuten doch nicht schon verlassen! Aber da verschwindet das Auto bereits zwischen zwei Häusern am hinteren Ende des Hafenbeckens. Man hört nur noch die Reifengeräusche auf dem Kopfsteinpflaster, es klingt traurig. Isabelle drückt sich an mich, und wir sitzen noch eine Weile da und schauen auf das Wasser.

Es ist mir ein bisschen peinlich, dass ich mich so leicht habe rühren lassen. Und auch Isabelle hat den Kopf betreten von mir gewandt. Als wir es endlich wagen, uns in die Augen zu blicken, müssen wir lachen. Ihre Augen sind feucht. Ich erlaube mir eine »Mammig«-Geste, denn die braucht sie jetzt. Und ich kann mich in diesem stimmungsvollen Moment wie eine Mutter fühlen, wenn auch nur kurz. Zärtlich wische ich ihr die Tränen aus dem Gesicht.

Völlig unerwartet schmiegt sie ihre Wange an meine Hand, nur für einen flüchtigen Moment. Aber ich bin gerührt. Ich muss an Arnaud denken, als er noch ein Baby war. Damals habe ich mein Herz an ihn verloren. Diese kleine Geste aus den Weiten der Vergangenheit lässt mich endgültig wehmütig werden. Dieser verdammte Satie!

»Ein Crêpe zur Entspannung?«, schlägt Isabelle vor.

Ich nicke, und wenig später finden wir uns vor einem der Bistros am Hafen wieder. Mit einigen anderen Zuschauern setzen wir uns auf die Terrasse, die mit Zeltplanen geschützt ist, sodass ich das Gefühl habe, drinnen zu sitzen. Es ist fast neun, so spät habe ich seit einer Ewigkeit nicht mehr gegessen. Die Jahre vergehen so schnell.

»Ein Crêpe mit salzigem Karamell?«, neckt mich Isabelle.

Ihr Lächeln ist gelöst, sie wirkt ganz locker. Wenn ich es nicht besser wüsste, könnte man meinen, sie habe Champagner getrunken.

»Lass mich mal überlegen …«

Sie verdreht die Augen und gibt mir zu verstehen, dass sie weiß, dass ich dazu nicht Nein sagen kann.

»Und du?«

»Mmmh, der mit Calvados flambierte klingt gut, und eine Kugel Eis ist auch dabei.«

Der schlaksig wirkende Kellner, dessen enge Jeans an seinen Beinen festgetackert zu sein scheint, kommt auf uns zu.

»Das klingt in der Tat vielversprechend. Zwei Crêpes à la Normande, bitte, junger Mann!« Isabelle sieht mich verblüfft an. »Was denn? So leicht bin ich auch wieder nicht zu durchschauen!« Ihre braunen Augen funkeln.

»Das merke ich.«

In trauter Zweisamkeit genießen wir unsere normannischen Crêpes, und ich muss anerkennen, dass sie einfach vorzüglich sind. Danach bestellen wir einen Digestif zum Kaffee, wir sind ja zu Fuß.

Isabelle räkelt sich in ihrem Stuhl.

»Ich bin richtig froh, dass wir uns zu dieser Reise entschlossen haben. Wollen wir den Tag morgen noch hier verbringen, oder nach dem Frühstück weiterfahren? Ich habe noch andere Ziele.«

Ich stelle mein Glas ab und beuge mich zu ihr, damit sie

mich bei dem Geräuschpegel auf der Terrasse hört, der mit jedem vollen Tablett, das der Kellner bringt, lauter wird.

»Wirklich? Ich dachte, dass ich jetzt dran bin, dir die Bretagne zu zeigen …«

»Ich habe acht Tage Urlaub, Camille, wir haben also noch Zeit für viele Stationen, wenn es Ihnen zusagt.«

Aus einem Impuls heraus sage ich etwas, was ich seit unserem ersten Treffen zurückgehalten habe.

»Das ›sagt mir zu‹, liebe Isabelle, aber nur, wenn du endlich das Siezen sein lässt. Ich weiß, du meinst es respektvoll, aber ich habe dich immer schon geduzt, und es erscheint mir lächerlich, wenn du mich weiter siezt.«

Ich verkneife mir hinzuzufügen, dass ich ihr das Du schon vor Jahren angeboten hätte, wenn Hervé nicht dagegen gewesen wäre. Sie wirkt ein wenig erstaunt, dann nickt sie.

»Sehr gerne. Heute Morgen hatte ich das Du, wenn ich ehrlich bin, schon auf der Zunge. Warum nicht? Ich schlage Folgendes vor: Morgen lassen du und ich es uns richtig gut gehen! Ich habe ein Spa entdeckt, so was wollte ich schon seit Ewigkeiten mal machen. Außerdem habe ich noch eine Überraschung …«

Sie wühlt in ihrer Tasche, zieht eine braune Papiertüte heraus und sagt entschuldigend: »Es ist nicht eingepackt.«

Ich greife nach der Tüte und frage mich, ob ich vor Verlegenheit rot werde. Außer den Oreillettes, die schon längst verputzt sind, hatte ich nichts für sie. Ich zögere, und sie ergänzt: »Es ist nichts Großes, ich wollte dir nur dafür danken, dass … du mir diese Reise vorgeschlagen hast.«

Wir sehen uns mit so viel Zuneigung an, dass es fast an Zärtlichkeit grenzt.

»Das Vergnügen ist ganz meinerseits. Gut, ich mache es auf, ich bin sowieso viel zu neugierig darauf zu erfahren, was drin ist!«

Ich öffne die Tüte, greife hinein und taste, ich spüre Spiralen seitlich an einem rechteckigen Gegenstand: ein Block. Ich stelle die Tüte auf meine Knie und ziehe den Inhalt heraus: ein Aquarellblock, ein runder Aquarellkasten und ein Pinsel. Ich bin sprachlos.

»Hast du dich etwa an meinen Aquarellkurs erinnert?«

Sie nickt.

»Der Kurs damals war meine Idee. Hervé wusste nicht recht, was er dir zum Hochzeitstag schenken sollte. Und damals schienst du begeistert gewesen zu sein. Nach all den Jahren war ich aber nicht sicher, ob dir mein Geschenk gefällt. Du hast nie wieder vom Malen gesprochen.«

Ich schlage den Block auf und fahre über das dicke Papier. Es fühlt sich an wie Baumwolle, so grobkörnig ist es, ideal, um die Farbe aufzunehmen.

»Ich habe dir auch noch einen befüllbaren Pinsel gekauft. Die Verkäuferin meinte, die sind ideal für unterwegs. Und sie empfahl, einen Zerstäuber mitzunehmen, um die Farbe verlaufen zu lassen … Camille?«

Hastig wische ich mir eine Träne von der Wange. Ich presse den Block an mich und sage dann ernst: »Das ist ein guter Tipp, danke. Und ich bin sehr glücklich, wirklich. Vielen Dank, *ma belle*.«

Ich beuge mich über den Tisch und küsse sie auf die Wange. Dann streichele ich wieder über das Papier.

»Hast du was dagegen, wenn …?«

»Du dein Geschenk ausprobierst? Natürlich nicht! Mein

Vin de Noix ist noch nicht leer, und mit dem Heizstrahler sitzt es sich sehr gut hier. Außerdem habe ich ein Buch dabei. Wenn du möchtest, können wir gerne noch ein bisschen hierbleiben.«

Aufgeregt wie ein kleines Kind, drehe ich meinen Stuhl in Richtung des Hafenbeckens. Ich brauche fast eine Viertelstunde, bis ich das Motiv gefunden habe, das ich auf meinem Block festhalten will. Die richtigen Farben mischen, den Verlauf hinbekommen, Klischees vermeiden … Mein erster Versuch endet in einer Katastrophe, aber ich gebe nicht auf.

Wieder tunke ich den Pinsel in die Schale mit Wasser, die mir der Kellner gebracht hat, und beginne von Neuem. Ich erinnere mich daran, was ich in dem Kurs gelernt habe, an die Technik, die Räume zu begrenzen, sodass die Farben nicht ineinanderlaufen. Ich muss Schritt für Schritt vorgehen.

Mein zweiter Versuch ist schon besser, man erkennt das Hafenbecken, den Nachthimmel, die Lichter am Hafen … Allerdings fehlt immer noch das gewisse Etwas. Ich wage es und versuche, die Blautöne mit den Schwarztönen zu verbinden. Doch dann mache ich einen Fehler, und die Spiegelungen der Häuser lösen sich auf, Gold wird zu Braun.

»Verdammt! Ich muss es morgen noch mal probieren.«

»Camille?«

Ich hebe gedankenverloren den Kopf.

»Es ist elf, wir gehen besser ins Hotel, oder?«

Ich schaue auf meine Armbanduhr. Meine Güte, ich habe mehr als eine Stunde mit Malen verbracht. Das weitergewanderte Lesezeichen in Isabelles Buch ist der sichtbare Beweis. Und mein Kaffee ist kalt.

»Entschuldige, ich war ganz vertieft.«

»Kein Problem, ehrlich gesagt war ich ja wie gesagt etwas unsicher, ob dir mein Geschenk gefallen würde … Jetzt weiß ich, dass es das richtige war! Ich wollte den Kellner schon fragen, ob sie zu den Decken auch Kopfkissen haben, nur für alle Fälle!«

Ich breche in Lachen aus: »Du hättest etwas sagen sollen!«

Isabelle bezahlt die Rechnung. Ich habe beim letzten Mal bemerkt, dass es ihr unangenehm war, sich von mir einladen zu lassen, und vorgeschlagen, uns mit dem Bezahlen abzuwechseln. Meine alten Gelenke knacken und knirschen ein wenig, als ich aufstehe, aber ich bin noch immer euphorisiert. Wenn ich es noch ein paar Mal versuche, werde ich sicher etwas Vorzeigbares zu Papier bringen!

ISABELLE

Am nächsten Morgen kann ich es kaum erwarten, dass unser Programm weitergeht. Noch vor dem Frühstück rufe ich im Spa an und reserviere bei einer freundlichen Dame für zehn Uhr Massagen für uns. Vorher werden wir uns in den Whirlpool legen und danach all die anderen Wellnessattraktionen entdecken, von denen sie mir in ihrer singenden Stimme vorgeschwärmt hat. Mein letzter Spa-Besuch liegt sicher schon zehn Jahre zurück, und ich seufze glücklich, während ich ihr zuhöre.

Camille ist anfangs etwas skeptisch, aber als wir beide schließlich im wohlig warmen Wasser des Whirlpools sitzen, kommt sie zur Ruhe. Meine Muskeln werden locker, und ich fühle mich so entspannt wie seit … ich weiß es selbst nicht mehr. Auch wenn ich nicht gearbeitet habe, war ich doch immer erschöpft. Erst jetzt wird mir das richtig klar.

»Ich hätte mir nicht vorstellen können, mal in einer Riesenbadewanne vor mich hin zu köcheln, aber es fühlt sich tatsächlich angenehm an«, gibt Camille zu. Bei diesem Bild muss ich lächeln.

»Wie Karotten in der Suppe?«

»Ich bin wohl eher eine Steckrübe … da ist die Haut schon etwas runzlig.«

»Camille!«

Sie kichert wie ein junges Mädchen. Ihre Koketterie mit dem Alter amüsiert mich. Sie weiß genau, wie gut sie noch aussieht, und ihre humorvolle Art, über ihr Alter zu sprechen, ist einfach zauberhaft.

Wir wackeln mit den Zehen und plaudern über alles und nichts. Sie erzählt mir Geschichten aus ihrem Buchclub, ich schwärme von den Reisen, die ich gerne machen würde. Entspannt treiben wir in den sanft blubbernden Blasen.

Während ich mich zur Massage aufmache, zieht Camille es vor, an der Bar zu warten, die direkt auf den Strand hinausgeht. Sie sagt, sie möchte lieber ein bisschen für sich sein. Sie hat ihren Zeichenblock dabei, und nach dem gestrigen Abend weiß ich, dass ich sie den ganzen Tag damit allein lassen könnte.

Sobald ich mich auf der Massageliege ausstrecke, umhüllt vom Duft von Ylang-Ylang und Orangenblüten, versuche ich, meine Schultern zu entspannen. Eine blonde Physiotherapeutin kommt auf mich zu, sie ist so klein, dass ich mich frage, ob sie sich auf einen Schemel stellen wird, um mich zu massieren. Bei der Vorstellung, dass sie die Verkrampfungen in meinem Rücken lösen soll, verspanne ich mich noch mehr!

Lächelnd kurbelt sie die Liege nach unten.

»Wir fangen jetzt an, entspannen Sie sich.«

Ich versuche, meinem Trapezmuskel zu signalisieren, dass er sich nicht noch mehr verkrampfen soll. Ich brauche etwa zehn Minuten, bis ich mich auf das Spiel ihrer Hände auf meinen Beinen konzentrieren kann. Ihr Griff ist direkt und tief, und sie knetet meinen Körper gekonnt durch. Allmählich werden meine Gedanken weiter. Ich mache mir keine Sorgen mehr über meinen verspannten Rücken, darüber, ob Camille sich vielleicht doch langweilt … unwichtig.

In dieser Schale mit ätherischen Ölen muss noch etwas anderes sein als Ylang-Ylang, und was immer es ist, es funktioniert. Als sie mit ihren Händen bei meinem Nacken angekommen ist und mich bittet, mich umzudrehen, habe ich das Gefühl, meine Muskeln gehorchen mir nicht mehr. Ich schaffe es trotzdem und sinke sofort wieder in das Universum des Wohlgefühls, das sich noch verstärkt, als sie beginnt, meine Fußknöchel sanft kreisen zu lassen. Endlich lasse ich ganz los, es ist einfach göttlich, Genuss pur.

Eine knappe Stunde später gehe ich völlig entspannt zu Camille. Wir beschließen, vor Ort zu Mittag zu essen, und bestellen Lachs. Camille meint, dass eine »leichte« Buttersauce unbedingt dazugehört.

Als das Essen kommt, blickt sie auf ihren Teller und verzieht enttäuscht das Gesicht. »Der sieht mir aber nicht besonders buttrig aus.«

Der Nachmittag vergeht, wir lassen uns einfach vom Rhythmus des Lebens mitnehmen. Ich weiß auch nicht, warum eine Rentnerin und eine Arbeitslose gestresst sein können und, ohne rot zu werden, behaupten, sie bräuchten Zeit für sich – aber genau so ist es. Endlich habe ich nicht mehr das Gefühl, der Kuckuck in einer stehen gebliebenen Kuckucksuhr zu sein, der Versuch, sich beschäftigt zu halten, um kein schlechtes Gewissen zu haben. Das Gefühl, dass man sich innerlich ohrfeigen könnte. Etwas, das zu gar nichts führt. Andernfalls wären die letzten Monate bestimmt einfacher für mich gewesen.

Nach unserer Auszeit im Spa flanieren wir durch Honfleur, besuchen das Musée Boudin und La Lieutenance, danach schlendern wir durch die schmalen Kopfsteinpflastergassen. Hier fühle ich mich zu Hause, das ist für mich die wahre Normandie, und ich hoffe, dass sich auch Camille diesem Charme nicht entziehen kann.

Als wir über den weiteren Verlauf des Abends nachdenken, merken wir, wie müde wir sind. Spontan kehren wir in ein Restaurant ein, das Salat und Sandwiches auf der Karte hat. Nachdem wir bestellt haben, frage ich seufzend: »Nun, wie war der zweite Tag?«

Sie zwinkert mir amüsiert zu.

»Ich glaube, er hat mir ebenso gut gefallen wie dir. Ich habe dich noch nie so entspannt erlebt.«

Tatsächlich fühle ich mich anders, seitdem mein Rücken nicht mehr so verkrampft ist. Ich habe das Gefühl, als hätte ich keinen einzigen Knochen mehr im Leib, und *es tut so gut*! Ich frage mich, warum ich all die Jahre so verspannt war. Kurzum: Ich fühle mich wie neugeboren! Die Massage hat Wunder gewirkt. Aber da ist noch etwas. Etwas, das ich nicht so leicht in Worte fassen kann. Als hätte man mir einen schweren Panzer abgenommen. Wie soll ich das Camille erklären, ohne dass sie mich für halb verrückt hält?

»Ja, so ist es auch. Es geht mir so gut wie schon lange nicht mehr«, gebe ich mit einem verlegenen Lachen zu.

Sie schaut mich liebevoll an, auch wenn ich einen Hauch Melancholie in ihrem Gesicht lesen kann, der sie seit der Beerdigung nicht mehr verlassen hat. Hin und wieder schwindet der Schatten, aber die Trauer begleitet sie. Ist es respektlos von mir zu hoffen, dass wir dieser Realität entkommen können? Sie hat sich von ihrem einzigen Sohn verabschieden müssen, sie hat jedes Recht, traurig zu sein.

»Lass uns über morgen sprechen«, schlägt Camille vor. Sie schaut auf ihren Salat und beginnt, den Teller langsam zu drehen, um ihn von allen Seiten zu begutachten. Ich muss lachen, denn ich habe noch nie jemanden kennengelernt, der sein Essen so aufmerksam betrachtet wie sie. Ihren scharfen Augen entgeht nicht das kleinste Detail.

»Soll ich dir etwa meine Pläne verraten? Keine Überraschung?«

Sie verzieht das Gesicht.

»Entschuldige, ich bin einfach zu neugierig.«

»Das kann ich verstehen. Hmmm, ich gebe dir ein paar Tipps. Es liegt …«

»In der Normandie«, rät sie amüsiert.

»Gewonnen! Hinweis Nummer zwei: Es hat mit einer deiner Leidenschaften zu tun …«

Sie zieht die Augenbrauen hoch und denkt nach. Dann pickt sie mit ihrer Gabel in den warmen Ziegenkäse mit Honig, während ich in meinem *Salade périgourdine* herumstochere.

»Hmmm, Kochen? Es gibt einige normannische Spezialitäten, die ich noch nicht probiert habe. Oder etwas mit Gärtnern? Ein Kurs vielleicht? Bitte nur nichts mit Häkeln. Du weißt, das würde in einer Katastrophe enden!«

Was würde man mit mir wohl unternehmen? Habe ich irgendwelche Leidenschaften?, frage ich mich und fühle mich ein bisschen elend. Lesen? Na klar, aber was noch? Rechtsgeschichte? Bestimmt nicht! Mein Job war eher ein Rettungsring. Mehr fällt mir nicht ein. Gehöre ich zu den Leuten, die keine Leidenschaften, keine Hobbys haben, gibt es nichts, was mich begeistert?

»Isabelle?«

Ich hebe den Blick. Camille schaut mich fragend an.

»Entschuldige, hast du etwas gesagt?«

»Ich habe dich gefragt, ob ich auf der richtigen Spur bin.«

»Nein, so schnell kommst du diesmal nicht drauf!«

Sie nickt, schaut mich weiter an und sagt: »Ich wette, der Salat ist mit Nussöl angemacht, das schmecke ich heraus … ist alles in Ordnung? Du wirkst etwas durcheinander.«

Einen Moment lang überlege ich, auf ihre Nussöl-Vinaigrette einzugehen, dann beschließe ich, die Karten auf den Tisch zu legen.

»Es geht mir gut, ich habe mich nur gefragt, was meine Interessen sind. Und finde mich … fade, um ehrlich zu sein.«

Camille legt bedächtig ihr Besteck beiseite und faltet die Hände über dem Teller. Sie guckt mich an, als würde ich gleich eins auf den Deckel kriegen …

»Denkst du das wirklich über dich?«

»Ich …«

Meine Stimme bricht. Zwei Tische neben uns sitzt ein junges Pärchen in den Zwanzigern und himmelt sich an. Sie sehen aus, als würden sie gleich einen Schokoladenbrunnen bestellen oder irgendein anderes Dessert, das »für ein Liebespaar!« schreit. Etwas weiter weg sitzt ein anderes Paar um die fünfzig. Seitdem die beiden hier sind, hat der Mann bestimmt schon ein Dutzend Mal auf sein Handy geschaut, aber seinem Gegenüber noch kein Mal ins Gesicht.

»Isabelle? Ist dir klar, dass du selbst zu deinem schlimmsten Feind wirst, wenn du so etwas über dich sagst?«

Im Grunde weiß ich, dass sie recht hat. Aber es ärgert mich, das vor ihr zugeben zu müssen. Was weiß sie denn schon von meinem derzeitigen Leben? Sie hatte einen Mann und einen Sohn, hat mit ihnen zusammengelebt, glücklich, bis das der Tod sie geschieden hat … Jetzt sind wir beide gleich einsam. Aber sie ist so alt, dass sie es wohl bleiben wird. Wer von uns hat mehr Grund, sich zu beklagen? Ich weiß es nicht, ehrlich gesagt.

Ich beruhige mich sofort wieder, merke, wie das Unwetter fortzieht. Ich lächele sie aufrichtig an.

»Findest du mich belehrend?«, fragte sie beunruhigt. »Entschuldige, das passiert ganz automatisch, wenn man alt wird. Man glaubt alle Klippen umschifft und die Fallen erkannt zu haben und bemerkt gar nicht, dass man das Wichtigste vergisst …«

Neugierig sehe ich sie an, während ich einen Schluck Rosé trinke.

»Wenn ich dir sagen würde, Schokolade macht dick, du Schokolade aber liebst, weil der Genuss dir ein kurzes Gefühl der Befriedigung verschafft, würde es dich davon abhalten, sie zu essen?«

Ich lache.

»Das gilt übrigens auch für Käse«, fügt sie hinzu.

Und etwas in mir, der nostalgische und frustrierte Teil, also nicht gerade der glanzvollste, fügt im Geiste hinzu: *Und für Sex.* Ein weiterer Genuss, auf den ich schon eine Weile verzichte.

»Stell dir mal vor, ein Leben ohne Ziegenkäse!«, meint sie ironisch.

»Allein der Gedanke ist ein Albtraum!« Wir lachen beide.

»Nein, mal ernsthaft. Jeder macht Fehler. Und manchmal kann man etwas nicht lassen, auch wenn man weiß, dass es einem nicht guttut. Aber Frauen scheinen Expertinnen im *mea culpa* zu sein. Sie analysieren sich, kritisieren sich, fordern sich selbst heraus … Im Grunde ohne jedes Mitleid mit sich selbst. Ich weiß, dass du dir weiter Vorwürfe machen wirst, egal, was ich sage. Ich habe mir so vieles vorgeworfen, am Ende sogar meine natürliche Haarfarbe! Du kennst mich nur mit weißen Haaren, aber früher war ich blond. Du weißt ja, was man über Blondinen sagt? Auch wenn es dich nicht betrifft.«

Dabei deutet sie auf meine braunen Locken, die sich aus dem Knoten gelöst haben, den ich mir mühevoll in unserem Zimmer hochgesteckt hatte. Allerdings mit geringem Erfolg, der leichteste Windstoß hat genügt, um das kleine Kunstwerk wieder zu zerstören.

»Es stimmt, dass ich unendlich viel Zeit darauf verwende, mich zu bewerten und meine Entscheidungen zu hinterfragen. Mein Jurastudium, meine Karriere als Anwältin, ich frage mich heute noch, ob ich dazu überhaupt geeignet bin. Die Ehe mit Arnaud. Warum habe ich geheiratet, obwohl ich an der Institution der Ehe zweifele? Wie soll ich mir die Haare schneiden lassen? Ist es besser, einen Diesel oder einen Benziner zu fahren? Alles scheint man hinterfragen zu müssen.«

Ich kann es nicht leugnen, Camille hat mich mit der Wahrheit konfrontiert. Ich nehme alles zu ernst, analysiere mich und bin überkritisch mit mir. Die meiste Zeit stelle ich mich infrage und mache mir Vorwürfe: Warum treibe ich nicht mehr Sport? Warum lese ich nicht die Romane von der Liste der hundert besten Bücher, statt bei Facebook meine Zeit zu verschwenden? Um ehrlich zu sein, kenne ich höchstens zehn davon … Warum werde ich nicht endlich aktiv, statt mir meine Untätigkeit vorzuwerfen?

Ich habe keine Verpflichtungen. Niemand schreibt mir etwas vor. Von den Psychotests in den Frauenzeitschriften, den sozialen Netzwerken, meiner Friseurin, meinen Freundinnen mit ihren »gut gemeinten« Ratschlägen und meiner Nachbarin aus dem dritten Stock, die mir sogar erklärt, dass ich die falschen Müllbeutel kaufe, einmal abgesehen!

Konsterniert lehne ich mich zurück und blicke auf meinen Teller. Selten habe ich so klar gesehen, wie verrückt ich mich mache.

»Oh, oh … ich glaube, ich verstehe jetzt, was du meinst.«

Camille bricht in herzhaftes Lachen aus, unsere Nachbarn drehen sich um. Ich will mich gerade entschuldigen, als mir klar wird, dass ich mich nicht zu entschuldigen brauche! Eine Achtzigjährige so glücklich zu sehen tut gut, gibt Hoffnung, dass es einem selbst auch mal so gehen wird. Vielleicht sollte ich mir an ihr ein Beispiel nehmen. Seit wann habe ich nicht mehr aus vollem Hals gelacht?

»Du hast begriffen, wie das Mahlwerk, diese gut geölte Maschinerie, funktioniert, in der wir uns alle befinden, nicht wahr? ›Wird diese Hose auch in sechs Monaten noch modern sein?‹ ›Kann ich in meinem Alter noch Rosa tragen?‹ Beängstigend! Ich habe auch oft das Bedürfnis, mich für mein Verhalten zu entschuldigen, das kann ich dir versichern. Mache ich zu viel für eine alte Frau? Zu wenig? Es ist nie einfach, glaube mir.«

Sie beugt sich zu mir und greift nach meinen Händen.

»Du bist eine leidenschaftliche und empathische Frau, Isabelle. Zweifle nicht daran. Ich spüre es, auch wenn du es noch nicht weißt! Wie wunderbar, dass so viele Möglichkeiten in dir schlummern, die nur darauf warten, sich dir zu offenbaren. Vielleicht ist das der Sinn deines Burn-outs: Du verbrennst innerlich, um herauszufinden, wofür du brennst. Was meinst du?«

Belustigt hebe ich die Augenbrauen.

»Ich wusste gar nicht, dass du Englisch sprichst.«

»Nur ein paar Worte«, erwidert sie und zwinkert mir zu.

Wer hat zuletzt so fest an mich geglaubt? Ungläubig sitze ich da und komme mir klein und unbeholfen vor. In meinen Augen stehen Tränen.

»Ich fühle mich absolut nicht leidenschaftlich.«

»Dein Leben hat dir einfach keine Zeit gelassen, um herauszufinden, worauf deine Leidenschaft sich richten soll, das ist alles. Du bist aufrichtig, großherzig und hilfsbereit. Ich bin überzeugt, dass du vielen verzweifelten Paaren bei ihrer Scheidung beratend beigestanden, Menschen bei Nachbarschaftsstreitigkeiten und anderen Problemen geholfen hast. Während du nie um Hilfe bittest, da bin ich sicher… Ich sage dir jetzt etwas, wofür ich mich eigentlich schämen müsste: Als du dich von Arnaud hast scheiden lassen, dachte ich, das könnte eine Chance für dich sein. Männer, Familie, das alles kostet Zeit. Deshalb dachte ich, diese Trennung könnte dir neue Horizonte eröffnen, du würdest die gewonnene Zeit zum Reisen oder für ein Hobby nutzen, für etwas, das dich wirklich interessiert, ohne Rücksicht auf andere nehmen zu müssen …«

Ich bin wie erstarrt. Das, was sie da sagt … ist das genaue Gegenteil, was ich mir von meiner Mutter anhören musste. Ich hätte mein Leben verschwendet, meine Chance auf ein glückliches, erfülltes Leben leichtfertig weggeworfen … Und wenn Camille recht hat? Ich habe mich scheiden lassen, um mich der vorbestimmten Existenz zu verweigern, in der ich mich eingerichtet hatte und von der ich wusste, dass sie mich eines Tages erdrücken würde … ohne mir gleichzeitig zu erlauben, mit Überzeugung ein ganz anderes Leben zu leben.

Camille lässt meine Hände los, und ich wische mir mit meiner Serviette die Tränen aus den Augen.

»Und nun würde ich dich bitten, einmal meinen Salat zu probieren. Ich schwanke noch zwischen Walnuss- und Haselnussöl.«

Ich nehme die Gabel, die sie mir hinhält, dankbar, dass sie das Thema wechselt. Prüfend kaue ich auf einem Rucolablatt herum.

»Walnuss, wenn du mich fragst.«

Ich beschließe, dass ich unsere Auszeit von der Realität von jetzt an genießen werde. Ich werde sie nutzen, um meine Leidenschaft zu finden oder zumindest Neues auszuprobieren. Es ist Zeit für die eine oder andere Veränderung, egal, ob sie mein Leben durchschütteln wird oder nicht!

CAMILLE

Wir fahren durch die Landschaft der Normandie, und ich denke über eine längst vergessen geglaubte Leidenschaft nach: die Malerei. Ich ahne, dass Isabelle mir mit ihrem Geschenk einen Hinweis auf unser nächstes Ziel gegeben hat. Wohin wir wohl fahren? Zu einem Museum? Zu einer Galerie, die einem normannischen Maler gewidmet ist? Das Musée des Beaux-Arts in Caen ist sicher nicht das Ziel, das wäre zu simpel. Sie weiß, dass ich die Stadt gut kenne. Schließlich geht es um eine Entdeckungstour.

Auch der eingeschlagene Weg gibt mir keinen Hinweis. Isabelle meinte nur, wir wären den ganzen Vormittag unterwegs und bräuchten eine Pause, bevor wir am Nachmittag ankämen. Erst sind wir nach Deauville zurückgefahren, dann haben wir den Fôret-de-Brotonne durchquert, so stand es jedenfalls auf den Schildern. Ich glaube, Hervé und Arnaud waren dort mal mit den Rädern unterwegs. Ich war damals nicht dabei.

An Arnaud zu denken reißt jedes Mal kleine Wunden auf, die ich seit der Beerdigung zu ignorieren versuche. Am Anfang habe ich sie gar nicht richtig gespürt, aber je mehr Zeit vergeht, desto stärker wird das Unbehagen, der Schmerz ist präsenter. Sein Name weckt so viele Erinnerungen … und Wehmut. All das, was ich nicht für ihn getan habe, die Momente, in denen ich die Geduld verloren und ihn angefahren habe, ihn, mein berühmtes »eigenes Fleisch und Blut«. Haben alle Mütter das Gefühl, mit aller Kraft gekämpft zu haben und doch nicht genug?

Ich bezweifle, dass ich die ideale Mutter war. Ein kluger Mensch würde jetzt sagen: »Eine ideale Mutter? Die gibt es gar nicht.« Das ist natürlich richtig. Je mehr Zeit vergangen ist, desto leichter ist es, Bilanz zu ziehen. Eine Bilanz, die mal mehr und mal weniger positiv ausfällt.

Lange Zeit dachte ich, es würde daran liegen, dass ich so spät Mutter geworden bin. Ich habe mit zwanzig geheiratet, bin aber erst mit fünfunddreißig Mutter geworden, das war damals ziemlich verpönt. Heute machen Frauen Karriere, und man gesteht ihnen andere Lebensziele zu, als baldmöglichst ein Kind zur Welt zu bringen. Ich habe fünfzehn lange Jahre darauf gewartet, endlich die »Mutter von …« zu werden. Eine sehr lange Zeit. So lang, dass ich die Hoffnung schon aufgegeben hatte.

Dass das Wunschkind nicht kommen wollte, habe ich hingenommen wie andere ungewöhnliche Dinge auch. Ich mochte keinen Chicorée und keine klassische Musik, konnte gut mit Zahlen umgehen … Und ganz unten auf der Liste ergänzte ich eben noch: unfruchtbar.

Hervé machte mir keine Vorwürfe, er hätte mich deshalb nie verlassen. Und auch meine Schwiegermutter begriff, dass ich mich ihrem Sohn nicht etwa verweigerte. Sie hatte Mitleid mit mir: die arme Camille, unvollständig, nicht ganz in Ordnung. Eine Frau, die keine Kinder bekommen konnte, das war schlimm. Vielleicht akzeptiert es die Gesellschaft im 21. Jahrhundert eher, aber wenn ich mir Isabelle anschaue, habe ich meine Zweifel.

Mit fünfunddreißig erwartete ich keine Überraschungen mehr vom Leben. Ich war eine ergebene fünfunddreißigjährige Ehefrau, die immer perfekt sein wollte, damit es keinen Anlass zur Klage gab. Ich kümmerte mich um den Haushalt, war empfänglich für die sexuellen Wünsche meines Mannes, ich tat alles, damit er mich nicht verurteilte. Wenn ich mit Hervés Buchhaltung fertig war, kümmerte ich mich um Bekannte aus der Nachbarschaft. Ich bot auch den überforderten Müttern Hilfe mit ihren Kindern an, aber die wollten sie nicht. In ihren Augen war ich auf diesem Gebiet inkompetent. Um ein Kind zu betreuen, reichte gesunder Menschenverstand nicht aus. Sie schätzten meine Freundlichkeit und Hilfsbereitschaft und machten sich nicht über mich lustig, aber sie bedauerten mich. Nicht in der Spur zu sein wurde als Schicksalsschlag aufgenommen. Nicht als ein Affront gegen die Gesellschaft.

Als mein Hausarzt mir nach einem langen Monat unerklärlicher Übelkeit mitteilte, ich sei schwanger, kam ich mir dumm und naiv vor. Ich hatte seit drei Monaten keine Periode mehr, was mir gar nicht richtig aufgefallen war. Aber wenn man seit fünfzehn Jahren auf etwas wartet, was dann endlich eintritt, sieht man es nicht auf den ersten Blick. Ich zählte schon lange keine Tage mehr, solche Dinge hatte ich aus meinem Kalender gestrichen.

Und dann wurde ich mit fünfunddreißig Mutter. Eine alte Mutter, das muss man so sagen. Heute gibt es viele Gründe, warum Frauen ihre Kinder erst spät bekommen, damals war das anders. Alle meine Freundinnen waren bereits Mütter, manche sogar mehrfach, und auch der letzte »Nachzügler« war schon sechs. Ich fühlte mich noch mehr als Außenseiterin als vorher. Mit zwanzig heiraten war schon spät, aber mit fünfunddreißig Mutter werden, das war abnormal!

Selbst Hervé konnte es nicht glauben. »Du musst dich irren«, war seine erste Reaktion. Als ich klarstellte, dass der Arzt meine Vermutung bestätigt hatte, musterte er meine immer noch schmale Taille. Und in diesem Moment änderte sich etwas in seinem Blick. Vielleicht hat mir das am meisten wehgetan. Ich erkannte etwas in seinen Augen, das ich zuvor noch nie gesehen hatte. Und mit einem Mal wurde mir klar, was es war: Dankbarkeit. Alles, was ich gegeben und getan hatte, war nichts gegen meine Leistung, Mutter zu werden. Und wie hätte ich es ihm übel nehmen sollen? Er hatte nie einen Hehl daraus gemacht, was ihn glücklich machen würde, ein schönes Heim und eine Familie. Er hatte für das Heim gesorgt und sich eine Frau gesucht. Er hatte seinen Beitrag geleistet.

Warum fühle ich mich selbst jetzt noch als schlechte Mutter? Warum musste ich denjenigen beerdigen, den ich zweifellos nicht so geliebt habe, wie ich sollte? Ich glaube, diese Fragen werden mich bis an mein Lebensende begleiten, darüber werde ich immer wieder nachdenken. Je länger die Beerdigung zurückliegt und mit ihr der erste Schmerz, desto mehr habe ich den Eindruck, damit konfrontiert zu sein. Diese Trauer ist wie ein Bumerang. Ich dachte, sie würde rasch verschwinden. Woran das liegen könnte, darüber wollte ich nicht nachdenken … Doch jetzt kommt sie mit voller Wucht zurück, und zwar stärker als je zuvor.

Nach Tourville-la-Rivière machen wir in einer zufällig ausgewählten Kneipe am Straßenrand eine Pause. Sie wirkt ein wenig trist und heruntergekommen, die Art von Lokalität, die keinen bleibenden Eindruck hinterlässt. Ich esse einen Croque-Madame mit einem nicht mehr ganz frischen Salat. Isabelle entscheidet sich für eine Pizza, die wenig appetitlich aussieht und die sie nicht aufisst.

Die düstere Atmosphäre drückt die Stimmung noch mehr, wir reden nur wenig. Hängen beide unseren Gedanken nach. Wir lassen die Stille einfach so stehen, ohne genau zu wissen, was die andere denkt. Isabelle ist müde, wir hatten einige Baustellen auf der Strecke, was sie doch etwas angestrengt hat. Wir trinken noch einen Kaffee.

Als wir wieder im Auto sitzen, mache ich mir Sorgen wegen der düsteren Stimmung, die Atmosphäre der finsteren Kneipe will einfach nicht weichen. Plötzlich entdecke ich am Straßenrand ein handgemaltes Schild mit einem Obstkorb. Spontan rufe ich Isabelle zu: »Bieg ab!«

»Was?«

Ich deute auf das Schild, aber es ist zu spät, wir sind schon an der Abzweigung vorbei. Die Idee mag etwas verrückt sein, aber warum nicht?

»›Selbst pflücken auf dem Hof von Jean-Lou‹?«, liest Isabelle im Rückspiegel.

Ich nicke. »Da stand ›jeden Mittwochnachmittag‹, und heute ist Mittwoch, oder?«

Sie schaut mich an, als müsste sie selbst erst überlegen, welcher Tag heute ist.

»Ja, ich glaube schon, aber wir hatten doch … Ach, warum nicht, los gehts!«

Sie setzt den Blinker und wendet. Keine fünf Minuten später rollen wir einen unbefestigten Feldweg in Richtung »Jean-Lou« entlang. *Weg mit den dunklen Gedanken und auf zu neuen Abenteuern!*

ISABELLE

Wir stehen auf einem normannischen Bauernhof, es riecht nach Stall.

»Ich schau mal, was ich machen kann«, sagt Jean-Lou, als er uns in Empfang genommen hat.

»Danke, das ist sehr nett.«

Etwas verlegen sehen wir ihm nach, als er verschwindet, um Gummistiefel zu suchen, die er uns leihen kann. Dabei murmelt er etwas, das wie »Touristen …« klingt. Ich kann es ihm nicht übel nehmen, es stimmt ja. Wir tauchen aus heiterem Himmel auf mit Schuhwerk, das hier nichts zu suchen hat: ich in Turnschuhen und Camille in empfindlichen Wildlederschuhen.

Ich weiß auch nicht, was Camille auf diese verrückte Idee gebracht hat. Erst habe ich mich fast ein bisschen geärgert. Was ist mit dem Ziel, das ich ausgewählt habe? Aber dann habe ich mich daran erinnert, dass Spontanität uns schon einige Male richtig gutgetan hat, warum also nicht?

Mit einem Weidenkorb in der Hand stapfen wir schließlich mit etwa zwanzig anderen Leuten über das Feld. Bei den meisten Besuchern handelt es sich um Familien, Mütter mit ihren lebhaften Sprösslingen. Wie oft angesichts solcher Szenen fühle ich mich hin- und hergerissen, einerseits gleichgültig … und andererseits auch wieder nicht.

Obwohl ich keine eigenen habe und mir im Umgang mit ihnen die Erfahrung fehlt, wecken Kinder meine Neugier. Neben mir schleppt ein kleiner Blondschopf einen viel zu großen Korb.

»Ambre, lass den Korb stehen, ich trage ihn«, wiederholt ihre Mutter bestimmt zum zehnten Mal. Sie hat eine Babytrage dabei, in der ein Baby sichtlich zufrieden an seinen dicken Fingern lutscht.

»Nein, ich will!«

Entschlossen geht das Mädchen ein paar Schritte weiter, dann rutscht ihr der Korb aus der Hand. Die Mutter seufzt, lässt ihre Tochter aber gewähren.

Wir stehen mitten in einer Obstplantage. Es duftet nach reifen Kirschen und feuchter Erde. Die Sonne heizt uns ordentlich ein, und mit einem Mal habe ich das Gefühl, dass dieser Umweg doch eine gute Idee war. Ich entdecke kleine rote Tupfer zwischen den grünen Blättern.

»Bevor es losgeht, werde ich Ihnen rasch noch ein paar Tipps geben«, verkündet Jean-Lou, der sich in seinen Gummistiefeln vor uns aufgebaut hat, mit kraftvoller Stimme.

Sein markantes Gesicht unter den zerzausten Haaren ist beeindruckend. Man sieht ihm an, dass er an der frischen Luft arbeitet. Niemand unterbricht ihn. Er erklärt, dass die rot lackierten Pfosten die Grenze zu dem Bereich markieren, wo die Früchte schon erntereif sind, vor allem Erdbeeren und Kirschen, die in diesem Jahr früh dran sind. Daneben liegt der Bereich, der für uns tabu ist, dort sind seine Helfer mit Vorbereitungsarbeiten beschäftigt. Darauf sollen wir achten.

»Das gilt vor allem für die Kinder. Passt auf die Traktoren auf!«

Die Warnung ist deutlich, und ich bin sicher, dass sie vor allem für meine kleine Nachbarin gedacht ist, die noch immer mit ihrem Korb kämpft.

»Am Ende werden die Körbe gewogen, gezahlt wird pro Kilo. Wir haben auch einen Gemüsegarten, in dem Sie sich für die Woche versorgen können. Dort wächst Gemüse der Saison. Noch Fragen?«

Unisono schütteln wir die Köpfe.

»Bis später!«

Er verschwindet in dem Bereich jenseits der roten Pfosten.

»Vielleicht sollten wir uns mit dem Pflücken etwas zurückhalten, oder?«, fragt Camille, die ein wenig aufgekratzt wirkt.

»Ja, einen Kirsch-Clafoutis wirst du in den nächsten Tagen wohl nicht backen. Und im Kofferraum halten sich die Früchte bestimmt nicht so gut.«

Ambres Mutter lächelt mir von der Seite zu, sie hat ebenso blonde Haare wie ihre Tochter und scheint um die dreißig zu sein. Sie trägt ein Haarband, was ihr einen gewissen Hippiecharme verleiht.

»Hallo, ich bin Sylvie.«

»Isabelle.«

»Legen Sie ruhig los, die Kirschen sind hervorragend, wir waren schon öfter mit den Mädchen hier. Nicht wahr, Ambre?«

»Ja!«, antwortet die Kleine.

Ich lächle ihr zu.

»Wie alt ist sie?«

»Wie alt bist du, mein Schatz?«, gibt Sylvie die Frage weiter, in der Hoffnung, sie damit von dem Versuch abzulenken, in den Korb zu klettern.

»Drei!«

Wie spricht man mit einer Dreijährigen? Ich beschließe, mich beeindruckt zu geben.

»Wow, das ist schon ziemlich groß!«

Ich weiß, wie albern das klingt, aber Ambre und ihre Mutter lassen sich nichts anmerken. Während wir mit Camille auf den ersten Kirschbaum zulaufen, sprechen wir übers Obstpflücken, dann über Erziehung und gelangen schließlich zum Thema Zahnen. Aus den Augenwinkeln beobachte ich, dass Camille sich zurückhält, sie will nichts Falsches sagen. Doch dann meldet sie sich doch: »Als mein Arnaud Zähne bekommen hat, hatte er immer Fieber, rote Wangen und quengelte ununterbrochen.«

Sylvie lacht, während Ambre langsam näher kommt. Aufmunternd lächle ich ihr zu, um ihr zu zeigen, dass sie keine Angst vor uns zu haben braucht.

»Alles klar, Ambre?«, versuche ich es mit meiner »Nett und ein bisschen cool«-Stimme.

»Nimmst du mich auf die Schultern?«

»Ambre! So was fragt man nicht«, schimpft ihre Mutter.

Ich hebe beschwichtigend die Hand. Warum denn nicht?

»Also, ich habe nichts dagegen. Aber wenn Sie …?«

»Nein, nein, meine Kinder sind sehr kontaktfreudig, sprechen jeden an«, antwortet Sylvie stolz. »Aber sie nutzen die Leute schamlos aus.«

»Machen Sie sich keine Sorgen, wirklich.«

Etwas ungeschickt beuge ich mich nach unten. Wie ein Äffchen klettert Ambre auf meinen Rücken und sitzt blitzschnell auf meinen Schultern.

»Hoch!«

Jedenfalls glaube ich, dass sie das gesagt hat, es klingt eher wie »ooch!«. In diesem Alter ist die Sprache manchmal noch etwas unverständlich, da brauchen wir Erwachsenen eben Fantasie.

»Ambre, nicht so wild«, ermahnt ihre Mutter sie. Offensichtlich macht sie sich Sorgen, ich könnte ihr Kind für schlecht erzogen halten.

Braucht sie aber nicht. Ich gehöre nicht zur eingeschworenen Gemeinschaft der Mütter. Ich versuche, mich Kindern gegenüber wie eine Freundin zu verhalten, ihr Vertrauen zu gewinnen. Jenseits der vierzig fliegt aber schnell auf, dass man eigentlich auf der Seite der Erwachsenen steht.

Am Anfang bin ich etwas angespannt, weil ich fürchte, Sylvie könnte mich beobachten, misstrauisch, um sicherzugehen, dass Ambre bei mir nichts passiert. Aber im Gegenteil: Sie wirkt ganz entspannt und freut sich sichtlich über den Moment der Ruhe. Und auch ich werde lockerer.

Ambre sitzt auf meinen Schultern und gibt die Befehle.

»Dahin. Nein! Näher … oh, schau mal!«

Stolz zeigt sie die Trophäe, die sie von einem Zweig gepflückt hat. Eine winzig kleine und noch fast grüne Kirsche. Ich staune ehrfürchtig und pflücke mit einer Hand ein reiferes Exemplar von einem benachbarten Zweig. Mit der anderen Hand umklammere ich Ambres rechten Knöchel, aus Angst, sie könnte mir doch von den Schultern rutschen. Im Notfall hätte ich sie. *Aber kann man ein Kind am Knöchel halten? Oder gibt es da einen anderen Trick?*

»Sie können gut mit Kindern, Ambre ist ganz begeistert«, sagt Sylvie anerkennend.

Das Kompliment überrascht mich. Dass ich ein Händchen

für Kinder habe, hat mir nun wirklich noch nie jemand gesagt. Wortlos nicke ich.

Immer wenn ich näheren Kontakt mit Kindern habe, warte ich heimlich auf diesen Stich im Herzen. Aber es kommt nichts. Ich wollte keine Kinder, nie. Ich finde es schön, dass Ambre auf meinen Schultern sitzt. Mit ihr zu plaudern und grüne Kirschen zu pflücken gefällt mir. Aber damit ist es dann auch gut, und ich bin froh, dass unsere gemeinsame Zeit irgendwann ein Ende hat. Als coole Tante wäre ich perfekt gewesen: um ins Kino zu gehen, Geheimnisse zu bewahren, Geschenke zu machen, als Teilzeitbabysitterin. Leider habe ich aber keine Geschwister, genau wie Arnaud, und folglich auch keine Nichten und Neffen. Sylvies Kompliment tut mir gut: In Sachen Kinder scheine ich nicht ganz unbegabt zu sein.

Wir streifen weiter durch die Reihen der Kirschbäume, während Sylvie und Camille angeregt miteinander plaudern. Nach einer Weile will Ambre von meinen Schultern runter, um mit einem Jungen zu spielen, der auf uns zurennt. Die beiden spielen zwischen den Bäumen und wollen vom Pflücken nichts mehr wissen, aber alle scheinen zufrieden. Ich erwische mich dabei, dass ich sie nicht aus den Augen lasse und ein bisschen besorgt bin, ob sie sich in der prallen Sonne nicht einen Stich holen. Sylvie dagegen ist total entspannt, und mir wird klar, dass meine Sorge lächerlich ist. Von wegen »coole« Tante … »Ängstlich« würde es vielleicht besser treffen.

Die Stimmung auf der Plantage ist gut. Menschen, die sich heute zum ersten Mal sehen, plaudern über dies und das, tauschen Backrezepte und haben eine gute Zeit miteinander … ich fühle mich wie im Urlaub. Ich helfe einem vier- oder fünfjährigen Mädchen auf, das direkt vor mir in den Schlamm geplumpst ist, es strahlt mich aus großen Augen an. Offensichtlich ist es ihr egal, ob sie dreckig ist oder nicht.

Ich muss an meine Jugend denken, als ich in den Sommerferien auf einem Obsthof geholfen habe, um mir ein bisschen was dazuzuverdienen. Das ist ewig her, und die Atmosphäre war längst nicht so entspannt wie hier. Beim kleinsten abgerissenen Zweig oder der geringsten faulen Stelle wurden wir jungen Helferinnen und Helfer zusammengestaucht.

»Alles klar?«, fragt Camille. Ich nicke hinter meiner Ray-Ban, obwohl inzwischen ich es bin, der die Sonne langsam zu schaffen macht.

»Alles klar.«

Plötzlich ist lautes Fluchen zu hören. Wir stehen am Rand des Besucherbereichs, etwa fünf Meter von den Markierungen entfernt. Ein schlaksiger junger Mann tritt gegen die lehmverdreckten Reifen eines in die Jahre gekommenen Traktors.

»Verdammter Mist, verdammter, so eine Sch…«

Camille schmunzelt. Ich wette, der Junge ist der Sohn des Bauern, der in den Ferien helfen muss. Er ist sicher ein Meter achtzig groß, aber nicht älter als sechzehn. Auf seinem Milchgesicht sprießen vereinzelt Barthaare.

Als er den Kopf hebt und sieht, dass wir ihn beobachten, bemerke ich einen Anflug von Röte.

»Oh, entschuldigen Sie, bitte, Madame.«

Ich verstehe sofort, dass mit »Madame« Camille gemeint ist. Die geht festen Schrittes auf ihn zu.

»Na, was ist denn los mit dem verdammten Mist?«

Ich kichere. Völlig entgeistert starrt der Arme Camille an.

»Also?«, hakt Camille nach.

»Ich … ich habe einfach keine Erfahrung mit dem alten Ding. Wir haben auch neuere Traktoren, aber weil einer eine Panne hat, musste ich den hier nehmen … Der blockiert die ganze Zeit, und im Feld dort hinten bin ich sogar stecken geblieben«, schimpft er.

Lachend umrundet Camille das historische Vehikel, dann zieht sie ihre Brille aus der Tasche, setzt sie auf und bückt sich zwischen die Räder. Ich bin sicher, dem Jungen bricht der kalte Schweiß aus, aber er traut sich nicht, etwas zu sagen. Nachdem sie sich langsam wieder aufgerichtet hat, reibt Camille sich den Rücken und mustert ihn über den Rand ihrer Brille.

»Wenn du willst, fahre ich ihn zum Hof zurück.«

Der Jungbauer überragt meine Camille um Haupteslänge, aber in diesem Moment wirkt er winzig klein.

»Ich habe allerdings eine Bedingung: Die junge Frau dahinten, ihre zwei Kinder und meine Schwiegertochter dürfen auch mitfahren.«

»Können Sie den wirklich fahren?«

Camille nickt selbstbewusst. Sie genießt die Ironie der Situation sichtlich.

»Wenn etwas kaputtgeht, bringt mich mein Vater um. Der Traktor hat schon meinem Großvater gehört, das ist einer der ersten …«

»Also was jetzt?«

Ob er wirklich einverstanden ist, kann ich nicht beurteilen, jedenfalls scheint er nicht Nein sagen zu können. Entschlossen ruft Camille: »Hol Sylvie und die Mädchen! Ich bringe das Ding zum Laufen.«

Als sie auf den Traktor zugeht und auf die zwei Tritte, über die man auf den Fahrersitz gelangt, fällt mir auf, dass es nirgends Griffe gibt, an denen man sich festhalten kann. Ich winke dem jungen Mann, der ihr sofort nach oben hilft.

Camilles natürliche Autorität scheint auch vor Traktoren nicht haltzumachen: Keine fünf Minuten später finde ich mich mit Ambre auf dem Beifahrersitz wieder, an uns gedrängt sitzt Sylvie, die die Babytrage umklammert und versucht, den Säugling zu beruhigen, dem das Ganze nicht geheuer ist. Langsam tuckern wir über die Obstplantage, Camille thront stolz am Steuer, die Nase wie eine Amazone in den Wind gereckt. Eine Amazone in Gummistiefeln auf einem rostigen Schlachtross.

Als sich unsere Blicke treffen und Camille mein Lachen bemerkt, ruft sie laut, um den Motorenlärm zu übertönen: »Ich habe dir ja gesagt, dass Hervé aus einer Bauernfamilie stammt. Du wirst sehen, die Kirschen kriegen wir geschenkt!«

Wenn ich daran denke, wie Camille es sich schon früher nicht hat nehmen lassen, auf dem Markt um eine Handvoll Erdbeeren zu feilschen, muss ich schmunzeln. Liebevoll schaut sie jetzt zu Sylvies kleiner Tochter, die immer noch etwas skeptisch aus ihrer Trage lugt.

»Ambre, singst du uns ein Lied?«, frage ich.

Sie schaut mich verblüfft an.

»Jetzt?«

Der Traktor schüttelt uns tüchtig durch, und ich halte sie so gut wie möglich fest, damit sie nicht vom Sitz rutscht.

»Ja! Los gehts!«

Ambre klammert sich noch fester an mich und überlegt. Nach kurzem Zögern beginnt sie, einen mir unbekannten Abzählreim zu singen. Ihre Mutter lächelt schelmisch. Der Reim ist einfach und immer der gleiche. Ohne weiter nachzudenken, singe ich eine Strophe, und schließlich stimmt auch Camille mit ein.

Ich sitze auf einem klapprigen Traktor, rolle durch eine normannische Obstplantage und singe lauthals: »In einem Spinnennetz sitzen drei Elefanten und macht einer plumps, dann gibts einen Rumms …«

Der Himmel ist blau, die Sonne wärmt meine Haut. Camille singt mit klarer, manchmal etwas brüchiger Stimme, und Ambres Lachen allein ist ein Grund zur Freude. Ich fühle mich wie die Frau, die ich immer sein wollte, die ihren Frieden mit Kindern gemacht hat. Die »Tante«, die »Freundin« von Mama, die keine eigenen Kinder hat und auch keine will, aber die Kinder der anderen mag. Und dann stimmen wir die nächste Strophe mit vier Elefanten an.

CAMILLE

Ich lese das Schild: Evreux. Was hat Evreux mit Malerei zu tun? Aber es ist noch nicht das Ende unserer Reise. Endlich taucht ein weiterer Name auf, einer der mir etwas sagt. Das muss es sein! Ich schaue zu Isabelle, die interessiert meine Reaktion beobachtet. Sie lächelt und nickt.

»Wirklich, nach Giverny?«

»Ist das gut?«, antwortet sie mit einer Gegenfrage.

Erneut weichen die scharfen Kanten der Trauer ein bisschen auf, sodass ich nicht Gefahr laufe, mich an ihnen zu schneiden. Mein Traktorabenteuer, die Kirschernte und jetzt auch noch die Vorfreude auf das berühmte Giverny überlagern alles! Ich kenne diesen Ort natürlich, aber nur von Fotos und Gemälden. Er gehört zu der Kategorie »Irgendwann schaue ich mir das mal an«. Jahrelang hat er dort geschlummert. Pauline kannte die berühmten Gärten noch nicht mal dem Namen nach, wie ich irgendwann überrascht festgestellt habe. An wem außer ihr sind Monets wunderbare Werke aus Giverny noch vorbeigegangen?

Die kleine Gemeinde Giverny liegt an der Grenze zu den Départements Yvelines und Val-d'Oise, gehört aber noch zur Normandie. Ich schaue aus dem Fenster und bin fast ein wenig enttäuscht. Für mich müsste sich das Städtchen wie durch Zauberei in ein impressionistisches Gemälde verwandeln, alles müsste Malerei sein, getupfte harmonische Farben, die sich zu einem pointillistischen Ganzen zusammenfügen.

Nachdem wir das Auto geparkt haben, schlendern wir durch die malerischen Gassen. Claude Monet hat einen bleibenden Eindruck hinterlassen, überall stehen Schilder, die den Weg zu seinem Anwesen, seinem Garten und zum *Musée des impressionnismes* weisen. In der Touristeninformation holen wir uns einen Stadtplan und beschließen, uns vor der Hauptattraktion noch ein wenig umzusehen.

Ich kann Entfernungen schlecht schätzen, aber das Städtchen scheint klein zu sein, kaum zwei Kilometer von einem Ende zum anderen. Die auf dem Plan markierten Sehenswürdigkeiten sind schnell erreicht. Wir gehen durch den mittelalterlichen Teil, wo sich Natursteinhäuser dicht an dicht aneinanderreihen, und folgen dann dem vorgeschlagenen Weg ins Zentrum. Als ich es vor Ungeduld kaum noch aushalte, zwinkert Isabelle mir zu und fragt endlich: »Wollen wir uns jetzt vielleicht Monets Haus ansehen? Und seinen Garten?«

»Ja!«

Ich beschleunige meinen Schritt, die Neugier treibt mich an. Isabelle folgt mir und erzählt, dass sie die Eintrittskarten im Internet vorbestellt hat, weil an manchen Tagen großer Andrang herrscht. Schon bald erreichen wir das rosafarbene Gebäude, das über und über mit wildem Wein bewachsen ist. Die markante grüne Holztreppe verliert sich fast unter den verschlungenen Ranken.

Auf einmal ist in meinem Kopf kein Platz mehr für Details zu Andrangs- und Öffnungszeiten. Ich kann nur noch an Monets Grafiksammlung denken und vor allem an seinen berühmten Garten, der uns erwartet. Isabelle erklärt, dass er originalgetreu wieder angelegt wurde, genau wie zu Zeiten des Künstlers, der zwischen 1883 und 1926 hier gelebt hat.

Das alte Gebäude strahlt Erhabenheit aus, der Garten dahinter ist noch beeindruckender als die Bilder. Isabelle liest mir aus einer Broschüre vor, wie akribisch der Maler das Haus renoviert und im Garten Licht- und Schattenzonen geschaffen hat … Dann verschwimmt alles vor meinen Augen, ich habe das Gefühl, dass Monets Gemälde zum Leben erwacht sind.

Die Realität und die Bilder werden eins.

Die Irisbeete in ihren hauchzarten Farben, die Rosenbögen, die Tulpen, die Narzissen und die Pfingstrosen … Alles verbindet sich zu einem traumhaften Ganzen! Selbst wenn Monets Werke nicht meinem Geschmack entsprechen würden, wäre ich von diesem Ensemble fasziniert. Isabelle, die den Maler nicht so gut kennt, behilft sich mit einem kleinen Kunstführer und schlägt die Details zu den Bildern nach. Ich lese ein wenig mit und konzentriere mich dann wieder auf den Garten. Einzigartig, nicht in Worte zu fassen. Ich bin ganz Auge.

Als Isabelle vorliest, dass man Monet »den blumenverliebten Malergärtner« nennt, denke ich, dass ich gerne mit ihm befreundet oder zumindest seine Nachbarin gewesen wäre, nur um dabei gewesen zu sein, wenn er eines seiner Bilder gemalt oder diesen märchenhaften Garten gestaltet hat, der genau zu meiner Lebensphilosophie passt: Es gibt so viel Hässliches im Leben, es ist unsere Aufgabe, Schönes zu schaffen, selbst wenn andere es für überflüssig oder sinnlos halten. Monet hat diesen Garten schöpferisch gestaltet, und er hat ihn gemalt, um seine Schönheit mit uns zu teilen und für immer festzuhalten.

Ich spüre ein tiefes Glücksgefühl, als wäre ich fern der Welt, eine Stimmung, die sich auch in Monets Werken erahnen lässt. Wir haben Glück, dass unter der Woche nur wenige Touristen herkommen, wir haben ein freies Blickfeld und können uns gut in seine Zeit hineinversetzen.

Vor meinem inneren Auge sehe ich mich mit einer Tasse Tee unter einem Spalier sitzen, vor mir eine Staffelei, die auf mich wartet, um Schwertlilien und Pfingstrosen zu malen, deren Umrisse ich gerade skizziert habe …

»Camille, gefällt es Ihnen?«

Ich drehe mich zu Isabelle und lächele sie überglücklich an. Ohne nachzudenken, drücke ich sie an mich.

»Wir duzen uns doch! Und ich danke dir noch mal für dieses Geschenk!«

»Ach ja, entschuldige«, flüstert sie in meine Halsbeuge und erwidert dann vorsichtig meine Umarmung. Ich löse mich sanft, meine Hand lasse ich auf ihrer Schulter ruhen.

»Ich nehme an, du findest all das hier sehr beeindruckend, aber für mich … Ich weiß nicht, wie ich in Worten fassen kann, was ich empfinde. Es ist nicht nur die Nähe zu Monet. Der Impressionismus fasziniert mich schon so lange … Ich fühle mich mit dieser Epoche eng verbunden, sie hat etwas Magisches für mich. Ich liebe sie sehr.«

Als sie mich so schwärmen hört, umspielt ein zufriedenes Lächeln ihre Lippen. Meine Sinne sind wie berauscht von all der Schönheit, die uns umgibt: Der betörende Duft, das herrliche Haus und die zauberhafte Natur, in meinem Kopf blitzt ein Monet-Gemälde nach dem anderen auf … Das reine Glück!

»Wir sollten jetzt zur japanischen Brücke gehen«, sagt Isabelle.

Ich komme mir vor wie ein Groupie, das kurz davor ist, sein Idol zu treffen. Fast schlage ich mir die Hand vor den Mund, als wir den See entdecken und die ersten rosa Tupfer darauf. Aber auch der nüchternste Geist würde sich dem Zauber des legendären Seerosenteichs beim ersten Anblick nicht entziehen können.

Andächtig schreiten wir zum Wassergarten, wo der Teich und die berühmte grüne Holzbrücke liegen. Eingebettet im üppigen Grün, umgeben von herabhängenden schweren Dolden weißer Glyzinien. Die Natur ist an diesem Ort so verschwenderisch, so prächtig und so nah an den Bildern, dass ich mir verwirrt die Augen reibe. Mein Blick wandert von den riesigen runden Seerosenblättern eine mächtige Trauerweide hinauf, deren Äste bis ins Wasser hängen.

Irgendwann beginnt Isabelle sich zu langweilen und verkündet, dass sie zum Haus zurückgehen möchte, um sich anzusehen, von wo aus Monet seine Landschaftsbilder gemalt hat. Ich lasse sie gehen und verweile am Teich, denn ich kann den Blick nicht von den Spiegelungen abwenden, die die umgebende Natur auf die Wasseroberfläche des Sees zaubert.

Ich fühle mich mitten in Monets Gemälde hineinversetzt. Das Spiel des Lichts, das impressionistische Bilder so einmalig macht, dringt bis in meine Seele. Etwas in mir löst sich, und als ich mich unbeobachtet fühle, vergieße ich ein paar Tränen. Tiefer Frieden kehrt in mir ein.

Gewiss, die Trauer um Arnaud ist allgegenwärtig, aber hier fühle ich mich wie in einer schützenden Blase. Alles, was traurig ist, wird traurig bleiben, da bin ich sicher. Ich bin zu alt, um meine Schmerzen noch vergessen zu können. Aber ich spüre gleichzeitig auch eine innere Ruhe, und das genügt mir.

Dieser Schwebezustand tut gut und lässt mich das Unveränderbare leichter ertragen.

An diesem besonderen Ort, inmitten dieser magischen Idylle, gelingt es mir, Kontakt zu meinem Inneren aufzunehmen. Ich schwöre mir, nicht mehr rastlos von einer Aktivität in die andere zu flüchten, um mir zu beweisen, dass ich keine nutzlose alte Frau bin. Ich verspreche mir zu malen. Ich verspreche mir, im Rahmen meiner Möglichkeiten, meine Schatten in Bilder zu verwandeln, so wie Monet es in *Avenue de Giverny* getan hat. Zu ergründen, was es ist, das seinem *Seerosenteich II* seine Zeitlosigkeit gibt. Selbst wenn ich daran scheitern sollte. Vor allem aber will ich die Momente, in denen ich wirklich glücklich war, in denen das Leben es gut mit mir gemeint hat, auf die Leinwand bringen, so wie es ihm mit *Das Frühstück im Grünen* gelungen ist. Um all das umzusetzen, wird mein restliches Leben bestimmt nicht ausreichen, aber ich werde es versuchen.

Ich bin vielleicht nicht mehr so beschwingt wie in der Vergangenheit, ich bin oft müde, meine Knochen knirschen, aber das ist alles egal. Es gibt noch so viel zu entdecken.

ISABELLE

Als wir Monets Anwesen verlassen, ist es bereits nach sechs. Wir sind geblieben, bis es zugemacht hat. Ich gehe mit unseren Sachen zum Auto und dann zurück zu Camille, die auf einer Bank vor dem Rathaus sitzt und auf mich wartet.

Wir nehmen uns die Zeit, noch ein wenig zu verweilen. Camille wirkt wie verzaubert, und ich bin jetzt sicher, dass es die richtige Entscheidung war herzukommen, trotz meiner anfänglichen Zweifel. Ich weiß auch nicht, ich hatte mir Giverny immer größer vorgestellt, so wie Honfleur, aber es ist ein beschauliches Dorf geblieben.

Obwohl ich von Camilles Liebe zu den Impressionisten wusste, ahnte ich nicht, welche Wirkung der Besuch von Monets Garten auf sie haben würde. Sie hat sich trotz ihres Alters eine kindliche Freude erhalten. Wer kann das schon von sich sagen? Von Honfleur war sie schon begeistert, aber Giverny ist ein Volltreffer. Während sie am Seerosenteich einige Skizzen gemacht hat, habe ich mir die Zeit anders vertrieben und mich im Haus von Monet umgesehen. Auch das Anwesen des Künstlers ist wunderschön: der blaue Salon, das zitronengelbe Esszimmer mit dem kunstvoll gefliesten Boden, die Küche mit den bunten Wandkacheln … Alles in einem klaren, schnörkellosen Baustil. Für meinen Geschmack vielleicht ein bisschen zu bunt, zumindest im Vergleich zu meiner Wohnung, wo die extravaganteste Farbe, die ich mir erlaubt habe, eine fliederfarbene Wand in der Küche ist. Der Rest ist hellgrau, creme und eierschalenfarben … Ich dachte, an dezenten Farben würde ich mich weniger sattsehen, aber die Farbenfreude hier hat mir richtig gute Laune gemacht. Zusammengewürfelte bunte Fliesen mochte ich schon immer, aber in Monets Arrangement habe ich mich auf den ersten Blick verliebt. Und dann in einer Ecke der alte mächtige Ofen. Einer, wie es sie heute gar nicht mehr gibt, und das ist bestimmt auch besser so, es muss eine Plackerei gewesen sein, ihn einzuheizen und zu reinigen. Aber beeindruckend war er. Schade, dass man keine Fotos machen durfte. Während Camille der Faszination des Wassergartens verfallen ist, habe ich mich am Interieur des Hauses ergötzt.

Ich wünsche mir auch ein Haus, ein altes, ganz im normannischen Stil. Ich würde es renovieren und von A bis Z einrichten, jedes Möbelstück individuell aussuchen, auf Trödelmärkten und in Antiquitätengeschäften stöbern. Und selbst wenn es zehn Jahre dauern würde, warum nicht? Wen sollte es kümmern, ich hätte alle Zeit der Welt. Irgendwohin ziehen, wo es still ist. Camille würde den Garten planen, und ich würde ihr freie Hand lassen. Eine Trauerweide und eine Glyzinie würden mir gefallen. Und die Küche zitronengelb, wie das wohl wäre? Oder anisfarben, das ginge auch.

Aber das sind alles Hirngespinste, ich habe ja meine komfortable Zweizimmerwohnung, die ich mir glücklicherweise schon vor meiner Entlassung gekauft habe. Und wenn wir wieder in der Realität angekommen sind, werde ich dort auch bleiben. Ich lächele Camille zu, die immer noch verträumt durch die Gegend schaut.

»Das war eine großartige Idee, Isabelle. Es wird schwer für mich, unseren kleinen Wettstreit zu gewinnen. Honfleur, Giverny … Ich bedaure wirklich, dass ich nicht schon früher hier gewesen bin. Und vor allem, nicht immer wieder zurückgekehrt zu sein, um meine Batterien aufzuladen und zu malen.«

Sie wirkt entspannt und gleichzeitig voller Leben.

»Ich weiß nicht, wie es dir geht, aber es ist bald sieben, und ich habe Hunger. Lass uns in ein Restaurant gehen und da noch ein paar eigene ›Impressionen‹ sammeln! Ich habe in der Touristeninformation ein paar Broschüren mitgenommen. Und morgen gehts ins *Musée des impressionismes*. Auch dort soll der Garten traumhaft schön sein, du kannst also wieder malen.«

»Du hast recht, wir müssen uns auch noch ein Hotel suchen. Lass uns in der Nähe bleiben, auch auf die Gefahr hin, dass es teuer wird. Ich muss zugeben, dass ich wirklich keine Lust habe, noch irgendwo anders hinzufahren.«

»Das klingt ja ganz so, als würde ich unsere kleine Wette gewinnen …«, sage ich und zwinkere ihr zu.

»Man soll den Tag nicht vor dem Abend loben, wie es so schön heißt! Aber ich muss zugeben, dass du wirklich beeindruckend vorgelegt hast. Ich hoffe sehr, dass dich die erste Bretagne-Etappe genauso sehr begeistern wird wie mich deine Normandie!«

Wir entscheiden uns für eine Brasserie in der Ortsmitte. Nachdem wir auf der Terrasse Platz genommen und bestellt haben, suchen wir im Internet nach einer Unterkunft. Als ich merke, wie spät es schon ist, stehe ich vom Tisch auf und rufe die Pensionen an, die Camille gefallen haben. Beim dritten

Versuch habe ich Glück, eine alteingesessene Familienpension, in der schon Claude Monet übernachtet hat. Und zufällig ist ein Zimmer durch eine Stornierung frei geworden.

Erleichtert kehre ich an den Tisch zurück. Camille um diese Zeit noch einen weiten Weg zuzumuten hätte mir ein schlechtes Gewissen bereitet. Ich spüre, wie müde sie ist. Während meiner Abwesenheit hat sie ihren Block aufgeschlagen und korrigiert mit einem BIC-Stift ihre Skizze.

Als sie mich entdeckt, blickt sie auf.

»Hast du etwas gefunden?«

»Ja, ganz in der Nähe von hier. Wenn wir gegessen haben, hole ich unsere Koffer, und in null Komma nichts liegen wir in unseren Betten. Zeigst du mir, was du gemalt hast?«

Sie reicht mir den Aquarellblock, und ich blättere die wenigen Skizzen durch, die sie bisher angefertigt hat. Eine wirkt ein wenig zittrig und irgendwie unwirklich, vielleicht stimmt etwas mit der Perspektive nicht. Aber eine andere, eine Detailansicht der japanischen Brücke mit überhängenden Glyziniendolden, ist beeindruckend.

»Camille, du bist wirklich begabt! Ich würde das nicht mal an einem ganzen Nachmittag zustande bringen, und du hast gerade mal eine Stunde gebraucht!«

Ich deute auf die Zeichnung, die ich meine. Sie schwankt zwischen Stolz und Bescheidenheit.

»Kannst du die Zeichnung aquarellieren?«

»Ja, unser Kursleiter hat gezeigt, dass, wenn man mit diesen BIC-Stiften malt, die Farbe beim Aquarellieren nicht verläuft, man kann einfach darüber malen, ideal für Skizzen und Tuschezeichnungen.«

Ich stütze die Ellbogen auf den Tisch und beobachte sie

bei der Arbeit, während wir aufs Essen warten. Sie fertigt eine einfache Zeichnung eines Baums an und demonstriert daran die Technik des Aquarellierens. Auch wenn sie meine Aufmerksamkeit etwas nervös macht, beschreibt sie Schritt für Schritt, wie sie vorgeht. Ich habe seit der Schule nicht mehr gemalt und keinen großen Bezug zu Camilles Leidenschaft, aber ich schaue und höre ihr gerne zu.

Der Abend vergeht in einer angenehmen Atmosphäre. Wir essen und plaudern nach Herzenslust, allmählich haben wir uns aneinander gewöhnt. Camille gibt zu, dass sie manchmal erschöpft ist, und ich gestehe ihr, dass der Grund dafür, dass ich mich hin und wieder zurückziehe, der ist, dass ich manchmal einen Moment für mich brauche. Das mag auf den ersten Blick nicht besonders tiefschürfend klingen. Aber eines spüre ich ganz deutlich: Auf dieser Reise bin ich endlich einmal ich. Und das gefällt meiner Reisebegleiterin.

Wir verbringen einen ruhigen Morgen, besuchen wie geplant das Impressionisten-Museum, essen auf die Schnelle in einem kleinen Restaurant zu Mittag und kehren dann noch mal in Monets Garten zurück. Ich versinke in einem der Bücher aus meinem Koffer, und Camille setzt sich für drei lange Stunden auf eine Bank und malt. Die Schatten, die Blumen, die Farben … Der Block, den ich ihr in Honfleur geschenkt habe, ist voll, und ich verspreche ihr, dass wir bei der nächsten Gelegenheit einen neuen kaufen werden.

Anschließend machen wir eine Teepause auf der schattigen Terrasse eines Cafés. Außer einem Paar um die sechzig, sind wir die einzigen Gäste. Er trägt einen Strohhut und sie einen breitkrempigen blassrosa Damenhut. Ich warte nur darauf, dass die beiden ihre kleinen Finger abspreizen, wenn sie ihren Tee zum Mund führen. Das erinnert mich an die Zeit, als ich mir noch erlaubt habe, im Café zu sitzen, etwas zu trinken und den Leuten zuzuschauen, einfach so.

Damals beobachtete ich die Gäste und malte mir aus, wie sie waren, als wären sie Figuren in einem Roman. Das blonde Gift mit der üppigen Figur, dem strahlenden Lächeln, Petticoat und Spitzenkleid, deren roter Lippenstift ihre Espressotasse markierte wie eine Trophäe. Das rothaarige Mädchen mit Sommersprossen, das einen *Diabolo menthe* trank, in einem Glas, das viel zu groß für sie wirkte … Gibt es das noch? Die jungen Leute trinken wahrscheinlich Cola. Ich rede schon wie Camille, wenn sie mit ihrem Alter kokettiert!

Nach dem Tee legt sich Camille ein wenig hin. Eine Nacht werden wir noch bleiben, dann ist die Pension wieder ausgebucht. Ich schlendere durch Giverny, schaue mir die Kirche und die alten Gassen an, grüße Monet an jeder Straßenecke … Ich genieße es, mich treiben zu lassen, und nehme schließlich auf einer Bank Platz. Auf solche Auszeiten zu verzichten hat mich in den Burn-out geführt: Mein Leben war von vorne bis hinten durchgetaktet, alles zielorientiert. Es ging so lange gut, bis meine Batterien eines Tages leer waren.

Wie kam ich darauf, in den letzten zehn Jahren die alten Leute auf den Bänken, an denen ich in meinen hochhakigen Schuhen vorbeigehastet bin, zu bemitleiden? Jetzt sitze ich selbst hier, ein wenig desorientiert, aber glücklich.

Eine geschlagene Stunde bleibe ich mitten im Ort auf der Bank sitzen, ohne einen Grund dafür zu haben, außer es mir gut gehen zu lassen! Die Beine übereinandergeschlagen, schaue ich zu, wie die Leute kommen und gehen. Einige Touristen machen Fotos, eine kleine Gruppe geht die Straße entlang, sicher ins Museum … Selbst mein Buch habe ich nach ein paar Seiten weggelegt und lasse die Zeit bewusst einfach so verstreichen.

Hat man im Leben überhaupt jemals das Gefühl, Zeit zu haben? Schon als Kind drängelten meine Eltern: »Beeil dich!«, »Wir sind spät dran!«

Als Jugendliche war mein Leben so kompliziert, dass es mit dem Zeithaben wahrscheinlich nicht besser wurde. Als Studentin fühlte ich mich frei, ich konnte tun und lassen, was ich wollte. Später im Beruf stand ich wieder ständig unter Stress, schon unter der Dusche dachte ich an den nächsten Fall, beim Kochen checkte ich meine Mails.

Die Mußezeit auf dieser Bank mitten in Giverny ist einfach genial. Ich muss an John Lennons »Bed-in« denken. Natürlich hatte der Musiker triftigere Beweggründe für seinen Protest, er wollte ein Zeichen für den Frieden setzen und nicht wegen seines stressigen Lebens im Bett bleiben. Aber ich sollte mir auch immer mal wieder einen Tag für ein »Bed-in« reservieren, im Flanellschlafanzug gegen den Burn-out! Mit leckerem Essen, literweise Tee, vielleicht einem Buch … und Nickerchen. Gleich mehreren.

Ich sehe auf die Uhr und stelle fest, dass ich zurückmuss, Camille wird sicher schon warten. Die Zeit hat mich wieder im Griff, ich beschleunige den Schritt. Als mir das klar wird, zwinge ich mich, langsamer zu gehen, langsam und bewusst, ganz anders als sonst.

Als ich ankomme, sehe ich Camille völlig in sich versunken über eine Zeichnung gebeugt. Die Welt ist nicht aus den Fugen geraten, weil ich fünf Minuten zu spät bin!

CAMILLE

Am nächsten Morgen beim Frühstück spüre ich mein Alter in jedem einzelnen Knochen. Ich trinke meinen Kaffee und frage mich, was wohl das nächste Ziel auf unserer Reise durch die Normandie sein wird.

Meine Nieren schmerzen, und wenn Isabelle nicht hinschaut, krümme ich mich ein wenig. Ich knarze wie eine von Marie-Charlottes ausgeleierten Federn und fühle mich wie ihr aus dem Takt gekommenes Pendel.

Als ich mich wieder aufrichte, bemerke ich, dass Isabelle mich beobachtet. Auf frischer Tat ertappt.

»Ich …«

»Camille, wenn du lieber nach Hause willst, dann sagst du mir das, oder?«

Was? Eine absurde Idee, nur wegen ein bisschen Ziehen im Rücken!

»Nein, auf keinen Fall … Es ist nur … Ich bin eben eine alte, etwas erschöpfte Dame. Das lange Sitzen im Park und im Auto … Und auf dem Traktor! Das war alles auch anstrengend, aber ich habe mit Sicherheit keine Lust, nach Hause nach Trouville zu fahren.«

Sie sieht mich eindringlich an, und ich habe das Gefühl, da ist noch etwas, das ihr auf der Zunge liegt.

»Isabelle, sei ehrlich. Was willst du sagen?«

Sie trägt heute eine Bluse aus perlgrauem Stoff mit Bubikragen. Ich dachte das sei total aus der Mode. Dazu ihre üblichen Jeans und Stiefel. Ihre Haare sind offen, was sie jünger aussehen lässt. Wenn ich solche engen Jeans tragen müsste, bräuchte ich ein Korsett. Und was es mit mir machen würde, wenn mein Bauch den ganzen Tag so eingequetscht wäre, will ich gar nicht wissen. Sie lächelt und antwortet schüchtern: »Camille, ich habe das Gefühl, da ist noch etwas anderes als die Erschöpfung. Du wirkst … traurig? Und du versuchst, es vor mir zu verbergen. Ich frage mich, ob Weiterreisen noch eine gute Idee ist. Brauchst du statt noch mehr Luftveränderung nicht vielleicht eher etwas Ruhe?«

Aus ihrem Tonfall höre ich heraus, dass sie nicht verletzt ist, obwohl es ein bisschen so wirkt.

Ich entscheide mich, mit offenen Karten zu spielen, das war bis jetzt immer das Beste. Ohne eine ordentliche Portion Ehrlichkeit wären wir schließlich nicht wieder zusammengekommen.

»Ich habe schwere Zeiten hinter mir, und ich danke dem Himmel für diese überraschende Reise. Aber als ich Sylvie mit der Babytrage gesehen habe, sind die Trauer und die Erinnerung an Arnaud zurückgekommen. Ganz zu schweigen von der niedlichen Ambre … Seitdem werde ich sie nicht mehr los. Ich kann das nicht steuern. Dabei hatte ich gehofft, dass wir uns auf dieser Reise auf die schönen Seiten des Lebens konzentrieren könnten. Aber seine Erinnerungen wird man nicht los. Es ist, als würde ich in die Vergangenheit gezogen. Es tut mir leid.«

Isabelles Gesichtsausdruck ist ernst. Ich spüre genau, dass sie nicht versuchen wird, mich davon zu überzeugen, dass das

Leben nur aus Vogelgezwitscher und Glückseligkeit besteht. Nein, auch ihr sind die Spuren der vergangenen Monate deutlich anzumerken. Ich sehe es in ihren Augen. Können sich zwei verletzte krumme Seelen aneinander aufrichten? Ich hoffe es sehr.

»Wollen wir nicht besser heute schon in die Bretagne aufbrechen?«, unterbricht sie meine Gedanken. »Ich weiß, wir hatten von drei Zielen gesprochen, aber zwei reichen doch auch, oder? Ganz zu schweigen von unserer Stippvisite bei der Obstplantage! Was meinst du? Und wenn die Vergangenheit an dir zerrt, ist es wahrscheinlich besser, dich einfach in diese Richtung treiben zu lassen, als gegen den Strom zu schwimmen. Das ist weniger anstrengend.«

Meine Überraschung muss mir ins Gesicht geschrieben stehen, denn ihre Stimme klingt jetzt entschlossener.

»Wirklich, Camille, lass uns in die Bretagne aufbrechen.«

Ich bin unschlüssig und beobachte dabei unseren Tischnachbarn, der wie am Tag zuvor schon erst eine Tasse Tee getrunken hat, dann einen Kaffee und dann noch einen Tee. Am anderen Ende des Raumes frühstückt eine Frau in Gesellschaft eines Kreuzworträtsels. Auch sie war gestern schon da.

»Ich … na gut?«

Meine Zustimmung klingt zwar wie eine Frage, aber das kümmert Isabelle nicht. Ich drücke ihr fest die Hand, die auf ihrer weißen Serviette liegt, gleich neben einem Fleck Erdbeermarmelade.

Unvermittelt überkommt mich Reisefieber, fast verbrenne ich mich an meinem Kaffee, den ich jetzt rasch in mich hineinschütte. Dann springe ich auf. Wir holen unser Gepäck, und erst in diesem Moment wird mir richtig klar, was mich erwartet. Ich kehre in die Bretagne zurück! Über ein konkretes Ziel habe ich noch nicht nachgedacht, aber meiner Meinung nach ist es in der Bretagne überall traumhaft schön. Egal, was ich aussuche, ich kann nicht falschliegen!

Während ich meine dünn gewordenen Haare bürste, habe ich immer noch ein Lächeln auf den Lippen. Die Müdigkeit ist verflogen, und das Wärmepflaster, das Isabelle auf meinen Rücken geklebt hat, lindert die Schmerzen.

Seit Jahren träume ich davon, und jetzt wird es wahr, heute werde ich die Bretagne wiedersehen! Es grenzt an … ein Wunder. Ich möchte damit nicht sagen, dass ich in der Normandie unglücklich war, absolut nicht. Ich habe lange hier gelebt und mich gut arrangiert. Die Region hat viele schöne Seiten, diese Reise ist der beste Beweis, und ich bereue, dass ich meinen Hervé nicht öfter dazu gedrängt habe, das Rad stehen zu lassen, um sie mit mir zu erkunden. Diese Tour gibt mir so viel, auch wenn sie etwas von einem Kehraus hat …

Der Kofferraum schnappt zu, und Isabelle verkündet heiter: »Los gehts!«

Ich nicke voller Tatendrang. Wir steigen ins Auto, sie legt den Gurt an, schaut in den Rückspiegel, wie ein echter Chauffeur, und fragt dann mit gespielt förmlicher Stimme: »Madame, hätten Sie die Güte, mir mitzuteilen, wohin die Reise gehen soll? Vannes, Saint-Malo, Rennes … Wohin fahren wir?«

»Auf jeden Fall ins Finistère. Was das genaue Ziel betrifft, bin ich noch unschlüssig. Alles dort ist sehenswert.«

Isabelle beugt sich bereits über ihr Handy. Es ist, als wäre es ein Teil von ihr, sie schaut fast ständig etwas nach. Eine Weile tippt sie auf dem Bildschirm herum und sagt dann: »Fünfeinhalb Stunden, ohne die Pausen gerechnet … Heute haben wir viel Zeit zu reden, und du hast Zeit, dich zu entscheiden. Aber ich warne dich, keine Tricks! Zwei Städte, nicht die ganze Region!«

Ich lächele.

»Versprochen, der Wettstreit soll schließlich fair bleiben! Ich halte mir die Entscheidung aber noch ein bisschen offen. Wir fahren in meine Heimat, am liebsten würde ich alles wiedersehen.«

Isabelle zieht ein CD-Mäppchen aus dem Fach in der Fahrertür. »Mein Autoradio läuft noch mit CD. Na ja …«, sie zieht eine Augenbraue hoch, »ob du MP3 kennst, weiß ich ohnehin nicht! Suchst du etwas aus?«

Ich fühle mich geschmeichelt. Bei meinem Alter besteht immerhin das Risiko, dass ich mich für Nana Mouskouri entscheide. Ich blättere in dem Mäppchen auf der Suche nach etwas Aktuellem. So kann ich den Eindruck erwecken, ich wäre up to date. Nicht einfach, die Titel und die Musiker sagen mir gar nichts!

»Ähm, vielleicht eine von denen …?«

Isabelle wirft einen Blick auf die beiden CDs, die ich in den Händen halte.

»Versuchen wir es mit Agnes Obel, das ist zwar keine Klassik, aber viel Instrumental …«

Noch vor einigen Tagen hätte ich Zweifel gehabt, aber seit Honfleur ist das anders. Ich schiebe die CD, ohne zu zögern, in den Player. Schon bald erfüllt eine klare Stimme das Wageninnere, begleitet von perlenden Pianoklängen. Ich betrachte das Cover, dunkler Hintergrund mit einem strahlend hellen Foto der Künstlerin, es wirkt wie ein Gemälde von Vermeer.

Wir durchfahren die Normandie in der Gegenrichtung, passieren Deauville, um die Mittagszeit sind wir in Caen. Wir schweigen, begleitet von der Musik und der Stimme aus Isabelles Handy.

Zum ersten Mal seitdem wir unterwegs sind, ist der Himmel grau. Noch regnet es nicht, aber ich habe sicherheitshalber meine Strickjacke an, die ich bis in den Sommer hinein trage, egal, wie das Wetter ist. Merkwürdig, wie leicht man im Alter zu frieren beginnt.

Auf der Höhe von Dinan machen wir Rast in einem Bistro. Als ich vor hausgemachter Fischsuppe und einem Petersfisch mit Sauce sitze, wird mir klar: Ich bin wieder in der Bretagne. Isabelle, die keine Tochter des Meeres ist, hat eine Sévigné-Roulade gewählt.

Das Bistro mit seinen gelb gestrichenen Wänden, den grauen Tischen und den Holzbänken ist dermaßen »bretonisch«, dass mir warm ums Herz wird. Als ich durch die Scheiben die weiß getünchten Häuser mit den Schieferdächern betrachte, werde ich richtig sentimental. Vielleicht habe ich nicht mehr daran geglaubt, noch einmal hierher zurückzukehren. Vielleicht musste ich deshalb das Haus zum Verkauf stellen. Seit Jahren habe ich kein Projekt mehr gehabt, schon gar kein so großes! Fängt man mit einundachtzig noch mal von vorne an?

»Jetzt sind wir offiziell im Finistère, Camille!«

Ich nicke stolz, als wir an dem Schild vorbeifahren. Mit der Pause haben wir bis hierher gute sechs Stunden gebraucht. Isabelle fährt an den Straßenrand und schaut mich an.

»Und wohin gehts? Wohin darf ich uns fahren?«

Ich reibe mir die Hände und verkünde entschlossen: »Ich habe lange überlegt. Ich möchte an einen Ort zurückkehren, an dem ich oft gewesen bin, bevor ich die Bretagne verlassen habe. Ein Ort wie Giverny, aber mit bretonischem Charme.«

»Das will ich sehen. Apropos, wie hat dir ›meine‹ Normandie denn nun gefallen? Wie lautet dein Urteil?«

Ich bin überrascht, dass sie so lange mit der Frage gewartet hat. Arnaud war von Natur aus neugierig, wahrscheinlich war Isabelle in der Ehe der geduldige Gegenpol.

»Ich habe es sehr genossen und muss zugeben: Ich bin zwar mit dem Herzen Bretonin, aber die Normandie macht mich glücklich. Diese Reise bestätigt das. Auch wenn mir meine Heimat gefehlt hat, ich habe immer gerne in Trouville gelebt.«

Ihr Lächeln wird breiter. Sie rutscht auf ihrem Sitz herum, sieht mich mit funkelnden Augen an und sagt: »Das verdient einen kleinen Siegestanz, findest du nicht?«

Damit bewegt sie wellenartig die Schultern und klopft mit den Händen rhythmisch auf das Lenkrad. Ich muss lachen.

»Ja! Mit deiner Auswahl hast du die Messlatte hoch gehängt, aber ich würde nicht ausschließen, dass ich mithalten kann … Ich habe zwei, drei Ideen im Kopf, um dir den wahren bretonischen Geist zu zeigen.«

»Wir gehen Galettes essen?«, ein Lächeln umspielt ihre Lippen.

Ich lache.

»Warum nicht? Wenn wir schon hier sind, müssen wir das unbedingt machen, auch wenn das nicht meine erste Wahl ist.«

Ihre Finger trommeln jetzt auf den Schalthebel, nicht aus

Ungeduld, sondern voller Vorfreude. Ich finde, Isabelle ist entspannter als am Anfang unserer Reise, und hoffe, es wird mir hier in der Bretagne bald auch so gehen. Ich möchte ihr diese neue Leichtigkeit auf keinen Fall wieder nehmen, schließlich war das mein Beweggrund, mich auf das Abenteuer einzulassen. Sie sollte ihr Lächeln zurückgewinnen. Natürlich brauchte auch ich einen Tapetenwechsel, aber auf keinen Fall wollte ich sie mit meiner Trauer belasten. Sie setzt den Blinker und wirft mir einen neugierigen Blick zu.

»Also? Schluss mit der Geheimnistuerei, sonst fahre ich einfach drauflos, und am Ende landen wir in Guingamp statt in Brest …«

Ich schnalze mit der Zunge und schüttele den Kopf. Mit der Stimme meiner alten Grundschullehrerin belehre ich sie: »Es tut mir leid, meine Liebe, du weißt, wie sehr ich dich schätze. Aber dieses Mal muss ich dich verbessern. Guingamp liegt nicht im Finistère, sondern im Côtes-d'Armor!«

»Tatsächlich? Ich dachte … Entschuldige«, sagt sie betont betroffen und prustet los, als sie meinen erschrockenen Gesichtsausdruck sieht. »Wohin soll ich fahren? Quimper?«

Ich nicke. Ihre Kenntnisse in Geografie sind ausbaufähig, aber die Grundlagen scheinen immerhin da zu sein. Ich bin neugierig und hake nach. Das hätte ich schon früher machen sollen, genau wie sie bei mir.

»Was kennst du denn von der Bretagne?«

Sie schaut mich verdutzt an.

»Hmmm, als Kind war ich mit meinen Eltern in Saint-Malo … Und mit Arnaud in Rennes zu einem Konzert. Ich muss gestehen, da hört es auch schon auf. Ich habe mehr von England gesehen als von der Bretagne.«

Meine Güte! Das Land der Lammkeule mit Minzsauce und der Hüte von Queen Elizabeth besser zu kennen als das Paradies der Buchweizencrêpes und der Heimat der Spitzenhaube. Das werde ich ändern, nehme ich mir vor und reibe mir die Hände.

»Gut, dann glückt meine Überraschung. Wir fahren nach ›Lokorn‹ oder Locronan, wie es heute offiziell heißt, eine halbe Stunde von Quimper entfernt, Richtung Meer, reicht das als Hinweis?«

Sie beugt sich über ihr Handy, zum Glück ist die Ampel rot. Schon bald sagt uns die Stimme, wir sollen geradeaus fahren. Ziemlich unsinnig, finde ich, sie könnte genauso gut sagen: »Ändern Sie nichts!«

Ich sehe die vertrauten Schilder vorbeiziehen: Lamballe, Saint-Brieuc, Qiumper, Pleyben … dann fahren wir durch den Regionalpark Armorique. Die Route Nationale hat den Vorteil, dass sie weniger monoton ist als die Autobahn, wo man nichts von der Landschaft sieht. Ich habe so viel nachzuholen! Ein Teil von mir ist voller Vorfreude, doch im Hintergrund spüre ich den bittersüßen Geschmack der Nostalgie.

Als das erste Schild mit »Locronan« auftaucht, rollt eine Träne über meine Wange. Isabelle bemerkt sie und legt ihre Hand auf meine. Eine Weile bleiben wir so sitzen.

»Warum hast du dir gerade Locronan ausgesucht?«

Ich räuspere mich, um den Kloß aus meinem Hals zu vertreiben, der mich am Sprechen hindert. Eigentlich sollte ich doch glücklich sein: Ich fahre an einen Ort, den ich liebe, neben mir ein Mensch, den ich liebe, da ist kein Platz für Tränen!

»Also … ich bin hier im Finistère aufgewachsen. Locronan ist klein und bekannt dafür, sich seinen ursprünglichen

Charme bewahrt zu haben. Du sammelst ja fleißig Broschüren aus der Touristeninformation, da wirst du gleich lesen, dass Locronan eine historische Stadt ist und mehrere ›Monuments historiques‹ beherbergt, Bauwerke mit historischer Bedeutung. Meine Mutter hat uns immer wieder mit hierher genommen, wahrscheinlich aus Nationalstolz.«

»Und was ist das Besondere an diesem Ort?«, fragt Isabelle interessiert, aber sicher auch, um mich aus dem Strudel meiner Gefühle zu befreien. Ich schweige, und sie lächelt mich an, ich lächele zurück, ich habe mich wieder unter Kontrolle.

»Du musst Locronan erleben, wie die ganze Bretagne überhaupt, das lässt sich nicht beschreiben …«

Ist sie amüsiert, oder schaut sie erwartungsvoll? Ihr Gesichtsausdruck ist nicht klar zu lesen. Aber sie scheint mit der Wahl zufrieden.

ISABELLE

Wir parken auf dem großen Parkplatz vor der Stadt. Um diese Jahreszeit ist er kostenlos, es stehen kaum mehr als ein Dutzend Fahrzeuge da. Zudem ist heute ein Werktag, aber ich hatte trotzdem mit mehr Besuchern gerechnet.

Ich schließe den Wagen ab und folge Camille, die wie elektrisiert wirkt. Selbst ihr lädierter Rücken hat sich wieder aufgerichtet. Und je gerader ihr Oberkörper, je leichter ihr Herz. Die Bretagne muss eine magische Wirkung auf sie haben. Mir war klar, dass ihr ihre Heimat gefehlt hat, aber so sehr? Vielleicht hat der Verlust von Arnaud ihre Sehnsucht nach ihren Wurzeln verstärkt. Als sie noch jünger war, sprach sie selten über ihre Familie, ihre Eltern oder die Geburt ihres Sohnes. Das war nur hin und wieder Thema.

Seit Honfleur ist alles anders. Am Anfang unserer Reise war ich glücklich, mehr über Camille zu erfahren. Dann erinnerte ich mich an die Worte meiner Mutter, wenn es um ihre Schwiegermutter ging: »Die Alten schauen in die Vergangenheit, um sich davon abzulenken, dass sie keine Zukunft haben.« Mal abgesehen, dass meine Mutter und ihre Schwiegermutter klassischerweise ein eher schlechtes Verhältnis zueinander hatten. Könnte das der Grund sein, warum Camille in ihren Erinnerungen zu versinken scheint? Oder steckt etwas anderes dahinter? Vielleicht eine depressive Episode?

Das bringt mich in eine schwierige Situation. Ich höre ihr gerne zu, denn es ist mir wichtig, nach all den Jahren mehr über die Familie Chardin zu erfahren: der schweigsame Hervé, ihre Erinnerungen als Ehefrau und Mutter und ihre eigene Geschichte. Arnaud hat nur wenig über seine Mutter gesprochen. Aber müsste ich sie nicht darin bestärken, sich noch weiter zu öffnen, auch wenn die Gefahr besteht, dass das Gegenteil eintritt und sie sich zurückzieht? War es eine voreilige Entscheidung, früher als geplant in die Bretagne zu fahren? Genauso wenig durchdacht wie die ganze Reise, wenn man es genau betrachtet? Zweifel über Zweifel.

Wir schlendern die Hauptstraße entlang. Noch bin ich von Locronan nicht gerade begeistert, aber das sage ich natürlich nicht. Ohne Zweifel ist das alles sehr »bretonisch«, aber schon nach wenigen Metern wirken die Steinhäuser erdrückend. Ich weiß nicht genau, warum, aber auf mich wirken sie trauriger als die in der Normandie. Camille würde mich voreingenommen nennen, und ich kann nicht das Gegenteil beschwören. Trotzdem, irgendwie ist bei uns die Atmosphäre anders … Das hier sagt mir nichts. Aber ich halte mich zurück.

Und das ist gut so, denn auf dem Kirchplatz stockt mir der Atem. Ein Ensemble in Grau in allen Schattierungen, vom Kopfsteinpflaster über die Fassaden und Schornsteine bis zu den Schieferdächern. Nur die blauen Fensterläden und der wilde Wein geben dem Ganzen etwas Farbe. Die Szenerie scheint der Vergangenheit entsprungen zu sein, vielleicht nicht mit dem zu vergleichen, was ich an Honfleur oder Caen mag, aber das spielt keine Rolle. Das Herz von Locronan strahlt die gleiche Authentizität aus.

Die Granithäuser verleihen dem mittelalterlichen Platz, den

wir überqueren, Erhabenheit und Ruhe. Camille geht rechts neben mir, eine Hand liegt auf ihrem Herzen. Wenn ich es nicht besser wüsste, würde ich glauben, sie sei in ein Gebet vertieft und kurz vor der Erleuchtung. Ihre Augen strahlen hell. Und tatsächlich verharrt sie andächtig.

Wenn man Camilles Augen nur flüchtig betrachtet, erkennt man, dass sie dunkel sind, aber mehr auch nicht. Schwarz oder braun? Tatsächlich haben sie die Farbe des Meeres in der Dämmerung, wenn das Graublau langsam nachtschwarz wird. Ihre Ergriffenheit berührt mich.

»Locronan heißt auf Bretonisch ›Lokorn‹. ›Lok‹ ist ein geweihter Ort. Der Name leitet sich vom heiligen Ronan ab. Die Kelten erkoren diesen Ort zu einem *Nemeton*, einer heiligen Stätte«, erklärt sie ehrfürchtig. »Wusstest du das?«

Ich schüttele den Kopf, fasziniert von ihrer alterslosen Stimme. Auch wenn ich sie schon sehr lange kenne, so habe ich sie noch nie erlebt, sie strahlt eine Ernsthaftigkeit aus, die ihr eine ganz besondere Aura gibt. Die einer weisen alten Frau, Mutter und Kind zugleich. Ich sehe die kleine Camille vor mir, ein braves Mädchen mit lustigen Zöpfen, großen Augen in einem verträumten Gesicht, das sich für die Vergangenheit begeistert.

»Das Nemeton ist ein Heiligtum, an dem der Druidenkult zelebriert wird. Der keltische Geist ist in Locronan allgegenwärtig, finde ich. Wenn nicht zu viele Touristen da sind, enthüllt uns der Ort in der Stille seine Geheimnisse.«

Langsam gehen wir über den Kirchplatz, am Brunnen vorbei, passieren die Église Saint-Ronan und steigen die Treppenstufen hinauf zum Rathaus und zur Touristeninformation. Dort nehme ich einige Broschüren mit Informationen über das Städtchen, seine Restaurants und Hotels mit. Camille hat übrigens recht, ich liebe diese Faltblätter! Draußen wartet Camille auf mich. Voller Liebe und Respekt betrachtet sie die Kirche, und ich könnte schwören, dass sie im Stillen ein paar Worte mit ihr wechselt.

Mithilfe des Ortsplans durchstreifen wir Locronan. Auch in der Umgebung gibt es einiges zu sehen, ein Waschhaus, eine Kapelle und den Wald von Névet, aber wir beschließen, im Ortskern zu bleiben.

Während wir zum zweiten Mal durch die Gassen streifen, fällt mir eine Töpferei auf, ein ultramarinblauer Teller im Schaufenster zieht mich in seinen Bann. Zum ersten Mal auf unserer Reise überkommt mich der Wunsch, ein Souvenir zu kaufen. In der Normandie war mir nicht danach, ich begnügte mich damit, das Erlebte mit meinem Smartphone zu dokumentieren, die ideale digitale Gedankenstütze. Alles andere habe ich im Kopf.

Hier ist die Sache anders. Ich spüre den keltischen Geist des Ortes, über den Camille gesprochen hat. Ich weiß nicht, ob es am Nemeton oder an den Druiden liegt, aber die geheimnisvolle Kraft dieses Ortes ist allgegenwärtig. Als die charmante Töpferin mir die Technik erklärt, mit der sie ihre Stücke anfertigt, die Raku-Technik, beschließe ich, ihr etwas abzukaufen.

»Raku ist eine spezielle Brenntechnik, die in Japan entwickelt wurde, in der Chojiro-Zeit«, erklärt sie mir. »Im Grunde eine Methode zum Emaillieren. Ich setze die Keramik in den bereits hochgeheizten Ofen, den ich selbst aus recyceltem Material gebaut habe. Wenn die Höchsttemperatur erreicht ist, nehme ich die weiß glühenden Gefäße aus dem Ofen. Anschließend bette ich sie auf Holzspäne, die sich sofort entzünden. Noch heiß nehme ich sie aus den Spänen und bearbeite sie mit einer Bürste oder mit Wasserdampf. Manchmal überlasse ich sie sich auch einfach sich selbst und warte ab, was die frische Luft mit ihnen macht.«

Sie zuckt mit den Schultern und lächelt.

»Für mich ist das eine Philosophie geworden. Schauen Sie mal.«

Sie deutet auf eine Reihe von Schalen in Weiß und Grau, jede ist mit ihrer unterschiedlichen Maserung ein Unikat. Alle haben ungewöhnliche Formen, fernab von der gesichtslosen Uniformität der großen Töpfereien, die Massenware für Touristen herstellen.

»Jedes Stück erzählt von seinem Leben, von seinen Siegen und Niederlagen, von seinem Entwicklungsprozess, ganz ungeschönt. Das hat etwas Transparentes und Unmittelbares, ich kann es nicht kontrollieren. Ich folge dem Material und nehme das, was kommt.«

Ihre Worte klingen in mir weiter, als spräche sie von mir und meinem Lebensweg, was natürlich keinen Sinn ergibt, wenn ich darüber nachdenke. Die Töpferin ist um die vierzig, etwa in meinem Alter, und das sieht man ihr auch an, sie hat feine Lachfältchen um die Augen und die ersten grauen Haare. Meine habe ich längst gefärbt.

Zweifelnd runzle ich die Stirn.

»Aber gibt es keinen Ausschuss, beschädigte Stücke oder solche mit Flecken, die man nicht verkaufen kann?«

Sie lächelt mir zu und enthüllt dabei ihre leicht schief stehenden Zähne, meine wurden in der Kindheit mit einer Zahnspange korrigiert. Diese Frau versteckt nichts, weder sich selbst noch ihre Werke.

»Natürlich! Das gehört zum Spiel.«

Ihr Tonfall hat nichts Bedauerndes, sie wirkt mit sich und der Welt im Reinen.

Als ich die Töpferei mit einem leicht schiefen Becher wieder verlasse, der nach mir gerufen und mich gebeten hat, ihn mitzunehmen, muss ich immer wieder an ihre Worte denken. *Ich folge dem Material und nehme das, was kommt.* Kann man einfach nehmen, was kommt? Kann man wirklich loslassen, wenn etwas so Elementares wie die eigene Arbeit davon abhängt?

Camille wartet vor der Töpferei auf mich, sie war in der Zwischenzeit in einer Seifenmanufaktur. Seite an Seite gehen wir die von Granitmauern begrenzte Straße entlang. Sie werfen Schatten und sorgen für angenehme Kühle. Ich stelle mir vor, wie schön es sein muss, hier zu leben. Natürlich nur dann, wenn Locronan nicht von den Touristenmassen überflutet wird, die der riesige Parkplatz vermuten lässt.

So ähnlich wie auf dem Mont-Saint-Michel, traumhaft schön, aber du bist nie allein, dort könnte ich niemals Ruhe finden.

Camille bleibt an einem Postkartenständer hängen, offenbar eine Leidenschaft von ihr, die mir bisher verborgen geblieben ist. Ich lese in einer Informationsbroschüre über die Tuchmacher der Stadt und den heiligen Ronan. Nach etwa einer Stunde des Schlenderns schlage ich eine Pause in einem Café auf dem Platz vor dem Rathaus vor. Die Terrasse ist leer, es ist schon recht spät, und ich habe Hunger. Ein leises Glücksgefühl hüllt mich ein. Ich denke an Camilles Idee, eine Crêperie zu besuchen, sage aber nichts, vielleicht hat sie das für heute Abend auf dem Plan?

Ich mache es mir bequem und suche auf der Karte einen Tee aus. Bei Camille ist das nicht nötig, sie hat ein Faible für Bergamotte, sie trinkt kaum etwas anderes. Ich bin experimentierfreudiger: Rooibos, weißer Tee, grüner Tee, Lapsan Souchong … Ich habe schon alles Mögliche ausprobiert. Am liebsten trinke ich grünen Tee mit Kirschblüten, aber das ist ein bisschen extravagant für diesen alten Ort. Ich muss mich anpassen, für die Bretagne im Allgemeinen und Locronan im Speziellen habe ich einen etwas zu ausgefallenen Geschmack.

»Isabelle, die Gelegenheit ist günstig, hier haben sie *die* Patisseriespezialität der Bretagne. Es wäre ein Verbrechen, sie nicht zu probieren …«

Ich hebe den Blick, dann widme ich mich wieder der Karte, als wäre ich auf der Suche nach dem Heiligen Gral.

»Hmmm, sprichst du vom *gâteau breton* mit salziger Butter? Oder meinst du den *far breton*? Die beiden kenne ich schon, und sei unbesorgt, ich mag sie sehr!«

Camille lächelt mitleidig, dann beugt sie sich zu mir und tippt mit dem Finger auf einen Namen, der mir noch nicht aufgefallen ist.

»Ich spreche vom *Kouign-amann*.«

Hat Camille schon mal davon erzählt? Ich denke einen Moment nach, ich glaube nicht, dass ich ihn schon mal gegessen habe, aber an irgendetwas erinnert mich der Name.

»Ist das nicht dieser Kuchen mit extra viel Butter …?«

»Papperlapapp!«, unterbricht sie mich abrupt. »Mit viel *Liebe*! Viel *Bretagne*! Genau das, was wir heute brauchen. Ich möchte unbedingt, dass wir ein Stück probieren. Einverstanden?«

Natürlich kann ich ihr diesen Wunsch nicht abschlagen.

Nach dieser Reise muss ich unbedingt wieder Sport machen, ich schlage ganz schön über die Stränge!

»Einverstanden, auf deine Verantwortung!«

Ihr glückseliger Gesichtsausdruck lässt mich schmunzeln, er erinnert mich merkwürdigerweise an Arnauds Miene bei seinem Heiratsantrag. Es war auch in einem Café, mein Blick war damals auf den schiefen Glockenturm der Église Saint-Jean hinter ihm gerichtet. Bisher war Arnaud für mich immer das Abbild von Hervé, seine Leidenschaft fürs Radfahren, seine Schweigsamkeit, seine Ernsthaftigkeit dem Leben gegenüber, seine Akkuratesse … Aber heute sehe ich die Gemeinsamkeit zwischen Camille und Arnaud. Gerührt sage ich mir, dass die Mitglieder dieser Familie auf die gleiche Art lieben. Und dass es schön ist, von den Chardins geliebt zu werden.

Ein Kellner mit Stirnlocke nimmt unsere Bestellung auf und ist blitzschnell wieder verschwunden. Zum Kuchen hat Camille Cidre bestellt, auch das ist »obligatorisch«, wie sie meint. Sie wirkt so ungeduldig, dass ich lachen muss. Verlegen schüttelt sie den Kopf.

»Verzeih, ich bin gerade ein bisschen kindisch. Aber ist das in meinem Alter nicht ein echter Luxus? Ich stelle mir vor, wie meine Gehirnzellen sich verwirrt fragen: ›Wie alt sind wir? Wir bekommen hier unterschiedliche Informationen!‹«

Wir kichern. Da ist sie wieder, die Camille mit den Zöpfen, die ich mir immer besser vorstellen kann, die Traktor fährt, ihre Gehirnzellen verwirrt und während eines Konzerts gerührt in Tränen ausbricht.

»Also, warum unbedingt ein Kouign-amann?«

Sie stützt die Ellbogen auf dem blauen Eisentisch auf, ihr Blick ist heiter.

»Ich könnte dir sagen, dass ›Amann‹ auf Bretonisch Butter heißt. Und dass der ›Kouign‹ einfach unbeschreiblich gut schmeckt, eine Mischung aus Brioche und Kuchen … Aber es geht um viel mehr, nämlich um eine meiner frühesten Erinnerungen! Eine Erinnerung an den Geschmack von Zucker, Butter und Glück. Und die will ich mit dir teilen.«

Diesem Argument habe ich nichts entgegenzusetzen. Ihr Gesichtsausdruck ist so verzückt, dass ich es kaum erwarten kann, von diesem achten Weltwunder zu kosten. Wird sich ein weiteres Tor zum kulinarischen Paradies öffnen, wie früher bei Nutella, Mandarinenmarmelade und Teurgoule, dem Milchreis meiner Großmutter, den ich am alten Fornikatisch gegessen habe? Bei jedem Löffel habe ich vor Freude die Hacken aneinandergeschlagen.

»Der Kuchen kommt aus meiner Heimat Douarnenez, ganz in der Nähe von hier. Meine Mutter hat ihn gebacken, meine Tante auch … Ich bin damit aufgewachsen, er kam bei allen Feierlichkeiten der Familie oder mit Freunden auf den Tisch … Und als ich in die Normandie gezogen bin, habe ich mir zu jedem Geburtstag einen gewünscht.«

Sehnsucht liegt in ihrem Blick, aber sie ist nicht so tief wie bei unserer Abreise aus Giverny.

»Weißt du, weshalb Hervé und ich unseren schlimmsten Streit hatten?«

Ich schüttele den Kopf, fasziniert von ihrem markanten von der Zeit gezeichneten Gesicht. Die Haut dünn, die Falten tief. Es ist voller ehrlicher Gefühle und auf einmal sehr ernst.

»Es hing mit einem Kouign-amann zusammen.«

Ich muss so verblüfft aussehen, dass sie zu lachen beginnt.

»Ich weiß, das klingt verrückt! Ich habe ihn wieder und wieder für Hervé gebacken, aber er mochte ihn einfach nicht. Ich weiß, es ist albern, aber ich habe mich beleidigt gefühlt.«

Ich ahne, dass hinter der heiteren Einleitung noch etwas anderes steckt.

»Arnaud hat immer ein Stück genommen … aber nie ein zweites. So begeistert war er wohl auch nicht. Bei anderen Kuchen hat er immer ein zweites Stück genommen, du weißt das! Hervé hatte, wie viele Normannen, eine Abneigung gegen alles Bretonische. Umgekehrt ist es dasselbe. Ich weiß nicht, wie viele Normannenwitze ich als Kind gehört habe. Ich verurteile ihn nicht dafür … Diese kleine Rivalität, die Sticheleien haben ihn nicht davon abgehalten, mich zu heiraten. Aber er hat sich beharrlich geweigert, Ferien in der Bretagne zu machen. Als ich sah, dass unser Sohn auch keinen Kouignamann mochte, der Kuchen, der mich als Kind so glücklich gemacht hat … Das hat mich doch geschmerzt.«

Zärtlich nehme ich ihre Hand. Sie versucht, Gelassenheit auszustrahlen, aber sie hat mich beim Erzählen kein einziges Mal angesehen. Vielleicht hätte sie Hervé klarmachen sollen, worauf er eigentlich hätte selbst kommen können: dass bei einer solchen Kleinigkeit nicht die Wahrheit zu sagen auch ein Liebesbeweis sein kann.

»In diesem Augenblick habe ich verstanden, dass ich einen kleinen Normannen aufziehe, dass ich durch meine Heirat selbst eine Normannin geworden bin. Mein Mann hatte Spaß daran, über die Engstirnigkeit der Bretonen zu lästern, und wenn wir uns stritten, dann zog er mich damit auf. Wir waren definitiv eine normannische Familie.«

In diesem Moment kommt der Kellner.

»Der Cidre brut und der Kouign-amann.«

Er betont das Wort deutlich, und Camille wirkt sofort gelöst. Ob der Kuchen eine Art *Space Cookie* ist?

Der geschniegelte Kellner stellt die Teller ab und bringt uns Bestecke und rosafarbene Servietten. Als wir wieder allein sind, schnuppert Camille an ihrer Hälfte, und ich tue es ihr nach. Der Kouign-amann ist ofenwarm, duftet intensiv nach Zucker und Butter, hat die Form einer Spirale, und die Oberfläche glänzt goldgelb, fast karamellfarben. Ganz anders als der Rührkuchen, den ich erwartet hatte.

»Genieße ihn, solange er noch warm ist! Und wenn die Welt um uns zusammenbricht, uns darf jetzt keiner stören!«, verkündet Camille feierlich.

Mit heiligem Ernst stimmen wir uns auf den ersten Bissen ein. Was, wenn mir der Kuchen nicht schmeckt? Beleidige ich damit Camille und das gesamte bretonische Volk? Dann fällt mir wieder ein: Selbst wenn ich nicht völlig hin und weg bin, wichtig ist, die Erfahrung mit ihr zu teilen.

»Isabelle?«, fragt sie, als sie mein Zögern bemerkt.

Aufmerksam schaut sie mich an, wie immer um mein Wohlergehen besorgt. Ihre Gabel steckt schon tief im Teig. Ich lächele ihr beruhigend zu und nehme auch meine Hälfte in Angriff. Die Konsistenz ist fester als erwartet, aber trotzdem wunderbar luftig, für das Glänzen sorgt sicher die Butter. Andächtig beginne ich zu kauen. Ich schließe die Augen, damit mich nichts in meiner Konzentration stört. Die Aromen entfalten sich in meinem Mund und …

»Und?«

Ihre Stimme reißt mich aus meiner genießerischen Träumerei. Ich öffne die Augen und schlucke, auf meiner Zunge liegt noch ein Hauch Glasur. Mein seliges Lächeln scheint ihr Antwort genug, denn sie schlägt begeistert in die Hände.

»Ehrlich gesagt … zum Niederknien. Ich bin froh, dass es so was bei uns nicht gibt. Ich würde in null Komma nichts das Doppelte wiegen! Könnte es sein, dass da eine ganze Menge Zucker und Butter drin sind, so gut, wie der schmeckt?«

Meine Frage ist rein rhetorisch. Dieser perfekte Genuss, schmelzend zart und knusprig zugleich, kann nur eine Kalorienbombe sein. Auf der Karte stand auch eine Variante mit extradicker Glasur, und ich frage mich, ob ein Diabetiker den Verzehr überleben würde. Camille reckt ihre butterglänzende Gabel in die Höhe.

»Stopp! Dieses Thema schneiden wir gar nicht erst an. Das ist ein ungeschriebenes Gesetz! Es ist allgemein bekannt, dass man vom Reden über Kalorien zunimmt, nicht vom Essen.«

Ich muss so sehr kichern, dass ich mich fast an meinem zweiten Bissen verschlucke. Dann erwidere ich: »Du hast recht. Im Grunde spielt es auch keine Rolle, jetzt genießen wir den Kuchen. Soll ich dir Cidre eingießen?«

»Ich bitte darum!«

Und so erlebe ich den ersten Kouign-amann meines Lebens. Ich genieße jeden Bissen, und mit jeder neuen Gabel lasse ich mich tiefer in den Stuhl sinken. Ich überlege sogar, noch ein zweites Stück zu bestellen, aber ob ich dann noch hochkomme …? Diese eigenwillige Kombination aus buttrigem Kuchen und Cidre weckt meine Geschmacksknospen und noch einiges mehr. In diesem kleinen Café in Locronan, umgeben von Granithäusern mit Schieferdächern, erlebe ich den ersten Zuckerorgasmus meines Lebens.

CAMILLE

Wir beschließen, in einer Pension fünf Kilometer von Locronan entfernt ein Zimmer zu nehmen. Die Besitzer empfangen uns freundlich, vor allem die Frau. Sie kennt Douarnenez, und wir plaudern eine Weile über meine Heimat. Ich habe Isabelle vorgeschlagen, heute Abend eine Crêperie in Locronan zu besuchen, um das besondere Flair zu genießen.

Bei Nacht hat der Ort etwas Geheimnisvolles. Ich muss sofort an die Geschichten denken, die meine Mutter über die Wichtel im Heideland erzählt hat und die ich mir, eng an meinen Bruder Alban gepresst, voller gespannter Erwartung angehört habe. Oft kam er nachts zu mir, damit ich keine Angst hatte. Sein eigenes Zimmer, auf das meine Mutter so stolz war, ignorierte er. Damals mussten sich Geschwister oft ein Zimmer teilen, gerade wenn man zu dritt war. Wieder überkommt mich eine gewisse Wehmut, aber die Magie des Ortes rettet mich, vor allem als wir vor der Crêperie ankommen. Kurz darauf bestelle ich einen Crêpe complète und Cidre. Der unverputzte Gastraum wird von einem offenen Kamin geheizt.

Durch das Fenster sehen wir die Lichter der Straßenlaternen, die sich auf dem Pflaster spiegeln. Die anderen Gäste scheinen aus der Gegend zu sein, ich höre Namen wie Gwenael, Loic …

Wir essen in aller Ruhe und sprechen nicht viel. Ich, weil ich erschöpft bin, und Isabelle, weil sie als Single daran gewöhnt ist, beim Essen zu schweigen. Ich bemerke, wie sie fasziniert eine Familie beobachtet, die am anderen Ende des Raumes sitzt. Die beiden Kinder dürften fünf und sieben sein. Der besagte Loic zappelt auf seinem Stuhl herum, was seiner Mutter gar nicht gefällt, die ihn mehrmals zur Ordnung ruft. Neben Loic sitzen Vater und Tochter, er schneidet ihr die Galette klein. Sie hat zwei Zöpfe und ein fröhliches rundliches Gesicht. Loic ist dunkler als seine Schwester und wirkt verwegener, die Schnittwunde auf seiner Stirn spricht dafür. Beim Anblick der Familie muss ich an unseren Ausflug zur Obstplantage denken, an die kleine Ambre, die sich an Isabelle klammerte. Eine etwas linkische, aber sehr liebevolle Isabelle.

Sie scheint wie hypnotisiert zu sein, was ich nicht richtig einordnen kann.

»Isabelle?«

Sie zuckt zusammen und wendet den Blick zu mir, aus ihren Augen spricht Verlegenheit.

»Entschuldige, ich war in Gedanken …«

Ich kaue, ohne zu schmecken, was ich esse.

»Wie war deine Campagnarde?«

»Sehr gut, eine perfekte Galette.«

»Crêpe«, korrigiere ich sie automatisch und bereue es im selben Moment. Dass man unsere Buchweizencrêpes im Rest von Frankreich Galettes nennt, daran werde ich mich wohl nie gewöhnen. »Tut mir leid, ich hätte dich nicht verbessern sollen!«

Sie zwinkert mir komplizenhaft zu.

»Keine Sorge, ich wollte dich nur ein bisschen ärgern. Und deine?«

»Wunderbar. Ich überlege, noch eine zu bestellen … Wir könnten teilen?«

Die Portionen sind nicht zu üppig, sodass die Gäste mehrere Variationen probieren können. Ganz so wie bei einem Crêpeessen zu Hause bei Freunden. Wir brauchen eine Weile, bis wir uns entschieden haben. Als die Kellnerin die Bestellung aufgenommen hat, schaut Isabelle wieder zu der Familie hinüber. Da ich keine Ahnung habe, wie ich das Thema durch die Blume ansprechen soll, erlaube ich mir eine gewisse Direktheit. Es muss einfach sein.

»Isabelle, du wirkst … nachdenklich. Hat das etwas mit dieser Familie zu tun?«

Wieder sieht sie ertappt aus. Ich hoffe, es war kein Fehler, in dieser Wunde zu stochern.

»Ich … ja, der Anblick übt eine gewisse Faszination auf mich aus, das muss ich zugeben. Nach all den Jahren treibt mich das Thema Familie immer noch um. Ist das pathetisch?«

Mit dieser Gegenfrage habe ich nicht gerechnet, und ich brauche eine Weile, um eine Antwort zu finden.

»Wie meinst du das?«

»Na ja, du weißt, dass es meine Entscheidung war. Und ich habe an meiner Meinung festgehalten bis zur Scheidung. Arnaud hat mir immer vorgeworfen, dass ich ihm die Chance genommen hätte, Kinder zu haben. Dass er nach der Scheidung zu alt war, um noch Vater zu werden. Er wäre sich sonst wie ein alter Bock vorgekommen, der sich noch mal etwas Junges angelacht hat … Entschuldige, ich wollte ihn vor dir nicht kritisieren.«

Ich hebe abwehrend die Hand. Arnaud hatte sich oft über den »Starrsinn und den Egoismus« seiner Frau ausgelassen, auch wenn ich das jetzt nicht aufs Tapet bringe. Das würde sie noch bedauern, sagte er immer … Ich habe ihn in seiner Bitterkeit oft als grausam empfunden, was gar nicht zu ihm passte.

Natürlich trieb ihn Isabelles Entscheidung um. Aber sie war und ist ein freier Mensch. Das habe ich Arnaud so nicht gesagt, ich wollte nicht noch Salz in die Wunde streuen. Wenn ich nur eine Andeutung in diese Richtung machte, verlor er die Fassung. Unseren einzigen wirklich heftigen Streit hatten wir wegen dieses Themas. Im Anschluss habe ich nicht mehr reagiert, wenn er davon angefangen hat.

»Natürlich hatte deine Entscheidung auch Konsequenzen für Arnauds Leben. Aber er hätte deinen Wunsch, keine Kinder zu bekommen, akzeptieren sollen, anstatt darauf zu hoffen, dass du deine Meinung änderst, und zu behaupten, du wüsstest nicht, was du wolltest … Heute denke ich, dass er dich in dieser Hinsicht nie verstanden hat.«

Ich bewege meine Finger, die wegen schlechter Durchblutung kalt sind. Ich wäge jedes Wort ab, um Isabelle nicht zu verletzen. Ich fühle mich erschöpft und ein bisschen benommen.

Sie äugt wieder zu der Familie hinüber, ihr Gesichtsausdruck ist unergründlich. Wehmut ist das nicht … oder vielleicht doch? Sie wirkt anders als die wenigen früheren Freundinnen von mir, die keine Kinder bekommen konnten und darunter litten. Diesen Schmerz spüre ich bei ihr nicht, es muss etwas anderes sein. Sie kratzt sich im Nacken und sagt dann: »Ich kann einfach nicht verstehen, warum es als selbstverständlich gilt, dass sich alle Frauen Kinder wünschen, um jeden Preis. Wenn du das Gegenteil behauptest, sind die Leute irritiert, denken, das kann nicht sein … Man lächelt dich an und macht Bemerkungen wie: ›Du wirst deine Meinung schon noch ändern, warts nur ab‹, ›Mit der Zeit wirst du merken, was wirklich wichtig ist‹, und ähnliche Lebensweisheiten.«

Ihr Gesicht wirkt jetzt verkrampft. Sie merkt es nicht, aber aus ihren Worten spricht eine für sie ungewöhnliche Überheblichkeit, die deutlich macht, wie verletzt sie ist.

»Ich habe nichts gegen Kinder. Ambre war entzückend, das kann ich nicht leugnen …«

»Aber sie wecken nicht den drängenden Wunsch in dir, selbst eins zu haben«, werfe ich ein.

Sie nickt, wirkt aber verwirrt. Vielleicht hat sie Angst, dass ich sie nicht verstehe oder ihr doch noch Vorhaltungen mache.

»Die Leute scheinen zu glauben, dass Frau sein immer auch Mutter sein impliziert«, fügt sie hinzu, »und eine kinderlose Frau ist eben eine Mutter im Werden, eine Mutter in Wartestellung. Wenn man zu sagen wagt, dass man keine Kinder haben möchte, ist es, als würde man ein Verbrechen begehen! Ich habe mir dazu einfach nie größere Gedanken gemacht. Und Arnaud hat das Thema vor der Ehe nie angesprochen. Kein einziges Mal! Aber nach unserer Heirat war es für ihn dann selbstverständlich, dass ›wir‹ Kinder wollten. Aber ich sollte nicht … Es tut mir leid …« Sie schüttelt den Kopf.

»Kein Problem«, versichere ich ihr noch einmal. Ich verstehe das Verhalten meines Sohnes, aber ich verstehe auch Isabelle.

Die Kellnerin serviert unsere Crêpe de Broceliande. Isabelle nimmt einen Schluck Cidre, offensichtlich ist sie verunsichert. Was jetzt? Ich warte, bis die Kellnerin und die Wolke ihres schweren Parfüms verschwunden sind, und will gerade den Mund öffnen, als Isabelle mir zuvorkommt: »Arnaud und ich waren das Musterbeispiel eines sprachlosen Ehepaares, der Inbegriff für fehlende Kommunikation, woran so viele Ehen scheitern. Für Arnaud war es natürlich, dass ein Paar Kinder hat, und für mich, dass man erst mal darüber redet, bevor man dann gemeinsam entscheidet. Es stand für mich nie infrage, dass ich das Recht hatte, keine zu wollen, und dass ich meine Entscheidung ihm zuliebe nicht ändern würde. Meine damalige beste Freundin riet mir, ihm den ›Gefallen‹ zu tun. Danach waren wir keine Freundinnen mehr. Sie und ihr Mann waren auf Arnauds Seite.«

Ich schaue Isabelle schockiert an. Ich will ihr sagen, wie leid es mir tut und dass ich so ein Verhalten aberwitzig und übergriffig finde. Sie zerkleinert mit präzisen Schnitten ihre Crêpehälfte und meidet meinen Blick.

»Hat man das wirklich zu dir gesagt? Ich glaube, dass viele Menschen Mühe haben, andere Meinungen zu tolerieren, obwohl sie das nicht böse meinen. Aber auch wenn es nicht böse gemeint war, kommt mir dieser Rat ein wenig … naiv vor.«

Eigentlich wollte ich nichts mehr sagen, vielleicht aus Solidarität meinem Sohn gegenüber, doch die Worte sprudeln jetzt einfach aus meinem Mund: »Ich fühle mich ein bisschen mitschuldig. Wir haben Arnaud sicherlich nach einem zu traditionellen Rollenbild von Mann und Frau erzogen. Über einen echten Dialog zwischen Ehepartnern haben wir nicht gesprochen … und das auch nicht gerade vorgelebt. Die Zeit war eine andere.«

Isabelle hebt verlegen den Kopf und legt die Gabel beiseite.

»Camille, du musst dich wirklich nicht entschuldigen. Bei diesem Thema gehe ich immer sofort in die Defensive. Wenn ich intensiver darüber nachdenke, waren wir vielleicht auch beide ein bisschen schuld. Ganz ehrlich, ich kann Arnaud heute verstehen. So wie ich die Enttäuschung meiner Eltern verstehe, sie wären gerne Großeltern geworden. Aber es fiel mir schwer, das Drängen meiner Freunde und Bekannten zu ertragen, die der Meinung waren, meine Eltern hätten ein Recht darauf. Darüber bin ich verbittert. Man urteilt nicht so über einen Menschen, das geht auch weniger grausam.«

Ich weiß genau, was sie meint, trinke noch einen Schluck und nicke schwach. Ich bin müde und erschöpft: Mir wird ein bisschen schwindlig. Wahrscheinlich liegt das auch an den vielen Tabletten gegen das Alter, die ich schlucke.

»Der berühmte Mutterinstinkt, der in jeder Frau steckt!« Isabelle rollt die Augen, dann spießt sie einen Pilz von ihrem Crêpe. Mir ist der Appetit vergangen.

»Wenn ich den in die Finger kriege, der sich das ausgedacht hat«, schimpft sie. »Unsere ganze Gesellschaft beruht darauf: Du willst arbeiten? Was ist mit den Kindern? Du willst eine Beförderung? Aber die Kinder! Du willst nur *ein* Kind? Sei nicht egoistisch, denk an dein Kind! Früher oder später bekommt jede Frau, direkt oder indirekt, all diese Fragen und Vorwürfe zu hören, Frau sein scheint eine öffentliche Angelegenheit zu sein und keine Privatsache.«

Während ich ihr zuhöre, erinnere ich mich an ähnliche Gespräche am Schultor, beim Kaffee mit anderen Müttern oder bei Abendessen mit Freunden. Isabelle trinkt einen Schluck Wasser und wirft die Haare nach hinten.

»Bis Anfang dreißig ging es noch, meine Karriere als Anwältin wurde als Rechtfertigung akzeptiert. Aber danach kamen die Nachfragen, und alle schienen sich einig, dass es an der Zeit wäre, mich zur Vernunft zu bringen.«

Sie schiebt die zweite Hälfte des Crêpe zu mir herüber, und ich stochere lustlos darin herum. Wieder schauen wir uns an. Worte sind überflüssig.

Nach einer Weile sagt sie: »Es tut mir leid, Camille. Bei diesem Thema bricht es einfach aus mir heraus, ich gehe hoch wie ein Dampfkochtopf … Ich weiß, dass ich hart bin, aber ich kann nicht anders. Denn ehrlich gesagt, was geht es die Leute überhaupt an?«

Nachdenklich betrachte ich das Feuer im Kamin. All die vergangenen Jahre, das erstrittene Wahlrecht für Frauen, das Recht, zu arbeiten oder ein eigenes Bankkonto zu eröffnen, ohne den Ehemann um Erlaubnis zu fragen … und meine Isabelle eröffnet mir, dass sie sich genau das Gleiche anhören musste wie ich vor der Geburt von Arnaud?

»Entschuldige, Camille …«, fügt sie verlegen hinzu.

Ich stelle mein Glas ab und greife behutsam nach ihren schmalen Fingern, die so viel wärmer sind als meine.

»Dafür gibt es keinen Grund! Es tut mir nur leid, dass deine Generation diesen Kampf immer noch führen muss. Dass deine Eltern dich gedrängt haben, verstehe ich, sie sind in einer anderen Zeit aufgewachsen, aber deine Freunde? Ich finde das schrecklich. Und wenn niemand dich je verteidigt hat, dann muss es eben eine alte Frau machen! Also, ein für alle Mal: Es war dein Recht und deine Entscheidung. Wenn Arnaud das nicht akzeptieren konnte, hätte er sich von dir trennen müssen. Vor allem aber hätte ich niemals gedacht, dass man auch heutzutage noch dafür abgestraft wird, eine eigene Meinung zu haben. Eigentlich sollte ich mich entschuldigen, nicht für meinen Sohn, eure Ehe ging mich nichts an. Aber … als Frau. Aus Empathie, weil ich dir nicht zur Seite gestanden bin, als das alles passierte. Du bist ein wunderbarer Mensch, Isabelle, und alles andere als egoistisch.«

Meine Rede klingt vielleicht etwas phrasenhaft, aber wenn die Gefühle überhandnehmen, fehlen mir manchmal eben die Worte. Trotzdem: Was gesagt werden muss, muss gesagt werden.

Wie um einen Schlusspunkt hinter das Thema zu setzen, verlässt die Familie, die unser Gespräch ausgelöst hat, geräuschvoll die Crêperie. Ich lasse Isabelles Hände los und wische mir eine Träne von der Wange.

»Was mich am meisten beunruhigt«, erwidert Isabelle, »ist die Angst, dass die Leute, die mit dem Finger auf mich zeigen, am Ende doch recht haben könnten, wenn ich mit meinen vertrockneten Eierstöcke im Altersheim liege und die Einzige bin, die keinen Besuch bekommen wird. Isoliert, eifersüchtig auf die anderen, deren Kinder sich die Geschichten von wund gelegenen Stellen, schlecht gelaunten Tischnachbarn und was weiß ich noch anhören. Trotzdem bin ich überzeugt, dass ich für mich die richtige Entscheidung getroffen habe.«

Unvermittelt schlägt sie die Hand vor den Mund und schaut mich an. Ich ahne sofort, warum. Sie hat es bestimmt nicht so gemeint, aber es gibt mir einen Stich ins Herz. Auch wenn ich gar nicht so alleine bin. Ich habe ja sie an meiner Seite.

»Das war schrecklich unsensibel«, flüstert sie.

»Nein, nicht so schlimm. Und du wärst naiv, wenn du dir

die Frage nicht stellen würdest. Aber du wirst sehen, so wird es nicht kommen.«

Wir sehen dem kleinen Loic hinterher, der sich von seiner Mutter losgerissen hat und wie ein geölter Blitz den Bürgersteig hinunterrast. Arnaud war als Kind genauso ungestüm, wenn sein Vater nicht in der Nähe war.

»Ich glaube, wenn du Mutter hättest werden wollen, hättest du das tief in dir gespürt«, nehme ich den Faden wieder auf. »So etwas merkt man nicht erst am Ende seines Lebens. Ich habe übrigens einige Freundinnen im Altenheim, glaub mir, du wirst sicher genauso viel Besuch bekommen wie sie, wenn es so weit ist!«

Ich zwinkere ihr zu. Jetzt reicht es mit heiklen Themen, es wurde heute Abend genug Staub aufgewirbelt.

»Du isst gar nichts, habe ich dir den Appetit verdorben?«, fragt Isabelle.

Ich schüttele den Kopf und greife wieder zu meinem Besteck. Die Petersiliencreme zu den Pilzen ist leicht und fein, ein wenig Zitronensaft, Kräuter, genau richtig. Aber nach ein oder zwei Alibibissen schiebe ich den Teller wieder zu ihr.

Während wir auf den Kaffee warten, sage ich: »Danke, dass du dich mir anvertraut hast. Das war sicher nicht einfach … Die Creme auf dem letzten Crêpe war köstlich, oder?«

Isabelle schaut mich einen Moment an, dann nickt sie.

»Da hast du recht.«

Ich weiß nicht, ob sich das auf die Creme oder auf ihre Vertraulichkeit bezieht, aber etwas sagt mir, dass es ein bisschen für beides gilt.

ISABELLE

Am nächsten Morgen schlage ich einen Spaziergang zum alten Waschhaus oder zu einem Felsen vor, um die Aussicht zu genießen, aber meine Idee stößt auf wenig Gegenliebe. Camille lächelt zwar, aber ich könnte schwören, dass sie sich zwingt. Aufmerksam beobachte ich sie. Sie bewegt sich langsamer als sonst und wirkt irgendwie verloren, nippt nur an ihrem Kaffee. Das ganze Frühstück über ist sie ungewöhnlich schweigsam. Als wir wieder aufs Zimmer gehen, spüre ich, dass etwas ganz und gar nicht stimmt.

Schwerfällig lässt sie sich auf das Bett mit der handgestrickten Steppdecke sinken.

»Camille?«

Noch bevor sie antworten kann, beginnen ihre Augenlider zu flattern, ich ahne, dass sie gleich umkippt, und versuche, sie zu fassen, sodass sie nicht auf den Boden aufschlägt.

»Camille!«

Meine angsterfüllte Stimme hallt von den Wänden wider. Kurz bin ich starr vor Angst, dann greife ich zum Handy und wähle den Notruf. Nach wenigen Sekunden habe ich jemand am anderen Ende der Leitung und versuche, meine Panik unter Kontrolle zu halten. Meine Finger zittern so sehr, dass ich kaum Camilles Puls finde. Jedenfalls hoffe ich, dass mein Zittern das Problem ist, und nicht, dass sie keinen mehr hat.

Ich höre auf ihren Atem, der von meinem hektischen Schnaufen fast übertönt wird, und versuche, mich an den Erste-Hilfe-Kurs zu erinnern und gleichzeitig den Anweisungen am Telefon zu folgen. Endlich finde ich den Puls. Er ist noch da, sie atmet.

»Ich sage Ihnen jetzt, wie Sie die Person auf die Seite legen, bis die Rettungskräfte kommen«, erklärt die Frau vom Rettungsdienst mit ruhiger Stimme.

Ich befolge jede Anweisung. Sobald ich Camille in die stabile Seitenlage gebracht habe, gebe ich mein Bestes, um nicht in Tränen auszubrechen, das hilft auch nicht weiter! Ich überprüfe noch mal, ob ich auch alles richtig gemacht habe, sodass Camille trotz ihrer Ohnmacht gut atmen kann.

»Sind die Rettungskräfte auf dem Weg?«, frage ich sicher zum zehnten Mal, ich kann nicht anders.

»Ja, Madame, sie sind gleich da. Atmet die Person noch?«

Ich kontrolliere Camilles Zustand. Dann öffne ich die Zimmertür, und als ich das Zimmermädchen über den Flur gehen sehe, erkläre ich ihr hektisch, was passiert ist. Sie eilt sofort zur Rezeption, um sicherzustellen, dass die Rettungskräfte keine Zeit verlieren. Ich gehe zu Camille zurück.

Als ich die Sirene und dann die Geräusche auf der Treppe höre, breche ich erleichtert in Tränen aus. Ich gehe an die Tür und winke die beiden Sanitäter herein.

Camille wird ins Krankenhaus gebracht, man gibt mir die Adresse, und ich renne zu meinem Auto. Ich funktioniere wie ein Automat und weiß gar nicht richtig, was ich tue. Camille atmet, das ist alles, was ich weiß. Eine einfache Ohnmacht? Ein Schlaganfall? Ein Aneurysma? Was war die Ursache für ihren Zusammenbruch?

Bei meiner Ankunft im Krankenhaus muss ich mich mehrmals erklären, bis ich jemanden finde, der mir Informationen gibt. Ich lüge unverblümt und nutze die Tatsache, dass in meinem Pass immer noch Cardin steht, meinen Mädchennamen habe ich nach der Scheidung nicht wieder angenommen. Deshalb darf ich zu Camille.

Nach zwei nicht enden wollenden Stunden betrete ich die Kardiologie, wo sie unter Beobachtung ist. Ein grauhaariger Arzt erklärt mir auf dem Gang die Lage, dabei reinigt er seine Brillengläser: »Ein kleiner Zusammenbruch …«

»Du lieber Gott, ein Herzinfarkt?«

Ich werde blass und mache mir Vorwürfe, sie womöglich überfordert zu haben.

»Nein, ganz und gar nicht. Aber ein kleines Alarmzeichen. Das EKG ist für ihr Alter recht gut. Wahrscheinlich hat sie sich in letzter Zeit etwas überanstrengt. Sie ist wach, wir haben zwar noch nicht alle Ergebnisse der Untersuchungen, aber die ersten sind sehr erfreulich«, fährt er fort. »Wir behalten sie noch eine Nacht hier. Nur zur Sicherheit.«

Den letzten Satz betont er besonders, als er sieht, dass ich schon wieder in Panik gerate.

»Die Reise hat damit nichts zu tun, das soll ich Ihnen von Madame Chardin ausrichten. Gleichwohl sollten sie mehr Pausen einplanen und das Tempo vielleicht etwas herunterfahren.«

Ich nicke inbrünstig und denke darüber nach, Camille in unser Zimmer einzusperren, wenn sie nicht einsichtig ist.

»Sie können jetzt zu ihr, die Besuchszeit ist in Kürze zu Ende. Wir kümmern uns darum, dass man sie baldmöglichst entlassen kann. Achten Sie darauf, dass sie zu Hause ihren Kardiologen verständigt und er weitere Untersuchungen macht. Er kann uns auch gerne kontaktieren, um Einsicht in die Krankenakte zu nehmen. Sie können ganz beruhigt sein, es wird alles gut!«, sagt er unerwartet herzlich.

Ich drücke ihm fest die Hand, was ihn sichtlich irritiert, und bedanke mich. Ihm gehört meine ganze Sympathie, denn er wird meine Camille wieder auf die Beine bringen!

Mit wild klopfendem Herzen betrete ich das Zimmer. Camille liegt im Bett, den Rücken durch einige Kissen gestützt. Als sie mich sieht, formen sich ihre Lippen zu einem Lächeln. Sie ist sehr blass und wirkt müde, scheint aber gut gelaunt zu sein. Ich habe immer noch ein schlechtes Gewissen und frage mich zum hundertsten Mal, was mich dazu verleitet hat, sie in dieses Abenteuer hineinzuziehen.

»Isabelle, komm her«, ihre Stimme klingt brüchig, aber erstaunlich entschlossen.

Einen Augenblick lang läuft vor meinem inneren Auge eine Reanimationsszene ab, die meine Panik weiter anfacht. Dann kehre ich in die Realität zurück. Der Arzt war unmissverständlich, sie ist von selbst aufgewacht.

»Wie geht es dir?«

»Ich bin völlig erschöpft. Und es tut mir leid. Ich habe dir sicher einen großen Schrecken eingejagt.« Sie klopft auf die Bettkante, und ich setze mich. Ich zucke die Schultern und habe das Gefühl, dass ich einem Herzinfarkt näher war als sie. Ich wusste, dass sie eine alte Frau ist. Ich wusste, dass sie immer mal wieder müde war und sich schwach fühlte, aber es nicht zugeben wollte. Man kann noch so schnell über die Straßen der Normandie und der Bretagne rasen, das Alter und die Realität holen einen immer wieder ein.

»Nein, mir tut es leid …«

»Stopp! Es ist nicht deine Schuld, ich hätte vorher mit dir reden sollen. Ich hatte schon zwei dieser ›Warnungen‹, eine, nachdem ich im Garten Unkraut gejätet hatte. Mein Kardiologe wollte mir Medikamente verschreiben und mich genauer untersuchen, aber meine Werte waren stabil, deshalb habe ich das nicht weiter verfolgt.«

»Diese Reise überfordert dich«, ich kann mir die Moralpredigt nicht verkneifen. »Wir sollten nur alle zwei Tage reisen oder weniger zu Fuß machen.«

Sie hebt abwehrend die Hand. Ihr Handgelenk ist so dünn, dass sich die Knochen abzeichnen. Sie verhüllt ihr Alter klug und geschickt unter eleganter Kleidung. Ihren schmalen Hals verbirgt sie sonst unter dem Kragen ihrer Bluse oder einem Schal. Hier in ihrem Krankenkittel offenbart sich ihr wahres Alter. Meine Kehle ist wie zugeschnürt, am liebsten würde ich in Tränen ausbrechen.

Diese Frau ist alles, was mir an Familie geblieben ist. Und nun liegt sie in einem Krankenhausbett. Wer weiß, wie das weitergehen wird? Ich möchte dem Kardiologen gerne glauben, aber wenn sich diese Attacken häufen …

»Isabelle? Ich möchte, dass du lächelst, und nicht, dass du dir Sorgen machst, besonders nicht um mich.«

Ich ziehe die Augenbrauen hoch und schwanke zwischen Unverständnis und Missmut.

»Ich bin eine alte Dame«, spricht sie weiter, als sie meine Reaktion bemerkt, »der Motor beginnt zu stottern, immer mehr Rädchen drehen sich ins Nichts, so ist das eben, nicht mehr und nicht weniger. Doktor Novak hat mir bestätigt, dass meine Werte nicht besorgniserregend sind.«

»Ich weiß, aber … ich ertrage die Vorstellung nicht.«

»Welche? Dass ich sterblich bin?«

Ich schaue sie an und versuche gleichzeitig, in mich hineinzuhören. Zu erkennen, dass sie sterblich ist. Empfindlich und alt. Dass in meiner Welt noch alles Mögliche zusammenbrechen kann. Sie hat mich zu Arnauds Beerdigung eingeladen, wer wird ihre organisieren? Und wird er oder sie mich daran teilhaben lassen, mich, die verteufelte Ex-Schwiegertochter?

Tränen laufen mir über die Wangen, ich kann sie nicht zurückhalten. Der Ausbruch kommt plötzlich und unerwartet wie ein Gewitter. Eine schmale Hand fasst nach meiner, sie streichelt mir beruhigend über den Handrücken, und ich versuche, mich wieder zu fassen. Vergeblich. Das Bild, wie sie am Boden lag, lässt mich nicht los, die Angst, sie könnte von einer Minute zur anderen nicht mehr da sein … Ein Beben durchläuft meinen Körper.

»Isabelle, ich werde auf mich achten, das verspreche ich dir, und du bist ja in meiner Nähe, in Ordnung? Aber lass uns unsere Reise fortsetzen. Sie strengt mein Herz vielleicht an, macht es gleichzeitig aber auch leicht.«

Ich nicke unter Tränen, fest entschlossen, mein Bestes zu geben. Und wenn eines Tages der »Motor«, von dem sie mit sanfter Ironie gesprochen hat, tatsächlich kaputtgehen wird, dann werde ich trauern und wieder Waise sein. Ich habe in ihr immer schon mehr als eine Schwiegermutter gesehen, aber diese Reise vertieft das Gefühl, dass ich mit ihr verbunden bin, noch weiter.

»Hör auf zu weinen, Isabelle! Ich bin hier und habe nicht vor, daran in absehbarer Zeit etwas zu ändern. Jedenfalls so lange nicht, bis mich Gott an seiner Seite haben möchte.«

Ich beruhige mich und ringe mir ein Lächeln ab. Aber ihr Gesicht ist so eingefallen, sie wirkt so müde … so alt. Ich wiederhole mein stilles Versprechen, besser auf sie achtzugeben, und adressiere es an Arnaud. Vielleicht eine späte Wiedergutmachung, nachdem ich ihn zu Lebzeiten so sehr enttäuscht habe.

CAMILLE

Die nächsten vierundzwanzig Stunden bleibe ich zur Beobachtung im Krankenhaus, eine reine Vorsichtsmaßnahme, wie der charmante Doktor Novak immer wieder betont. Ich bemühe mich, den Anweisungen zu folgen, zu schlafen, meine Zehen zu betrachten … was mich schon bald langweilt.

In meinem Leben habe ich nur sehr selten nichts gemacht, höchstens wenn ich Grippe hatte oder irgendetwas anderes, das mich ungewollt ans Bett gefesselt hat. Ich bin erschöpft, das stimmt, aber ich habe es satt, ständig darauf zu warten, bis mir jemand etwas zu essen bringt. Die Krankenschwestern haben es immer eilig, niemand hat Zeit, mit mir zu plaudern.

Isabelle hat mir einen neuen Zeichenblock und meine Farben gebracht, damit ich mich beschäftigen kann. Damit vergeht die Zeit schneller. Aber in einem Krankenhauszimmer gibt es nichts zu zeichnen. Alles ist nichtssagend und antiseptisch. Nicht mal die Wände sind richtig weiß, sondern von einer undefinierbaren Farbe. Beige oder vielleicht Blassgelb? Nichts hier verdient es, für die Ewigkeit festgehalten zu werden, nicht mal durch einen so ungelenken Strich wie meinen.

Durch das Fenster erkenne ich nur einen Streifen Grün, eine Zeder in einem bedauernswerten Zustand, daneben eine Betonbank und einen Mülleimer.

Trotzdem zieht dieses Fleckchen Natur die Patienten an,

die vor der Krankenhausatmosphäre flüchten wollen. Ich beobachte das ständige Kommen, Gehen und Verweilen, mal fünf Minuten, mal länger.

Die Müdigkeit lastet auf mir wie ein Amboss. Sie bedrückt mich. Die Vorstellung, dass auch in Zukunft alles langsamer gehen könnte, macht mich wütend. Ich bin in einem Stadium meines Lebens, in dem ich mich nicht mehr an die Leine legen lasse. Dazu habe ich weder Lust noch Zeit. Heißt alt sein automatisch gebrechlich, verkalkt und untätig sein? Mein Wunsch war es immer, eines Tages von einem Windstoß aus meinem Garten geweht zu werden. Ohne großes Tamtam. Aber ich fürchte die Realität wird anders aussehen.

Ich habe immer auf mein Herz geachtet, es keinen zu großen Erschütterungen ausgesetzt. Es gab Hervé, ein Kind, Freundschaften ... Und auch körperlich habe ich versucht, mich fit zu halten. Was kann man mehr tun? Ich habe sogar auf das Cholesterin geachtet, als das ein Thema wurde!

Ich sitze in meinem Bett, einen Teller »Rinderbraten mit Reis, Zwiebeln und Karotten« vor mir, auf dem ich die letzten beiden Zutaten noch suche, und feilsche mit dem Universum: Wenn ich mich ab jetzt jeden Tag eine Stunde ausruhe, mein liebes Herz, dann hältst du bis zum Ende der Reise durch. Ich möchte noch einiges sehen, mir die Bretagne zurückerobern. Wenn ich dort eine Bleibe gefunden habe, eine kleine Zweizimmerwohnung, die einfacher sauber zu halten ist als ein großes Haus, dann, mein liebes Herz, hörst du einfach irgendwann auf zu schlagen, heimlich, still und leise, eines Nachts. Nicht im Winter, vielleicht im Herbst, wenn es noch nicht zu kalt ist und ich niemandem das Weihnachtsfest vermiese. Das ist doch ein Kompromiss, oder? Und dann fällt mir ein, dass Arnaud nicht mehr da ist. Hervé auch nicht. Um wen muss ich mir überhaupt Sorgen machen?

Das Gefühl, die Letzte der Familie zu sein, hat etwas Erdrückendes. Dieses ganze Nachdenken über die eigene, im Grunde nichtige Geschichte, die einem trotzdem so wichtig ist und die dann verloren sein wird, weil niemand mehr da ist, um sie weiterzuerzählen. Mir bleibt nichts anderes übrig, als sie mit ins Grab zu nehmen. Wem erzähle ich, dass ich meiner Zeit voraus war, dass Arnaud, nachdem ich eine Reportage im Fernsehen gesehen habe, bei mir im Bett schlafen durfte, dass ich meinen Garten im »Bohemien-Style« gestaltet habe, lange bevor ein Trend daraus wurde? Und dass ich zu der Kategorie Frauen gehört habe, die Kinder und Berufstätigkeit gut unter einen Hut bringen? Ich habe stets mein eigenes Hirn angestrengt! Und so manches, was im Fernsehen als große Errungenschaft gefeiert wurde, war für mich ein alter Hut. Mit einfachen Lösungen habe ich mich nie zufriedengegeben. Wir sind schließlich nicht bei *Derrick*!

Es klopft, und ich zucke zusammen. Isabelle taucht auf, ein Lächeln liegt auf ihrem Gesicht. Ich bin überrascht, es fühlt sich an, als würde eine alte Freundin zu Besuch kommen. Ich habe nur noch verschwommene Erinnerungen daran, wie sie sich bei meinem Zusammenbruch verhalten hat, aber ihre Sorge und Fürsorge sprechen für sich. Die tiefe Zuneigung, die ich immer stärker empfinde, scheint gegenseitig zu sein … Ihr Weihnachten würde ich auf jeden Fall verderben.

»Huhu, Camille, ich habe trinkbaren Tee und Gebäck mitgebracht.«

Ich klatsche in die Hände.

»Nein, ist das etwa …?«

Sie kommt näher und öffnet stolz den Karton. Aber ja! Meine bretonische Sünde! Ein wenig klein vielleicht, aber immerhin.

»Es war ein Fehler, einen Normannen zu heiraten«, sage ich seufzend, »meine erste große Liebe war ein Bretone … und er hieß Kouign-amann!«

Isabelle lacht laut auf. Wir improvisieren eine Teatime im Krankenhauszimmer, das wie von Zauberhand seine Tristesse verloren hat. Die Wände sind immer noch verwaschen gelb, das Linoleum immer noch dunkelbraun, aber uns geht es gut.

Das Gespräch dreht sich um die besten Pâtisserien, um die zuletzt gelesenen Bücher und um *La Traviata*, die Isabelle für mich trällert. Ich versuche mehr schlecht als recht, Jacqueline Maillan zu imitieren, Madeleine Renaud liegt mir mehr.

Wir plaudern ein, zwei Stunden ohne Punkt und Komma. Das hilft mir bestimmt mehr als alle Medikamente. Ich sitze wie eine Königin in meinem Bett, schlürfe meinen Bergamottetee und sage mir, dass ich mehr Glück habe als viele andere Menschen.

ISABELLE

Wir verbringen ganze drei Tage in Locronan, ich warte darauf, dass Camille aus dem Krankenhaus entlassen wird. Obwohl ich sie so oft wie möglich besuche, habe ich genug Zeit, mir die Gegend anzusehen.

Auch wenn ich von meiner Lieblingsachtzigjährigen vorübergehend im Stich gelassen wurde, muss ich zugeben, dass Locronan seinem Ruf gerecht wird. Ich bin froh, dass wir hier gestrandet sind. Einmal war ich auf einem Aussichtshügel und habe den Blick über die umliegenden Wälder schweifen lassen. Als ich außer Atem, den Blick auf den Horizont gerichtet, oben ankam, fühlte ich mich ein bisschen wie Reese Witherspoon in *Der große Trip – Wild,* wenn auch ein bisschen weniger wild. Ansonsten bin ich im Städtchen geblieben, dessen Charme ich mit Haut und Haaren verfallen bin. Die Gassen mit dem Kopfsteinpflaster, die mittelalterlichen Granithäuser, die blauen Fensterläden, die efeubewachsenen Mauern, der göttliche Kouign-amann … All das gefällt mir so viel mehr, als ich gehofft hatte! Die grauen Fassaden und die ebenso grauen Schieferdächer der Häuser waren mir früher immer trist vorgekommen, deshalb habe ich die Normandie vorgezogen.

Aber jetzt, mit Camilles Lächeln im Hinterkopf, ist alles anders.

Die Zerbrechlichkeit des Lebens ist mir plötzlich viel präsenter, genau wie das Glück, dass wir diese Reise unternehmen können. Es mag verrückt klingen, aber es hat Camilles Zusammenbruch gebraucht, um die Sorgen, die ich bis jetzt mit mir herumgetragen habe, aus einem neuen Blickwinkel zu sehen. Ich muss loslassen, das Leben genießen. Wie, weiß ich selbst noch nicht, aber ich werde mich bemühen, auch wenn ich mir dafür immer wieder in den Hintern treten muss!

Camille glücklich zu sehen wirft die Frage auf, ob ich es auch bin. Teilweise, könnte ich sagen. Ich habe meinen inneren Frieden wiedergefunden, in vielen Dingen zumindest. Ich habe keine Albträume mehr, und die viele Bewegung tut mir gut. Nein, wirklich, ich sehe Fortschritte. Ich werfe mir meine Schwächen nicht mehr vor, den Burn-out, das nicht ausgekostete Leben. Stattdessen habe ich Lust, aufzustehen, Neues zu erkunden! Natürlich ist das alles noch fragil, aber immerhin ein Anfang.

Seit meiner Abfahrt aus Caen habe ich drei Bücher gelesen, das vierte angefangen. Während meiner Arbeitslosigkeit konnte ich mich nicht dazu aufraffen, obwohl ich mehr als genug Zeit hatte. Ich war nicht fähig, mir einen neuen Job zu suchen oder auch nur die einfachsten alltäglichen Probleme zu bewältigen, und kam mir vor, als hätte ich mich in meiner Wohnung in freiwillige Isolation begeben … um dann nichts daraus zu machen.

All das scheint zu einem anderen Leben zu gehören. Leise klopft die Angst vor unserer immer näher kommenden Rückkehr an, aber ich beschließe, sie zu ignorieren. Was ich in den letzten Tagen verstanden habe, hat mir Mut gemacht und Kraft gegeben. Das wird mir auf meinem zukünftigen Weg helfen.

Hoffe ich jedenfalls! Aber es reicht, das herauszufinden, wenn es so weit ist.

Ich habe kurz damit geliebäugelt, nie mehr nach Hause zurückzukehren und einfach weiterzureisen, von Region zu Region, gemeinsam mit Camille. Wir könnten die gesamte Bretagne durchqueren, anschließend die Vendée besuchen, warum nicht? Natürlich sind das Träumereien, es wäre letztendlich eine Flucht vor der Realität und kein richtiger Neuanfang. Aber sie haben mir die Kraft gegeben, mich beim Arbeitsamt zu melden und mitzuteilen, dass ich noch länger unterwegs sein werde. Um mir und meiner Freundschaft zu Camille mehr Zeit zu geben.

Während unserer Zwangspause sitze ich einfach so herum, schaue den Leuten beim Leben zu, inspiriere mich an ihrem Lachen und ihrem Lächeln … Ich habe sogar daran gedacht, mit dem einen oder anderen in Kontakt zu treten, ohne genau zu wissen, wie. Das erinnert mich an den Film *Die Frau auf der Brücke* mit Vanessa Paradis als Adèle. In der Eröffnungsszene erklärt Adèle, dass sie sich fühlt, als würde sie hinter einer Fensterscheibe leben und die Menschen auf der anderen Seite beobachten. Zu warten und zu warten. Worauf? »Darauf, dass mir etwas passiert«, sagt Adèle, als ob das offensichtlich wäre.

Und genau so fühle ich mich in diesem Moment auch. Ich habe jahrelang darauf gewartet, dass die Erleuchtung kommt, die meinem Leben einen Sinn gibt … Und jetzt spüre ich, dass es endlich so weit ist. Auch wenn ich nicht weiß, wer ich auf der anderen Seite der Scheibe sein werde und was ich wirklich will. Deshalb nehme ich mir vor, den gerade erst begonnenen Weg weiterzugehen …

ISABELLE

»Camille, das war wirklich eine großartige Idee!«

Schaumgekrönte Wellen rollen auf uns zu, Gischt fegt über die Küste hinweg. Wir haben an einer kleinen Strandbar angehalten, um einen Kaffee zu trinken. Die Sonne, das Tosen der Brandung und der Salzgeruch in der Luft verbinden sich zu dem Puzzlestück, das unserer Reise noch gefehlt hat. Was will man mehr? Meine Gefährtin nickt heftig.

»Wegen unseres nächsten Ziels bin ich noch unschlüssig, aber wir müssen weiter! Wir haben ja viel Zeit in Locronan verbracht«, sagt Camille, die sich über das Kompliment freut.

Ich nicke. Dann fällt mir eine Geschichte ein, die sie mir anvertraut hat, und ich frage mich, warum ich nicht früher darauf gekommen bin, dabei liegt das doch auf der Hand!

»Warum fahren wir nicht nach Douarnenez und essen einen Kouign-amann dort, wo er erfunden wurde? Du kommst doch von dort, oder?«

Camille sieht mich zweifelnd an und zieht die Augenbrauen hoch, die Tasse schwebt vor ihren Lippen. Man könnte meinen, ich spräche Mandarin.

»Nun ja … eigentlich eine gute Idee, daran habe ich auch schon gedacht, aber irgendwie schien mir das zu naheliegend. Das wäre ja so, als wenn du mir Bayeux zeigen würdest … Ich dachte, wir bräuchten etwas Originelleres. Aber warum nicht? Die Regel habe ich ohnehin schon gebrochen, als Kind war ich ja auch schon in Locronan.« Sie trinkt nachdenklich einen Schluck Kaffee, dann noch einen. Abwesend murmelt sie: »Eine schlechte Idee ist es wirklich nicht, aber …«

»Camille?«

Sie schüttelt sich, als ob sie erst jetzt wieder in die Realität zurückkehren würde.

»Entschuldigung, ich versuche, mich gerade daran zu erinnern, wie lange ich schon nicht in Douarnenez gewesen bin … Das letzte Mal muss 1960 gewesen sein, wenn ich mich nicht irre. Der Hafen jedenfalls ist wirklich einen Besuch wert!«

Ich frage mich, wie Camilles Kindheit, über die sie so wenig spricht, wohl verlaufen ist, während sich ihr Blick am Horizont verliert. Von ihrem Leben in der Normandie weiß ich auch kaum etwas. Ein paar faule Strandtage klingen auf jeden Fall verlockend.

»Es wäre schön, wenn du mir mehr von deiner Kindheit und deinen Erinnerungen erzählst … Du könntest mir zeigen, wo du aufgewachsen bist. Ist das Haus noch in Familienbesitz?«

Sie schüttelt den Kopf und nicht unbedingt bedauernd.

»Nein, meine Mutter hat es verkauft, als sie ins ›Betreute Wohnen‹ gezogen ist. Ich glaube, so sagt man heute. Sie nannte es Seniorenresidenz, ein Altenheim mit autonomen Wohneinheiten und einem Pflegedienst, der vorbeikam, wenn es nötig war. Meine Brüder Paul und Alban waren tot, sie wusste, dass ich das Haus nicht wollte … Das war die beste Entscheidung.«

Ich stütze die Ellbogen auf und betrachte sie, während sie ihren Kaffee zu Ende trinkt. Camille ist immer etwas langsamer als ich. Es verunsichert mich, dass sie so offen auf meine Fragen antwortet, aber ich wage es trotzdem, hartnäckig zu bleiben, so direkt wie noch nie seit unserer Abreise.

»Und würdest du es gerne wiedersehen?«

Sie überlegt einen Moment und nickt dann.

»Ich nehme an, es wird sich ein wenig merkwürdig anfühlen, aber warum nicht? Eine Reise in die Vergangenheit … Ja, das können wir schon machen.«

Ich hole mein Smartphone heraus und recherchiere ein bisschen, für Camille ist es wichtig, dass wir rechtzeitig ein Zimmer zum Übernachten buchen, die Geschichte in Giverny hat sie mehr beunruhigt, als sie zugegeben hat.

»Wieder eine Pension oder ein B&B?«

»Wie wäre es mit einem charmanten Gasthaus, das Fremdenzimmer und eine Table d'Hôte anbietet? Marie, eine Bekannte aus meinem Buchclub, hat so etwas in der Nähe von Deauville eröffnet, und ich war ganz entzückt!«

Ich schaue auf. Ihr Wunsch scheint mir zwar *sehr* konkret, aber warum nicht? Ich gebe verschiedene Begriffe in die Suchmaschine ein, und schon bald erscheint eine Adresse. Es gibt einige Bilder, aber keine eigene Website.

»Willkommen im 21. Jahrhundert …«, murmle ich.

»Bitte?«

Ich schüttele den Kopf.

»Nichts, ich habe etwas gefunden, aber man kann sich nicht online informieren, sondern muss anrufen. Das können wir vom Strand aus machen. Du willst sicher ein paar Schritte gehen, oder?«

Camille nickt hocherfreut.

Wir fahren zum nächstgelegenen Strand und machen einen

Verdauungsspaziergang. Ich ziehe meine Schuhe aus und genieße das Gefühl, wie sich der mal trockene, mal feuchte Sand zwischen die Zehen schiebt. Dann wagen wir uns bis an die Wasserlinie. Ich löse meinen ohnehin schon halb verrutschten Knoten, meine Haare wehen in alle Richtungen. Am blauen Himmel zeigen sich nur wenige Wolken, die langsam vorbeiziehen. Der Wind kommt vom Meer. Das Wasser hat sich weit zurückgezogen, und das Watt erstreckt sich vor uns wie eine weite goldene sonnenbeschienene Fläche.

Ich fühle mich wohl, im Einklang mit der Natur. Aber auch die heitere Gelassenheit meiner Reisegefährtin trägt dazu bei. Das Meeresrauschen ist wie Meditation für mich, wahrscheinlich geht es vielen Menschen ähnlich, besonders wenn sie gerade gut gegessen haben und sich in der Sonne aalen. Sofort bekommen die Dinge einen anderen Anstrich. Ich habe das Gefühl, mitten im Leben zu stehen und es nicht nur an mir vorbeiziehen zu lassen.

Ich rufe beim »Gästehaus Sonia« an. Eine Frau nimmt ab. Sie wirkt etwas hektisch und braucht einige Zeit, um ihr Reservierungsbuch zu finden. Dann bestätigt sie mir, dass eines ihrer fünf Zimmer im Laufe des Tages frei wird. Und sie bittet uns, nicht allzu früh zu kommen, damit sie sauber machen kann.

Ich versichere ihr, das sei kein Problem, denn ich spüre ihre Überforderung. Wir vereinbaren, dass wir im Gemeinschaftsraum warten, bis sie uns grünes Licht gibt.

Den Nachmittag verbringen wir am Strand. Ich habe eine Decke dabei und lege mich in die Sonne, Camille malt ein Aquarell. Gegen vier haben sich auch die wenigen Wolken verzogen, und es wird trotz der sanften Brise ziemlich warm, woraufhin Camille begeistert vorschlägt: »Wir müssen unbedingt noch schwimmen gehen! Ich weiß noch nicht, wo und wann, aber ich bestehe darauf! Am liebsten würde ich jetzt gleich gehen, aber in meinem Alter ohne Badeanzug ins Wasser …«

Ich richte mich auf und schaue sie betont unbeteiligt an. Wirklich glücklich bin ich über ihren Einfall nicht. Der Ärmelkanal ist mir selbst im August noch zu kalt, deshalb bezweifle ich, dass es mir hier, am offenen Atlantik, anders gehen wird. Ich bin ein Warmwasserfisch, das Mittelmeer muss es mindestens sein.

»Wenn du wirklich willst, wir haben die Koffer im Auto, da drin sind Handtücher …«

Sie mustert mich durch ihre riesige Sonnenbrille à la Emma Peel aus *Mit Schirm, Charme und Melone*.

»Das war aber nicht vorgesehen«, sagt sie, als hätte ich ihr vorgeschlagen, eine Bank zu überfallen.

Ich zucke die Schultern.

»Vor einigen Wochen ahnten wir noch nicht einmal, dass wir heute an diesem Strand sein würden … Ich muss aber zugeben, dass ich ein bisschen Angst davor habe, im Mai ins Meer zu gehen, wir werden sicher frieren, oder? Und dein Herz …«

»Ich bade seit Jahren im Ärmelkanal, fast das ganze Jahr über! Mein Körper ist kaltes Wasser gewohnt. Ich glaube sogar, dass meine Werte, mit denen Doktor Novak so zufrieden war, direkt damit zu tun haben«, erwidert sie und lächelt mich schelmisch an.

Immer noch zögerlich stehe ich auf, um zum Auto zu gehen und unsere Badeanzüge und Handtücher zu holen. Camille folgt mir. Dann kehren wir an den Strand zurück. Ich habe auch einen bestickten ziegelroten Folklorerock dabei, den ich seit Ewigkeiten nicht mehr anhatte, der aber ideal ist, um uns darunter, wenn auch etwas umständlich, umzuziehen. Camille ist es wichtig, sich nicht im Evakostüm an einem öffentlichen Strand zeigen.

Es sieht witzig aus, wie sie sich dreht und windet und mit den Armen rudert, als würde sie Trockenkraulen. Ich unterdrücke den Impuls zu lachen, aber sie bemerkt meinen Blick.

»Mach dich nur lustig über eine alte Frau!«

Ich lache. Eben noch saß Camille im Kostüm am Strand. Im Kostüm! Ich werde mit einundachtzig wahrscheinlich keins mehr tragen.

»Bereit, meine Heldin?«

Sie nickt. Wir lassen unsere Sachen im Sand liegen und nähern uns tapfer dem Wasser – zumindest, was mich angeht. Als eine Welle meine Füße berührt, muss ich mich zusammenreißen, damit ich nicht in die Höhe springe. Gut, solange es nur die Füße sind, ist es eigentlich ganz angenehm. Jedenfalls im Moment noch.

Ich kralle die Zehen in den Boden und atme tief die salzige Luft ein … Ich schaffe das. Wenn Camille schwimmen geht, dann kann ich auf keinen Fall draußen bleiben. Verfrorener als eine Achtzigjährige? Das geht auf keinen Fall, ich muss an meinen Ruf denken!

In meinem etwas traurigen schwarzen Badeanzug mache ich einen weiteren Schritt ins Wasser. Und noch einen. Camille ist vorgewatet und ganz in ihrem Element, sie ist schon bis zur Hüfte drin. Warnt ihr Stoffwechsel sie nicht, dass sie enden könnte wie Jack in *Titanic*?

»Los, Isabelle, nur Mut, in fünf Minuten wirst du es wunderbar finden!«

Bei diesen Worten reckt sie sich tatsächlich der ersten Welle entgegen, die auf uns zukommt, während ich auf den Zehenspitzen balanciere.

»Verdammt …«

Mit der nächsten Welle beschließe ich, mich der Herausforderung zu stellen. Ein Schock. Brutal. Ich werde überrollt, pruste und zittere. Camille ist schon bis zu den Schultern im Wasser und dreht sich zu mir um. Sie schwimmt.

»Herrlich!«

Mein Gott, sie meint es ernst. Ich hopse noch ein bisschen umher und murmle dabei wie ein Mantra: »Das Wasser ist herrlich, das Wasser ist herrlich, das Wasser ist …«

Dann lasse ich mich todesmutig in die Fluten sinken. Und tatsächlich: Nachdem mein Herz einen Schlag ausgesetzt hat, wird es nach kurzer Zeit besser, das muss ich zugeben. Ja, es ist definitiv zu kalt für mich, aber wenn ich meine ganze Willenskraft aufbringe, ist es auszuhalten. Außerdem möchte ich Camille nicht allein lassen. Kann diese Kälte wirklich gut für ihr Herz sein?

Sobald ich nicht mehr mit den Zähnen klappere, fange ich wie verrückt an zu lachen. Camille lässt sich unterdessen auf dem Rücken treiben und scheint völlig entspannt zu sein. Wenn ich auf der Suche nach dem Kick war, um den Schalter umzulegen, dann habe ich eben eine Methode gefunden: eiskaltes Wasser als Lebenselixier!

Um mich abzulenken, erinnere ich mich an meine Kindheit. Jedes Mal wenn damals eine Welle auf mich zurollte, machte ich eine Rolle vorwärts, eine rückwärts und dann das

Brett: »So starr, dass kein Hai dir in den Popo beißen kann!«, wie mein Vater immer sagte, wenn er mich ärgern wollte. Wahrscheinlich erklärt das meine Angst vor Haien und vor tiefem Wasser.

Ich kraule ein wenig und mache meine erste Rolle, bevor ich wieder nach oben ploppe, als wäre ich ein Korken. Diese Bewegung weckt etwas in mir, ein Gefühl, das mir gute Laune macht.

Dann versuche ich die Rolle rückwärts. Hier wird deutlich, dass ich einiges an Beweglichkeit verloren habe. Ich schaffe die Rolle gerade so und befürchte, mir etwas im Rücken gezerrt zu haben. Ich tauche wieder auf und muss husten, weil ich beim Lachen Wasser geschluckt habe. Ich bin vielleicht steif geworden! Ich versuche es noch einige Male … vergeblich, es wird nicht besser. Jenseits der fünfundvierzig sind Rückwärtspurzelbäume schwierig!

Ich versuche, mich mit der Ferse abzustoßen und flach auf das Wasser zu legen. Es klappt, meine Zehenspitzen ragen aus dem Wasser, ich mache den toten Mann und lasse mich sanft von den Wellen schaukeln. Es ist immer noch kalt, aber erträglich. Meine Hand berührt eine Alge, die durchs Wasser schwimmt, ich schüttele sie sofort ab. Dann schaue ich in den Himmel über mir.

Das Wasser in meinen Ohren dämpft die Geräusche, ich höre mich atmen, auch die Brandung klingt wie gefiltert. Eine Möwe dreht auf der Suche nach Beute ihre Runden. Mein Atem wird ruhiger, passt sich den Wellen an, ich kann seinen Weg bis in die Lungen und den Bauch, der sich hebt und senkt, wahrnehmen. Ich fühle mich schwerelos. Um mich herum ist es still. Meine Augen schließen sich. Für das kleine Mädchen von damals, das Todesängste ausgestanden und tausend Bretter versucht hat, um nicht von Haien gebissen zu werden, bleibe ich so lange wie möglich flach auf dem Wasser liegen.

Ich stelle mir vor, wie die Reste des Burn-outs und der ganze andere Schmutz nach und nach von mir abfallen, sich im Wasser auflösen und schließlich verschwinden. Es ist wie eine Taufe, ein Zeichen, dass ich Frieden gefunden habe. Mit meinem Körper, der für mein Alter noch immer ganz passabel aussieht, mit meinem Geist, der keine Angst mehr vor imaginären Haien oder anderen Schreckgespenstern hat … oder dieser Angst mit Ruhe begegnen kann. Und Vorwärtspurzelbäume kann ich immer noch! Mit meinen Erfahrungen lassen sich die Vierziger gut überstehen, und vor den Fünfzigern habe ich keine Angst. Warum auch?

Der Moment ist perfekt … und ich schätze, dass ich es verdient habe, in den bretonischen Wellen zu schaukeln und glücklich zu sein.

Ich schwimme voraus, um unsere Handtücher zu holen, wickele mich in eines ein und bringe Camille das andere.

»Danke, Isabelle, du bist immer so aufmerksam. Fast wie eine richtige … Freundin.«

Ich lächele und bemühe mich, mir nichts anmerken zu lassen. Ich ahne, dass sie eigentlich »Mutter« sagen wollte, und ich weiß auch, dass es keine Spitze sein soll. Wer weiß: Vielleicht wäre ich tatsächlich eine gute Mutter geworden. Aber ich wollte es eben nicht.

Erstaunt spüre ich, dass mich dieses Thema nicht so sehr trifft wie sonst. Ohne Zweifel, weil wir darüber gesprochen haben. Vielleicht aber auch, weil es im Meer geblieben ist …

CAMILLE

Falls ich befürchtet habe, mein geliebtes Douarnenez nicht wiederzuerkennen, werde ich rasch beruhigt. Natürlich sieht es nicht mehr aus wie in den 1960er-Jahren, das wäre auch erschreckend. Immerhin bin auch ich älter geworden, da müssten sich meine Falten ja schämen!

Wir kommen gegen sechs im Stadtzentrum an und entschließen uns, mit dem Auto eine kleine Runde zu drehen, bevor wir unser Zimmer beziehen. Wir passieren den Hafen, der noch genauso aussieht, wie ich ihn kenne, auch die Fischer mit ihren Stiefeln und Mützen haben sich kaum verändert. Schemenhaft erkenne ich die Île Tristan, dann tauchen wir wieder in das Gassengewirr der Altstadt ein.

Auch die Häuser scheinen, bis auf wenige Ausnahmen, kaum verändert. Wobei die Außenfassaden durch frischere Farben etwas freundlicher wirken. Ich lotse Isabelle durch die Gassen und schlage mich gar nicht schlecht, trotz meiner langen Abwesenheit. Ihr komisches GPS kann sie ausschalten. »Sonias Gästehaus« liegt zwischen Lopérec und den Roches Blanches in einer kleinen Seitenstraße, auf die man von der Hauptstraße abbiegen muss. Wir müssen noch mal umdrehen, ich habe die Abzweigung übersehen, doch schließlich sind wir am Ziel.

Es ist früher Abend, die Sonne steht tief am Maihimmel

und weigert sich, ihn für die Nacht freizugeben. Die letzten Strahlen fallen auf das stattliche Gasthaus und den Garten, der es umgibt. Im Hof ist locker Platz für acht bis zehn Autos, aber ich sehe nur fünf. Das Haus ist typisch bretonisch: graue Natursteinfassade, Schieferdach, rechts und links neben der Einfahrt blühen blaue Hortensienbüsche.

Bei mir ist es Liebe auf den ersten Blick. Am liebsten wäre ich vor Freude gehüpft, aber das würde mir meine Arthrose nicht verzeihen. Isabelle trägt die Koffer, deshalb übernehme ich das Klopfen. Schon bald hören wir Schritte, und eine kleine rundliche Frau mit braunen Haaren öffnet uns. Sie hat hellblaue Augen, wie der Frühlingshimmel über uns, und macht einen warmherzigen Eindruck.

»Guten Tag, die Chardins, nehme ich an?«

»Genau, das sind wir!«

»Kommen Sie bitte herein«, sagt sie und tritt beiseite, »ich heiße Sonia, Sonia Tano.«

Wir folgen ihr in die mit großformatigen Tomette-Fliesen ausgelegte Halle, es duftet nach Blumen, und durch die Tür mit blauen Glasscheiben fällt warmes Licht. Alles wirkt einladend, hier werden wir uns wohlfühlen, da bin ich sicher.

»Es tut mir leid, dass ich Sie erst so spät willkommen heißen kann, aber ich helfe nebenher noch im Salon de Thé einer Freundin und muss ganz schön jonglieren, um das alles unter einen Hut zu bringen. Die letzten Gäste sind länger geblieben als erwartet, und Lou ist heute nicht gekommen, um mir zu helfen.«

Ich lächele ihr freundlich zu. Sie ist eine dieser Frauen, die alles parallel machen, in der einen Hand das Telefon, zwischendurch ein Blick auf den Computer und gleichzeitig noch ein Essen auf den Tisch zaubern. Sie haben niemals genug Arme und trotzdem immer eine Hand frei, um die nächste Aufgabe, die ansteht, zu erledigen. Ich fühle mit ihnen, sie kämpfen die ganze Zeit gegen die Uhr, einen Kampf, den sie trotz aller Bemühungen nicht gewinnen können. »Das ist kein Problem«, versuche ich, sie zu beruhigen, »wir sind im Urlaub, wir haben Zeit.«

»Urlauber, die es nicht eilig haben? Sie gefallen mir! Das ist inzwischen selten!«, erwidert sie lachend.

Sie geht auf den Salon zu, der vom Flur durch einen hübschen Steinbogen abgetrennt wird.

»Eliaz!«

Keine Antwort. Ich werfe Isabelle einen Blick zu, und wir bleiben stehen. Sonia seufzt und sieht dabei eher amüsiert aus als verärgert. Bemerkenswert!

»Entschuldigen Sie, aber meine Familie scheint sich gegen mich verschworen zu haben. Lou ist nicht zur vereinbarten Uhrzeit aus der Schule gekommen, und Eliaz, der sich heute eigentlich um den Garten kümmern wollte, scheint auch nicht da zu sein …«

»Ihr Mann?«, fragt Isabelle.

Sonia lacht.

»Nein, mein Bruder! Er hilft mir oft mit den Zimmern und im Garten … Aber gut, das schaffen wir auch ohne ihn!«

Wir folgen Sonia die Steintreppe nach oben. Das Haus ist alt, aber sauber und geschmackvoll eingerichtet. Sie erklärt uns, dass die Gästezimmer im ersten Stock liegen, sie und ihre Tochter wohnen im zweiten Stock. Mit einer Grimasse fügt sie hinzu: »Mit vierzehn ist sie manchmal so muffelig, dass ich aus Rücksicht auf meine Gäste ein zweites, privates

Wohnzimmer eingerichtet habe, wo sie ihre Realityshows und andere kulturell hochwertige Sendungen schauen kann, ohne die anderen zu stören. Sie verbringt die Abende nicht mehr mit uns und lässt sich eigentlich nur noch blicken, wenn sie Hunger hat, meistens direkt nach der Schule.«

»Wenn ich daran denke, was mein Sohn in diesem Alter alles verschlungen hat …«, erwidere ich, »nichts war vor ihm sicher. Ständig musste ich neue Verstecke suchen, im Kühlschrank lag der Käse unter dem Gemüse, und die Nudeln lagen hinter dem Joghurt … Das funktionierte ziemlich gut, es sei denn, er hat gleich den ganzen Kühlschrank ausgeräumt!«

Wir lachen alle drei.

»Teenager haben eine Art siebten Sinn, sie kommen nur, wenn es sich lohnt. Sie wittern Kekse und tauchen aus dem Nichts auf. Ich habe das nie verstanden …«

Sonia fragt, woher wir kommen, und wir erzählen von unserer Reise, was ihre Neugier weckt. Im ersten Stock angelangt, informiert sie uns, dass die Zimmer die Namen traditioneller bretonischer Musikinstrumente tragen und wir im »Veuze« wohnen werden, direkt neben dem »Biniou« und dem »Korn bout«.

Sonia schließt die Tür auf und drückt uns dann den Schlüssel in die Hand. Das Zimmer macht einen freundlichen Eindruck, helles Holz harmoniert mit den weißen und hellblauen Tönen der Bettbezüge und des kleinen Sessels. An einer Wand hängt ein Aquarell des Hafens und an der anderen die Rötelzeichnung einer Veuze, eine Art Dudelsack.

»Anfangs hingen echte Instrumente in den Zimmern«, erzählt Sonia, »aber dann ist mir klar geworden, dass die Gäste auch darauf spielten, die meisten sind Blasinstrumente, besonders hygienisch war das nicht … Und als mir schließlich eine Bombarde gestohlen wurde, habe ich mich entschieden, sie unten in einer Vitrine auszustellen. Für den Fall, dass es Sie interessiert.«

»Sie sind eine Freundin der *Fest-Noz*, nehme ich an?«, frage ich.

Sie nickt und antwortet: »Ja, ich bin Mitglied des Vereins, der die Abende hier organisiert, mit anderen Frauen aus der Gegend. Das erste Fest-Noz der Saison findet in wenigen Tagen statt.«

Ich drehe mich zu Isabelle und sage entschlossen: »So lange müssen wir mindestens bleiben! Das darfst du nicht verpassen. Weißt du, was ein Fest-Noz ist?«

Ich frage, obwohl mir ihr verwirrter Gesichtsausdruck die Antwort schon verraten hat.

»Ein Fes-was?«

»Fest-Noz«, wiederhole ich und betone das t, »eine Art Ball mit traditioneller Musik, man tanzt im Kreis oder in einer Reihe und hält sich am kleinen Finger oder den Händen.«

Isabelle zieht die Augenbrauen noch weiter hoch, was ziemlich witzig aussieht, und erwidert: »Ähm … nein. Aber wenn es so ähnlich wie das *Interceltique* in Lorient ist, dann habe ich es schon mal im Fernsehen gesehen.«

Sonia klatscht begeistert in die Hände.

»Eines Tages wird ganz Frankreich bretonisch! Wenn uns jetzt sogar die Normannen im Fernsehen ansehen!«

Unser Lachen wird von einer tiefen Stimme unterbrochen: »Sonia?«

»Ah, das ist Eliaz!«

Wir folgen Sonia auf den Gang, dort steht ein Mann, der

ungefähr im gleichen Alter ist wie Isabelle. Hochgewachsen, schlank, sonnengebräunt, grau meliertes schwarzes Haar. Um seine graublauen Augen hat er einige tiefe Falten. Etwas Einnehmendes und Unprätentiöses geht von ihm aus, ähnlich wie von Sonia.

»Guten Tag, ich bin Eliaz«, begrüßt er uns.

Ich ergreife die Hand, die er mir entgegenstreckt. Sie fühlt sich rau an, und seiner Kleidung nach zu urteilen – abgetragene Jeans, dicker Wollpulli – könnte er Fischer sein. Es ist zwar lange her, aber ich weiß Bescheid. Meine erste große Liebe war ein Fischer. Natürlich ging es nicht gut aus. Nachdem er auch Isabelle die Hand gegeben hat, wendet er sich zum Gehen. Isabelle bleibt wie angewurzelt stehen.

»Ich habe die Regenrinne am Anbau repariert und muss jetzt nach Rosmeur. Passt sonst alles?«

Sonia lächelt ihn an.

»Danke, nett von dir. Und ja, es ist alles im Lot, alle Zimmer belegt, alle Gäste da, und drei werden heute Abend hier essen. Ich muss mich sputen, aber erst muss ich Lou auftreiben. Wir telefonieren später?«

Er nickt und verschwindet ohne ein weiteres Wort. Sonia erklärt: »So ist er eben, nehmen Sie es ihm nicht übel. Sagen wir, eher der schweigsame Typ. Wir sind eine Fischerfamilie, da wird nicht viel geredet.«

»War Ihr Vater auch Fischer?«

Sie nickt.

»Unsere Familie ist ein Musterbeispiel für eine ›Penn Sardin‹, wie man das hier nennt: Meine Mutter hat zehn Jahre lang in der Fischkonservenfabrik in Douarnenez gearbeitet. Das große Haus haben wir von einem Onkel geerbt, der ledig gestorben ist. Einen Tee? Wir essen um halb neun, vielleicht möchten Sie in der Zwischenzeit etwas Warmes trinken?«

Wir nehmen das Angebot an, wollen aber zuerst unter die Dusche gehen, um den Sand abzuspülen. Das Bad ist ebenfalls ganz in Weiß-Blau gehalten, die Bodenfliesen wirken richtig alt, aber als ich unter dem wohlig warmen Duschstrahl stehe, stelle ich fest, dass es Nachbildungen antiker Kacheln sind.

Etwa eine halbe Stunde später treffen wir Sonia in der zum Esszimmer offenen geräumigen Küche.

Ein Mädchen steht neben ihr und verschlingt ein Brot mit einem dieser Gemüseaufstriche, die man jetzt überall sieht, die ich aber auf keinen Fall probieren möchte.

»Camille, Isabelle, das ist meine Tochter, Lou.«

»Gute Abend! Und einen schönen Aufenthalt bei uns!«, sagt sie und wirft uns dabei ein etwas gequältes Lächeln zu, bevor sie ihren Teller und ihren Rucksack nimmt und verschwindet.

Sobald sie weg ist, verdreht Sonia die Augen.

»Seitdem ich ihr vor zwei Jahren gesagt habe, dass sie den Gästen zumindest einen schönen Aufenthalt bei uns wünschen könnte, wiederholt sie diesen Satz wortgetreu. Ich frage mich, wann die Pubertät endlich vorbei ist …«

Ein wenig amüsiert greife ich nach dem Tablett mit dem Tee, das sie gerade gerichtet hat. Dann sage ich schicksalsergeben: »Niemals früh genug, fürchte ich!«

Wir lachen, und Sonia beschreibt uns das Menü, das es später geben wird. Während ich meinen Bergamottetee genieße, fällt mir auf, dass sie die geborene Gastgeberin ist. Mit ihrer Warmherzigkeit und ihrer einladenden Art ist sie wie dafür gemacht. Eine waschechte Bretonin eben, nicht so überschwänglich wie die Leute aus dem Süden, sondern authentisch und von natürlicher Freundlichkeit.

Dieser Aufenthalt fängt vielversprechend an!

Am nächsten Morgen streifen wir durch Douarnenez. Meine Gefühle sind zwiegespalten, bitter und süß zugleich. Eine Rückkehr in die Vergangenheit, in die Zeit vor Hervé und Arnaud, als ich noch nicht ahnte, wie mein Leben verlaufen würde. Überall stoße ich auf die Orte meiner Kindheit, die sich natürlich gründlich verändert haben: Der Friseur, bei dem ich und meine Brüder die Haare geschnitten bekommen haben, ist heute das Büro eines Immobilienmaklers, den Tabakhändler, bei dem Alban immer seine Zigaretten gekauft hat, gibt es nicht mehr. Nur meine Grundschule steht noch genauso da, wie ich sie in Erinnerung habe.

Wir betrachten die alte Fassade und die Bilder am schmiedeeisernen Zaun, die ohne Zweifel von den Schülern stammen. Das rührt mich. So etwas gab es früher nicht, auch nicht, als Arnaud zur Schule ging. Mir gefallen diese zu Papier gebrachten Fantasien der Kinder, die einen Wimpernschlag später zu Erwachsenen werden.

Ich stelle mir vor, wie die Schüler, mit Pinseln bewaffnet, schwungvolle Striche machen und ihr Bestes geben. Und wie der Lehrer schimpft, wenn Farbe auf den Boden tropft. Bevor man sich dessen richtig bewusst ist, ist alles vorbei. Kinder, aber auch junge Eltern machen sich darüber keine Gedanken, erst viel später, wenn man so alt ist wie ich, wird einem klar, wie schnell die Jahre vergehen. Sonia ahnt noch nicht, dass sie, wie viele andere Mütter, eines Tages auch die Pubertät ihrer

Tochter vermissen wird, selbst wenn es immer wieder Streit gibt. Spätestens dann, wenn die Kinder aus dem Haus sind. Tatsächlich sind es genau diese Momente, die man vermisst.

Danach studieren sie, suchen sich eine Arbeit, werden erwachsen, während man selbst in Rente geht. Ich habe heute Morgen mit Lou gesprochen, sie hat sehr vernünftige Ansichten für ihr Alter. Ihre scharfe Zunge, die ihrer Mutter jetzt Kummer macht, wird ihr später gute Dienste leisten.

Lou hat das Gespräch begonnen, als sie meinen Aquarellblock gesehen hat. Auch sie zeichnet seit gerne. Vorsichtig habe ich versucht, über dieses Thema mit ihr in Kontakt zu kommen. Sie hat mir sogar ihr letztes Bild gezeigt. In ihrem Französischheft! Als ich angeboten habe, ihr Pinsel und Farben zu leihen und das Aquarellieren beizubringen, verdrehte sie nicht wie erwartet die Augen, sondern wirkte interessiert und löste sogar die Augen von ihrem Smartphone, auf dem sie während unseres Gesprächs ständig herumtippte.

Einen Moment lang fragte ich mich, wie es wohl wäre, eine Enkelin zu haben … Aber dann wurde mir klar, wie sinnlos diese Überlegung ist. Außerdem habe ich Isabelle. Für eine fiktive Enkelin ist sie zwar etwas zu alt, aber die Verbindung ist da.

Ich konzentriere mich wieder auf das Aquarell, das ich von meiner alten Schule male. Der Himmel ist noch farblos, die Mauern sind schief, da wartet noch viel Arbeit auf mich. Seitdem wir in Douarnenez sind, fühle ich mich leichter. Vielleicht fehlte mir die Bretagne doch mehr, als ich mir eingestanden habe, ein Verlust, der sich nie richtig ersetzen ließ. Um ihn zu überwinden, muss ich sie jetzt für mich wiederentdecken.

Ich habe einen Anruf von meinem Makler bekommen, es gab zehn Kaufinteressenten, zwei sind noch mal wiedergekommen. Er versicherte mir, dass es zwei Angebote geben wird, und ich hätte den Luxus, das höhere anzunehmen oder nachzuverhandeln. Noch steht der genaue Zeitpunkt nicht fest, aber ich werde in die Normandie zurückkehren müssen, um das Haus leer zu räumen und den Vertrag zu unterschreiben.

Bisher habe ich es vor mir hergeschoben, aber irgendwann muss ich mit der Suche nach einer Wohnung anfangen. Das anzugehen, fällt mir schwerer als erwartet … Doch auch wenn durch den Hausverkauf Fakten geschaffen werden, ergibt sich der Rest nicht einfach so. Aber darum geht es jetzt nicht. Jetzt zeige ich Isabelle die Bretagne, das ist es, was zählt.

»Camille, gehen wir zum Essen in die Pension zurück oder essen wir hier? Ich habe Hunger«, sagt Isabelle, die, nachdem sie mich eine halbe Stunde hat zeichnen lassen, wieder neben mir steht.

Lächelnd stehe ich auf und klopfe mir etwas Staub vom Rock.

ISABELLE

Unser Aufenthalt in Douarnenez verlängert sich, ohne dass Camille und ich irgendetwas dagegen unternehmen. Wir sind vor drei Tagen angekommen, und dieser Ort verändert etwas in mir. Sonia und ich verbringen viel Zeit miteinander, wir sind uns sympathisch, und langsam entwickelt sich eine Art Freundschaft. Ja, so kann man es durchaus nennen. Damit hatte ich nicht gerechnet.

Ihr Haus hat mir sofort gefallen. Es strahlt eine wohltuende Ruhe aus, obwohl Sonia ständig herumwirbelt. Ein Gegensatz, der mich fasziniert. Wie hat sie es geschafft, diese besondere Atmosphäre zu schaffen, die überall zu spüren ist? Egal ob in den Gemeinschaftsräumen, dem Garten oder der verglasten Veranda, in die Camille – welche Überraschung! – regelrecht verliebt ist. Hier kann man Ruhe finden, verweilen, hier lässt es sich leben. All das gefällt mir.

Ohne dass es mir bewusst wird, verbringe ich die Zeit, in der sich Camille ausruht, zunehmend mit Sonia. Ob aus Langeweile oder warum auch immer, ich habe begonnen, ihr ein wenig zur Hand zu gehen. Und gestern habe ich Lou von der Schule abgeholt, als die Lehrer gestreikt haben. Sonia war noch im Salon de Thé und Eliaz nicht zu erreichen. Sonst kümmert er sich um seine Nichte. Wenn er nicht gerade auf See ist. Ich versuche, mich einfach nützlich zu machen.

Es mag komisch klingen, aber es tut mir richtig gut, Sonia zu unterstützen! Ich fühle mich wieder gebraucht, auch wenn es nur kleine Dinge sind. Auf alle Fälle besser als Däumchen drehen. Ansonsten sind Camille und ich ziemlich viel in Douarnenez unterwegs.

Sonia ist 49 Jahre alt, ungefähr in meinem Alter, es fällt mir leicht, offen meine Gedanken mit ihr zu teilen, während Camille und ich, so gut wir uns auch verstehen, oft nicht die gleichen Themen haben, einfach weil wir unterschiedlichen Generationen angehören. Ich glaube, in dieser Verbindung aus gegenseitigem Vertrauen und einem ähnlichen Erfahrungshorizont liegt das Geheimnis unserer beginnenden Freundschaft.

Ich gehe zu Sonia in die Küche, um diese Zeit hat sie alle Hände voll zu tun. Camille liegt auf der Veranda und ruht sich aus. Ich biete mich als Küchenhilfe an und schäle die Kartoffeln, was sie mit einem Seufzer dankend annimmt.

»Du bist meine Rettung!«

Ich schüttele amüsiert den Kopf.

»Wegen der paar Kartoffeln? Nicht schlecht.«

»Ja. Und weil du gestern Lou abgeholt hast … Ehrlich, vielen, vielen Dank! Manchmal wächst mir das alles hier über den Kopf, ich kann nicht überall gleichzeitig sein, ich bin ja nicht Superwoman. Der Salon de Thé, die Zimmer, Lou … Manchmal merke ich erst, dass meine Fingernägel zu lang sind, wenn mir beim Hantieren mit der Pfanne einer abbricht!«, bemerkt sie mit ironischem Unterton.

Ich nicke mitfühlend und habe ein bisschen ein schlechtes Gewissen. Mein Alltag ist »ein klein wenig« ruhiger. Sonia will alles über mich wissen. Ich erzähle ihr von Caen, meinem Abschied aus der Kanzlei und von meiner Scheidung von Camilles Sohn vor einigen Jahren. Über Kinder spreche ich nicht, und sie fragt auch nicht nach. Bestimmt hat sie ihre eigenen Schlüsse gezogen.

»Anwältin?«, fragt sie nach einer Weile. »Das klingt gut. ›Isabelle Chardin, Anwältin. Und was machen Sie so?‹«

Ich nehme gemischte Gefühle in mir wahr, die ich nicht richtig einordnen kann. Ich bezweifle, dass Stolz dabei ist.

»Ehrlich gesagt, weiß ich gar nicht, ob ich das noch bin …«

Sie sieht mich überrascht an.

»Möchtest du nicht wieder einsteigen? Ich kann mir gar nicht vorstellen, dass man als Anwältin arbeitslos sein kann, aber vielleicht bin ich da auch nicht auf dem Laufenden.«

Ich werde nervös, denn ich muss zugeben, dass ihre Bemerkung nicht von der Hand zu weisen ist. Sicherheit bietet mein Job schon. Aber will ich wirklich wieder in diesen Beruf einsteigen? In meinen alten Bereich jedenfalls nicht, auch wenn ich über kurz oder lang wieder einen Job brauche. Meine Abfindung wird nicht ewig reichen, und bis zur Rente ist es noch lang. Der Druck wächst.

»Ich … ich kann mir nur schwer vorstellen, wieder als Anwältin zu arbeiten. Auf der anderen Seite ist Jura das Einzige, was ich gelernt habe.«

»Das ist eine sehr diplomatische Antwort, wie man hier so schön sagt. Aber was heißt schon, du hast nichts anderes ›gelernt‹. Ja und? Was kannst du außer Jura sonst noch?«

Die Frage überrascht mich.

»Schau mich an«, fährt sie fort, »ich war zwei Jahre Sekretärin in einer Autowerkstatt, genau wie Camille, witzig, oder? Dann Verkäuferin in einer Bäckerei, in einem Schreibwarenladen, einem Schuhgeschäft … Den Rest erspare ich dir. Dann fünf Jahre lang Hausfrau, und nach meiner Scheidung musste ich mir wieder etwas Neues suchen. Deshalb habe ich mit der Vermietung der Gästezimmer begonnen, gleichzeitig brauchte eine Freundin Hilfe in ihrem Café, und schlussendlich mache ich nun beides. Alles ohne Ausbildung.«

Ich zwinge mich, ihr nicht zu sagen, was ich davon halte. Genau um diesen ständigen Wechsel zu vermeiden, habe ich Abitur gemacht und studiert. Aber sie muss es in meinem Gesicht gelesen haben, denn sie fügt hinzu: »Keine Sorge, ich denke nicht an einen Job als Verkäuferin. Aber du bestehst ja nicht nur aus deinem Kopf, du hast auch Hände! Du bist nicht ungeschickt, es gibt andere Dinge, die du machen kannst. Oder eine zusätzliche Ausbildung, die nicht so lange dauert? Ich sage es Lou immer wieder: Heutzutage hat man nicht nur einen Job im Leben, man hat ein Dutzend! In diesen Krisenzeiten kann man ohnehin nicht mit sechzig in Rente gehen. Man muss vielseitig sein, ein ›Slasher‹! Sagt dir das was?«

Ich nicke, zufällig habe ich kürzlich einen Artikel in einer Wochenzeitschrift über Multijobber gelesen. Sonia grinst: »Obwohl es eine Schande wäre, wenn du das Metier wechseln würdest – auf Datingplattformen wie Meetic sind Juristinnen der Renner!«

Ich ziehe fragend die Augenbrauen hoch.

»Du bist bei einer …?«

»Das sage ich lieber nicht laut!«

Wir lachen, und ich höre mir beim Kartoffelschälen Sonias Ärger über das Daten 2.0 an: Alles nur vage Versprechungen, Lug und Trug, ein Maximum an Enttäuschungen!

Wir laufen durch eine Gasse, rechts und links stehen dicht an dicht Häuser mit Schieferdächern. Den Besuch von Camilles Elternhaus haben wir mehrfach verschoben, aber jetzt hat sie sich entschlossen. Ich möchte sie nicht bedrängen, bin aber doch neugierig, warum sie so lange gezögert hat. Verbindet sie schlechte Erinnerungen damit?

Wir kommen ans Ende der Gasse, die in einer Senke am Stadtrand liegt, alles hier wirkt ein wenig verloren. Das Gebäude, vor dem Camille stehen bliebt, ist schlicht, vier Fenster, eine dunkelblau gestrichene Eingangstür, ein leicht verwilderter Garten. Das ärgert sie, da könnte ich wetten.

»Ist es das?«

Die Frage ist überflüssig, aber sie durchbricht die Stille. Sie nickt bedächtig.

»Ist es so … wie in deinen Erinnerungen?«

Auch das eine blöde Frage, aber es macht mich nervös, einfach hier zu stehen und das Haus anzustarren.

Sie wiegt den Kopf und wendet den Blick zu mir.

»Entschuldige, bitte, ich bin ganz gerührt. Das habe ich gar nicht erwartet. Jedenfalls nicht in dieser Intensität. Es hat sich kaum verändert, das Grau der Fassade wirkt dunkler, das ist sicher das Alter, der Garten war früher gepflegter … Trotzdem scheint alles unendlich weit entfernt.«

Zögernd fährt sie mit dem Zeigefinger über das Holztor.

»Sollen wir weitergehen, oder willst du klingeln?«

Sie schaut mich an, als hätte ich vorgeschlagen, auf der Straße eine Polka zu tanzen.

»Um zu sehen, ob die Besitzer uns reinlassen, warum nicht?«, ergänze ich.

Camille beißt sich nervös auf die Lippen.

»Ich glaube nicht, dass das sehr höflich wäre ...«

Ich versuche es mit Ironie: »Höflicher, als reinzugehen, ohne zu klingeln ...«

Sie lächelt schwach.

»Ich weiß nicht, ob ich mich das traue ...«

Ich möchte sie nicht drängen, aber bei aller Scheu spüre ich, dass sie den Schritt gerne gehen würde. Wortlos lasse ich meinen Zeigfinger über dem Klingelknopf schweben und warte auf ihre Erlaubnis – falls es dazu kommt. Sie nickt tapfer, und ich drücke.

Wir warten eine Minute, die mir wie eine Stunde vorkommt, so angespannt sind wir, dann geht die Tür auf. Eine Frau in mittleren Jahren taucht auf. Ihr dunkles Haar wird von ein paar grauen Fäden durchzogen, eine grob gestrickte Jacke umhüllt ihre schmalen Hüften. Sie sieht uns misstrauisch an und dann unsere Hände, wahrscheinlich hält sie uns für Handelsvertreter. Ich setze ein möglichst sympathisches und gewinnendes Lächeln auf, während Camille keine Miene verzieht.

»Guten Tag! Ich bin Isabelle, und das ist Camille, meine Schwiegermutter.«

»Guten Tag ...«

Ihre Stimme ist kühl wie ein Wintermorgen. Ich beeile mich zu erklären, um was es geht, bevor sie das Tor wieder zumacht: »Bitte entschuldigen Sie die Störung, Camille hat vor sehr langer Zeit in diesem Haus gelebt, und wir machen eine kleine Pilgerreise durch ihre Vergangenheit. Wir wollten ...«

Sie heftet ihre Augen auf Camille und fragt: »Familienname?«

Camille löst sich endlich aus ihrer Erstarrung.

»Camille … Bellec«, sagt sie unsicher. »Ich habe meinen Mädchennamen tatsächlich seit einer Ewigkeit nicht mehr ausgesprochen. Meine Mutter hieß Armelle.«

Ich lächele gerührt, der Gesichtsausdruck der Frau wird weicher. Sie kommt uns entgegen und öffnet das Tor.

»Kommen Sie herein! Wir haben das Haus von einer Familie gekauft, die es von Madame Bellec erworben hatte, wir haben damals darüber gesprochen. Gut, dass Sie gekommen sind. Ich bin Guénolée.«

Sie schließt das Tor hinter uns und geht dann voraus zur Eingangstür, hält sie für uns auf. Wir treten ein und stehen in einem geräumigen Wohnzimmer, die Wände sind türkis und schokobraun gestrichen, im Kamin brennt ein Feuer. Ungewöhnlich für Mitte Mai, aber Guénolée scheint verfroren zu sein. Sie verschwindet in der Küche, die ans Wohnzimmer anschließt, und wir hören Geschirr klappern.

»Die beiden Zimmer waren früher getrennt«, sagt Camille leise.

Ich betrachte den gefliesten Boden und erkenne die Trennlinie, die auf den Urzustand hinweist. Camille hat ihre Augen überall, betrachtet alles mit lebhafter Aufmerksamkeit. Ich halte mich zurück und bleibe neben dem Fenster stehen. Kurz darauf kommt Guénolée mit einem Metalltablett zurück.

»Hier ist der Tee!«, sagt sie.

Wir nehmen eine Tasse und plaudern über das Haus. Unsere Gastgeberin taut mehr und mehr auf und gibt sich große Mühe, damit Camille sich wohlfühlt. Schon nach wenigen Augenblicken wird mir klar, dass ich hier eigentlich überflüssig bin, ich habe Arnauds Großmutter nie kennengelernt und bin offiziell nicht mal mehr Camilles Schwiegertochter. Aber auch sie ist jetzt keine Chardin mehr, sondern eine Bellec, plötzlich erscheint sie mir noch »bretonischer«. Auch wenn sie genau so spricht wie immer, etwas in ihrem Blick, in ihrer Haltung hat sich verändert, als wäre sie in die Vergangenheit zurückversetzt worden.

Als wir den Tee ausgetrunken haben, folgen wir Guénolée, die Camille alles zeigen möchte. Ich biete an, im Wohnzimmer zu warten, aber die beiden bestehen darauf, dass ich ihnen bei ihrem Rundgang folge.

Wir steigen die alte Treppe aus dunklem Holz nach oben, die unter unseren Füßen knarrt, und gelangen in einen mit Parkett ausgelegten breiten Flur. Guénolée öffnet die Türen zu den einzelnen Räumen.

Vor einem der Zimmer bleibt Camille stehen und schlägt sich die Hand vor den Mund. In ihren Augen stehen Tränen.

»Das war mein Zimmer. Kann ich …«

Guénolée nickt, ich bleibe im Hintergrund, während Camille auf der Schwelle verharrt.

»Gehen Sie ruhig rein. Dort hat mein Sohn Josselin gewohnt, er macht gerade Militärdienst und ist in der Nähe von Saint-Etienne stationiert …«

Wie von einem unsichtbaren Faden gezogen, betritt Camille das Zimmer und streicht mit der Handfläche über die Wand und das Fensterbrett. Langsam dreht sie sich um. Ich sehe, dass sie schwankt, was mir Sorge macht, und ich widerstehe nur knapp dem Impuls, ihr zur Seite zu springen. Ihr Schwächeanfall kommt mir in den Sinn, und ich werfe mir vor, dass ich sie schon wieder überfordere. Dabei wollte ich doch auf sie aufpassen!

Camille wendet sich wieder zum Fenster und schaut durch die dünnen Vorhänge in den wilden Garten auf der Rückseite des Hauses.

»Es ist merkwürdig, es ist alles anders, aber ich erkenne es trotzdem wieder …«

Sie ist weit weg. Wie war Camille wohl als Kind? Mit was hat sie zwischen diesen Wänden gespielt, wo hatte sie ihr Geheimversteck?

Mein Blick wandert über die alten Dielen, und ich stelle mir vor, unter welcher das Versteck gewesen sein könnte … *Die fabelhafte Welt der Amélie,* einer meiner Lieblingsfilme, kommt mir in den Sinn.

Nach einer ganzen Weile gehen wir zum nächsten Zimmer. Auch hier muss Camille schlucken.

»Das war das Zimmer von Alban, der Älteste von uns Geschwistern.« Sie geht zum Fenster und streicht über eine Kerbe im Holzrahmen. »Die ist immer noch da?«

Guénolée nickt und schmunzelt.

»Mein Bruno ist kein großer Handwerker, ich habe ihn immer wieder gebeten, da was zu machen, aber er hat es nie repariert. War das Ihr Bruder?«

Camille lächelt mit Tränen in den Augen, was ich gut verstehen kann. In die Wohnung zurückzukehren, in der ich aufgewachsen bin, in die Rue de Saint-Jean in Bayeux, hätte auf mich sicherlich die gleiche Wirkung.

»Alban hatte sich als Junge in den Kopf gesetzt, Messerwerfer zu werden … Er hat sich klammheimlich ein Opinel-Messer von unserem Onkel ›geliehen‹ und dann in den Fensterrahmen geschleudert. Unser Vater war stinksauer, daran hat sich mein Bruder noch lange erinnert. Ob unser Vater sich mehr über den Schaden, das kaputte Opinel oder aus Angst aufgeregt hat, weiß ich bis heute nicht …«

Ihre Stimme ist kaum noch zu hören, so ergriffen ist sie. Ich gehe auf sie zu und lege ihr einen Arm um die Schultern. Sie ist kleiner als ich, und ich habe mich noch nie so sehr als ihre Beschützerin gefühlt wie jetzt. Sie wirkt zerbrechlich. Nicht schwach, aber vom Leben und von Schicksalsschlägen gezeichnet. Irgendwie sind wir beide Waisen. Ich drücke sie an mich und versuche, ihr meine Wärme zu geben. Wir sehen uns an, und sie murmelt: »Alban wurde im Krieg während einer aus dem Ruder gelaufenen Passkontrolle getötet.«

Ich drücke sie fester.

»Das Opinel hätte er bestimmt noch gut brauchen können, wie schade«, versucht Guénolée zu scherzen, etwas plump, aber mit einem so freundlichen Blick, dass Camille ihr nicht böse sein kann. Dieser verdammte Krieg. Irgendwie war damals wohl jede Familie betroffen.

Es folgt langes Schweigen. Schließlich räuspert sich Camille und fragt: »Können wir uns den Garten ansehen?«

Für Camille ist es wie eine Flucht aus dem mit zu vielen Erinnerungen belasteten ersten Stock. Wir gehen die Treppe hinunter, durchqueren die neu renovierte Küche und verlassen durch die verglaste Hintertür das Haus. Wir bleiben noch eine halbe Stunde im Garten und verabschieden uns dann. Guénolée ist die Freundlichkeit in Person, sie lädt Camille ein, noch einmal wiederzukommen, wenn ihr danach ist. Wir wollen gerade die Tür hinter uns schließen, da ruft sie: »Warten Sie! Mein Gott, wie dumm von mir! Einen Moment noch, ich habe was für Sie.«

Es dauert gut fünf Minuten, bis sie mit einem Karton in

den Armen zurückkommt. Sie drückt ihn mit einer Hand gegen ihren Bauch und klappt ihn mit der anderen auf, um uns den Inhalt zu zeigen. Ich erkenne vergilbte Buchumschläge.

»Die Bellecs haben sie bei ihrem Auszug vergessen. Es sind alte Romane … Ich habe es nie übers Herz gebracht, sie wegzuwerfen, die Vorbesitzer haben sie aufbewahrt. Wir dachten, eines Tages kommt vielleicht jemand und holt sie. Interessiert Sie das? Ansonsten war das Haus ganz und gar leer. Ich hatte den Karton schon fast vergessen, so lange ist das her.«

Einen Moment starrt Camille in den Karton, dann nickt sie und bedankt sich mit dünner Stimme. Geistesgegenwärtig greife ich nach dem Karton, bevor sie auf die Idee kommt, ihn selbst zu tragen. Wir gehen zum Auto. Auf der Fahrt zum Gästehaus inspiziert Camille den Inhalt und zieht mehrere Bücher heraus. Ich erkenne einen *Dolly*-Band und Barbara Cartland, den Rest kann ich mir denken. Ich konzentriere mich auf das Fahren und enthalte mich jeden Kommentars. Ich habe Camille nie Romane lesen sehen. Sie hat sie bestimmt als Erinnerungen an ihre Jugend mitgenommen.

Als sie leise aufjauchzt, drehe ich mich zu ihr. Camille streichelt liebevoll über ein in Packpapier eingewickeltes Buch.

»Das ist das Kochbuch meiner Mutter!«, erklärt sie. »Dass ich das noch einmal wiedersehe …«

Ich halte an einer roten Ampel und nutze die Gelegenheit, um mir das aufgeschlagene Buch auf ihrem Schoß näher anzusehen. *Die echte Familienküche* von Tante Marie. Ein kleines, aber umfangreiches Buch voller Rezepte auf vergilbtem Papier. Camille flüstert: »Das ist ein Klassiker. Meine Mutter hatte eins, meine Tante, alle Frauen unserer Familie. Meine Tante hat ihr Exemplar ihrer Tochter Nathalie vererbt.«

»War das eine Familientradition?«

Camille nickt, und ich fahre wieder los.

»Als ich geheiratet habe, hätte mir meine Mutter ihres geben oder mir ein neues kaufen sollen, so war es bei uns üblich. Aber sie hat es nie getan. Am Hochzeitstag hat sie mir gesagt, sie habe es ›vergessen‹ und würde es mir schicken … Die Wahrheit war, dass sie meine Hochzeit mit Hervé nie akzeptiert hat.«

Ich fahre in eine Kurve und weiß nicht recht, was ich dazu sagen soll. Dass ihre Heirat mit Hervé einen solchen Abgrund zwischen sie und ihre Familie gerissen hat, war mir nicht bewusst.

»Sie wollte unbedingt, dass ich heiratete, aber doch keinen Normannen … Ich weiß nicht, warum sie so verbohrt war: Hervé war ein Mann, der mit beiden Beinen fest auf der Erde stand. Auch wenn es hie und da Missverständnisse zwischen uns gab, haben ich ihm nichts vorzuwerfen. Nur wenige Ehemänner akzeptieren, wenn es mit der Familienplanung ewig dauert«, meint sie, drückt das Buch an sich und schaut aus dem Fenster.

Das Gespräch weckt zwangsläufig Erinnerungen an meine eigene Ehe, und ich stelle mich auf den vertrauten Schmerz ein, der unvermeidlich mit ihnen einhergeht. Verwundert stelle ich fest, dass er ausbleibt. Ich hege keinen Groll mehr. Habe ich Arnaud mittlerweile verziehen? Die Zeit und die tiefe Freundschaft zu seiner Mutter haben sicher dazu beigetragen.

»Hervé scheint dich sehr geliebt zu haben.«

»Meinst du, ich soll das Kochbuch behalten?«, wechselt Camille abrupt das Thema. »Sie hat es mir schließlich nicht aus freien Stücken gegeben …«

Die nächste Ampel springt auf Rot, und ich kann mich wieder auf Camille konzentrieren. Sie umklammert das Buch so fest, dass ich einen Kloß im Hals kriege. Will sie sich daran festhalten … oder es zerreißen?

»Ganz ehrlich? Ich würde es behalten. Du hast es mir in Honfleur doch selbst erklärt: Eltern machen Fehler, und manchmal fällt es ihnen schwer, sie zuzugeben. So wie mein Vater bei der Scheidung … Deine Mutter konnte wahrscheinlich nicht anders …« Ich vermeide ein Wort wie »kleinlich«, auch wenn mein Urteil feststeht. Ich weiß nicht, ob das Camilles Schmerz lindern würde. »Und das alles wegen der lächerlichen Rivalität zwischen der Bretagne und der Normandie. Das Einzige, was du jetzt noch tun kannst, ist, ihr nachträglich zu verzeihen, dass sie so engstirnig war.«

Ein Hupen hinter mir lässt mich zusammenschrecken. Ich lasse die Kupplung kommen, gebe Gas und fahre los.

»Du hast recht«, beginnt Camille nach einer Weile. »Ich habe mit meinem Sohn so viele Fehler gemacht, dass es mir nicht zusteht, den ersten Stein zu werfen. Meine Mutter war eine sehr stolze Frau und hat ihr Verhalten sicher bedauert, auch wenn sie es nicht zugeben konnte.«

Ich frage mich, ob »Stolz« in diesem Zusammenhang das richtige Wort ist, aber ich bohre nicht weiter. Nach einer Weile bemerke ich, dass sie mich anguckt. Ich werfe ihr einen kurzen Seitenblick zu und frage: »An was denkst du?«

»Daran, dass ich das Kochbuch dir geben sollte. Du bist meine Schwiegertochter, du bist die Nächste in der Reihe.«

Wir kommen am Gästehaus an, und ich fahre auf den Hof, ohne dass mir eine angemessene Antwort eingefallen ist. Um Zeit zu gewinnen, parke ich etwas umständlich ein. Dann stelle ich den Motor ab und kratze mich an der Stirn.

»Camille … Das ist sehr großzügig, aber besser nicht. Arnaud und ich sind geschieden. Außerdem ist mir Kochen nicht so wichtig, es hat für dich mehr Sinn als für mich. Schenk mir ein Aquarell, ein Bild der Bretagne … irgendetwas, aber dieses Buch soll bei dir bleiben. Als Friedenszeichen an deine Mutter. Vorausgesetzt, du willst es behalten.«

Ihr Gesichtsausdruck verrät eine gewisse Unruhe.

»Du weißt, dass du immer meine Schwiegertochter bleiben wirst, oder? So einfach wirst du mich nicht los, vor allem weil du ein so gut aussehendes Exemplar bist …«

Als ich ihr schelmisches Lächeln sehe, muss ich grinsen.

»Sehr witzig.«

»Ich meine es ernst. Eure Scheidung ändert daran nichts, auch wenn ich natürlich akzeptiert habe, dass ihr euch getrennt habt.«

»Danke, Camille.«

Mein Blick fällt wieder auf das Kochbuch, das sie an ihr Herz gedrückt hat, wahrscheinlich unbewusst.

»Wirst du es behalten?«

Ich glaube, sie weiß, was ich damit sagen will: Kannst du deiner Mutter verzeihen? Sie schaut einen Moment in den Garten und denkt über meine Frage nach.

»Ja, jedenfalls so lange, bis ich mir über meine Gefühle klar bin. Wenn ich gestorben bin und du es im Mülleimer findest, dann weißt du, dass es mir nicht gelungen ist.«

Ich denke an meine Zeit mit Arnaud. Das Thema »Kind«

war ein Trennungsgrund, weil wir unterschiedlicher Meinung waren. Ich habe selbst erfahren, wie groß die Kluft zwischen Bitterkeit und Verzeihen ist. Nur die Zeit hat mir geholfen, sie zu überbrücken. Schweigend hängen wir unseren Gedanken nach. Nach einer Weile räuspere ich mich.

»Sonia hat mir einen *Far breton* versprochen. Sie meinte, ich müsste unbedingt ihr Rezept ausprobieren. Schließlich bin ich nicht von hier. Gehen wir rein?«

Camille antwortet nicht. Sie löst den Sicherheitsgurt und greift nach ihrer Tasche am Boden. Ich steige aus und gehe auf die Beifahrerseite, um ihr zu helfen. Ich trage den Bücherkarton, das Kochbuch hat sie wieder hineingelegt. Ihr Schritt wirkt schwerfällig.

»Hast du wirklich vor, heute Abend zum Fest-Noz zu gehen? Du machst einen erschöpften Eindruck …«

»Ich lege mich vorher noch ein wenig hin, mach dir keine Sorgen.«

Ich unterdrücke meinen Wunsch, ihr zu widersprechen. Im Notfall können wir einfach früher gehen. Und Sonia wäre bestimmt enttäuscht, mich nicht zu sehen, nachdem wir so viel darüber gesprochen haben.

CAMILLE

Wenn ich als Kind aus einem Grund besonders stolz war, Bretonin zu sein, dann war es das Fest-Noz. Ich habe immer die bretonische Tracht mit der weißen Haube getragen, unzählige Male war ich bei diesen Veranstaltungen. Bei einem Fest-Noz habe ich das erste Mal Tristan geküsst, den Fischersjungen, der mich später so enttäuscht hat. Danach hatte ich erst mal genug von Jungs. Bis Hervé in mein Leben getreten ist und mich durch seine Geduld mit der Liebe versöhnt hat.

Als Isabelle, Sonia, Lou und ich ankommen, wimmelt es schon von Gästen. Leider findet Isabelles erstes Fest-Noz im Festsaal von Douarnenez statt. Schöner wäre es im Freien gewesen, aber die Freiluftsaison startet erst im Juni in Pouldergat, sagt Sonia.

Wir hören die Musik bereits von draußen, mein Herz schwingt mit dem Rhythmus, der Boden bebt. Ich bin zwar alt und müde, aber in diesem Moment fühle ich mich in meine Jugend zurückversetzt. Ich bin wieder fünfzehn, kann es kaum erwarten, meine Freunde zu treffen, Tristan ist da, vielleicht werden wir zusammen tanzen, ich zittere vor Ungeduld. Ich bin ganz versunken, bis mich mein schmerzendes Handgelenk in die Realität zurückholt. Als wir den Saal betreten, setzt *Tri martolod* ein, und ich betrachte die Frauen in den traditionellen Trachten, die zu diesem Volkslied eine Gavotte aus der Region Bas-Léon tanzen. Meine Seele wird weit, und ich bin stolz, zu diesen Menschen zu gehören. Ich muss mich zurückhalten, um nicht auf der Stelle in einen Tanzschritt zu verfallen, und folge Isabelle und Sonia bis an die Theke, um einen Cidre zu bestellen. Lou ist schon verschwunden, sie will sich mit einem gewissen Solenn treffen. Manche Dinge ändern sich eben nie.

Die Erinnerung an mein Elternhaus verblasst, dafür denke ich an den Zauber der damaligen Fest-Noz. Ich spüre den Cidre auf der Zunge und beginne *Tri martolod* zu singen. Erst jetzt bemerke ich, dass Isabelle mich mit offenem Mund anstarrt. Ich beuge mich zu ihr und rufe ihr ins Ohr: »Ich habe Bretonisch gesprochen, bevor ich in der Schule Französisch gelernt habe, wie viele Kinder damals.«

Sie nickt, um mir zu signalisieren, dass sie mich trotz der lauten Musik verstanden hat. Der Tanz ist zu Ende, und Applaus brandet auf. Sonia begrüßt einige der Tänzerinnen.

Die Musiker sammeln sich und bilden in der Mitte des Raumes einen Stuhlkreis. Das Orchester ist fast vollständig: Ich erkenne eine Geige, eine Gitarre, einen Dudelsack, zwei Klarinetten, eine Bombarde, ein Melodion und eine Drehleier. Die Gäste warten und unterhalten sich leise miteinander. Ich betrachte währenddessen den geschmückten Saal, bretonische Flaggen, bunte Lichterketten … Sonias Freundinnen haben ganze Arbeit geleistet! Es sieht wunderbar aus.

Der Dudelsack spielt die ersten Takte, danach stimmen die Bombarde und die Klarinetten ein. Der junge Mann am Akkordeon gibt mit dem Fuß den Takt vor. Das Publikum folgt dem Rhythmus, stampft auf den Boden oder klatscht in die Hände. Wie von selbst bilden sich zwei, drei Reihen, ein Tänzer führt an, die anderen folgen mit langsamen Bewegungen, ohne sich von der Stelle zu bewegen.

Nach einer Weile wird das Tempo schneller, die Tänzer machen Schritte vor und wieder zurück, und ich erkenne Sonias Bruder Eliaz. Er führt eine der Reihen an. Er ist ganz in Schwarz gekleidet, enge Jeans und T-Shirt. Als ich Isabelle auf ihn hinweisen will, merke ich, dass sie ihn schon gesehen hat und fasziniert auf seine Füße schaut. Er ist ein guter Tänzer, das muss ich zugeben. Noch sind keine Touristen da, die Reisesaison hat noch nicht begonnen, aber auch nicht alle Bretonen beherrschen die Tänze. Der Anführer der Reihe auf der gegenüberliegenden Seite ist etwas zu schnell, einige können sein Tempo nicht halten, die Reihe zieht sich auseinander wie der Blasebalg eines Akkordeons.

Ich mag es, dass es immer ein wenig dauert, bis es richtig losgeht. Das eigentliche Fest-Noz beginnt, wenn die Tänzer sich Partner aus dem Publikum holen. Man kann dann richtig dabei zusehen, wie der Saal nach und nach zu einer Gemeinschaft verschmilzt. Ich komme mir vor wie früher. Die Musiker erinnern mich an den Rattenfänger von Hameln, sie locken die Tänzer auf die Tanzfläche und rufen den Geist des Festes herbei, sie bringen einen dazu, die Füße zu bewegen. Irgendwann stellt man sein Glas zur Seite und wird Teil der Gemeinschaft. Das hat mir schon immer gefallen.

All das geschieht jetzt vor meinen Augen. Egal ob alt oder jung, jeder greift das Handgelenk des Nachbarn, auch wenn er den Rhythmus verloren hat und die Arme gegen den Takt schwingt. Man tanzt einfach. Gemeinsam. Und es funktioniert. Es dauert kaum zwanzig Minuten, bis alle stehen, man lacht, klatscht und feuert die Musiker an, die eine Gavotte nach der anderen spielen und wild improvisieren, einige Stücke sind über eine Viertelstunde lang. Auch wenn ich inzwischen ziemlich ungeschickt bin, juckt es mich in den Füßen. Alles ist wieder da, als ob ich nie weg gewesen wäre. Ich kann gar nicht oft genug sagen, wie sehr ich unsere bretonischen Feste liebe!

Als eine neue Gavotte einsetzt, ziehe ich die zögerliche Isabelle auf die Tanzfläche. Die mitreißende Atmosphäre tut ihr Übriges. Ich nähere mich Eliaz, der uns erkennt und mit einem Lächeln begrüßt. Er ist gar nicht so schüchtern, wie ich dachte. Er öffnet die Reihe zwischen sich und seiner Nachbarin, damit wir uns einreihen können, und los gehts. Isabelle schaut ihn leicht irritiert an. Ihr wäre es lieber gewesen, sich am anderen Ende der Reihe zu verstecken, um nicht aufzufallen. Aber zu viel Abstand zum Reihenführer zu haben macht es nur schwieriger. Ein typischer Anfängerfehler! Eliaz zeigt ihr die Schrittfolge, und binnen Minuten hat sie sich seinem Rhythmus angepasst. Schritt für Schritt fällt es ihr leichter, auch wenn sie natürlich noch Fehler macht, statt vorwärtsrückwärtsgeht …

Ihr konzentrierter Gesichtsausdruck entspannt sich allmählich, sie hört sogar auf, leise die Schritte mitzuzählen. Sie wirkt wie verwandelt, lächelt mich glücklich an, und ich zwinkere ihr zu. Ich bin bald außer Atem, auch wenn das Stück gar nicht so schnell ist, und muss eine Pause machen. Trotzdem bin ich stolz auf mich. Es ist schon eine Leistung, mit einundachtzig einen Plinn zu tanzen. Noch hat das Alter die Partie nicht gewonnen!

ISABELLE

Auch wenn ich bei unserer Ankunft im Festsaal etwas skeptisch war, eine Stunde später muss ich zugeben, dass ich mich prächtig amüsiere! Das war nicht abzusehen. Ich höre eigentlich Indie oder Rockmusik, das hat mit Fest-Noz nicht wirklich viel zu tun. Und Gesellschaftstanz ist auch nicht mein Ding. Dementsprechend habe ich eine langweilige Tanzveranstaltung erwartet, aber ich wurde rasch eines Besseren belehrt!

Ich fühle mich absolut nicht als Außenseiterin, ganz im Gegenteil, man fordert mich auf mitzumachen, als wäre ich keine Touristin, sondern eine von ihnen. Alle wollen helfen, auch wenn ich einigen Tipps nicht ganz folgen kann.

Eliaz entpuppt sich als hervorragender Lehrer: Er erklärt die Schritte präzise und wiederholt die Abfolge immer wieder. An seiner Seite scheint mir jeder Tanz viel einfacher. Camille meint, das sei ein gutes Zeichen für einen »Reihenführer«, wie sie hier die Vortänzer nennen. Und es stimmt. Als andere Tänzer Eliaz' Platz einnehmen, bekomme ich Krämpfe im Arm, einer kugelt mir fast das Handgelenk aus.

Ich habe das Gefühl, nicht mehr vom Fleck zu kommen. Die bretonische Musik und ich verstehen uns plötzlich nicht mehr. Als ich gerade aufgeben will, kommt Eliaz zurück und bietet mir an, so lange mit mir zu tanzen, bis mir der Rhythmus vertraut ist. Ich schlucke meinen Stolz hinunter und versuche es weiter. Und dann geschieht das Wunder! Die nächsten zwanzig Minuten bin ich Teil einer hüpfenden Glück verheißenden Blase, am Platz, in der Reihe, im Kreis … Ich kann es! Es klingt dumm, aber ich versuche wirklich, mich unter den Bretonen nicht lächerlich zu machen! Die Normandie zählt auf mich, immerhin bin ich die einzige offizielle Repräsentantin meiner Region.

Am Ende des Tanzes lässt Eliaz meine Hand los, um den Musikern zu applaudieren, und auch ich klatsche. Wir schauen uns an, und er lächelt mir zu. Seine Augen sind klar, von einem geheimnisvollen Graublau. Im Vergleich zu unserem ersten Zusammentreffen sehe ich heute Abend mehr blau darin. Ein Hauch von Atlantik, wie es für einen Fischer vorherbestimmt zu sein scheint.

Wir gehen an die Theke. Sonia und Eliaz schließen sich in die Arme. Sie haben sich noch nicht unterhalten können, da Sonia mit der Organisation beschäftigt war. Dass sich Erwachsene noch so herzlich begrüßen, rührt mich, ich kenne das nur zwischen Eltern und Kindern oder zwischen Ehepartnern. Außer bei bestimmten Gelegenheiten, wo es offiziell »erlaubt« ist, tauscht man in der Öffentlichkeit keine Zärtlichkeiten mehr aus. Für die Familie Tano gilt das offensichtlich nicht.

Wir plaudern einen Moment, Camille sitzt auf einem der wenigen Stühle neben uns. Ob die wenigen Stühle ein Trick sind, um die Leute zum Tanzen zu bringen? Natürlich werde ich ausgefragt, wie es mir gefällt.

»Es war herrlich. Am Anfang habe ich gedacht, ich lerne es nie, aber dann war es … befreiend! Und die Leute nehmen einem wirklich die Angst, etwas falsch zu machen.«

Eliaz lächelt mich an. Seine anfängliche raue Schüchternheit ist verschwunden, er wirkt entspannt und offen, fast charmant.

»Du hast dich für eine Anfängerin gut geschlagen, aber es geht weiter, noch ist der Abend nicht zu Ende!«

Ich erwidere sein Lächeln, ich weiß, dass er sich mit mir viel Mühe gegeben hat. Wenn ihm die Fischerei keinen Spaß mehr macht, kann er Lehrer für bretonische Tänze werden. Wenn das überhaupt ein Beruf ist.

»Das habe ich dir zu verdanken! Ohne dich hätte ich mich lächerlich gemacht.«

Er reicht mir ein Glas Cidre und nimmt sich ein anderes.

»Auf einem Fest-Noz macht sich niemand lächerlich«, erwidert er ruhig.

Erst jetzt fällt mir seine tiefe, fast samtene Stimme auf. Für mich war die Stimme eines Mannes immer schon wichtig, und seine ist … interessant.

Wir unterhalten uns weiter, ich schaue ihn verträumt an. Inmitten dieser Menschen fühlt er sich offensichtlich wohl. Bei Sonia habe ich ihn zweimal getroffen, da war er zurückhaltend und wortkarg. Auf mich wirkte er schüchtern und spröde, und ich hatte angenommen, dass er Fischer geworden war, weil er auf dem Meer mit niemandem reden muss. Jetzt ist mir klar, wie vorschnell mein Urteil war, ich kannte ihn ja gar nicht. Ob es an meiner Arbeit als Anwältin liegt, dass ich dazu neige, die Leute in Schubladen zu stecken?

Wir hören Sonia zu, die sich über ihre Tochter ereifert, die von einer Bekannten dabei überrascht worden ist, wie sie vor den Toiletten einen Jungen umarmt hat. Und die hat es natürlich brühwarm ihrer Mutter weitererzählt. Eliaz wirkt amüsiert, enthält sich aber jeden Kommentars. Ich weiß nicht recht, ob ich meinen Senf dazu geben soll. Für mich klingt das ziemlich normal. Lou ist hübsch, ein echter Hingucker, auch wenn ihre Klamotten etwas vintage wirken.

Als wir über die neuen Gäste in Sonias Pension sprechen, setzt die Musik wieder ein, Eliaz klatscht in die Hände, seine Augen strahlen.

»Isabelle, was hältst du von einem ›Avant-Deux‹?«

Sonia zieht eine Augenbraue hoch, und ich habe das Gefühl, als wäre ich die Einzige, die den Witz nicht verstanden hat. Hoffentlich geht er nicht auf meine Kosten. Aber mein Erfolg ist mir zu Kopf gestiegen, die anderen ermuntern mich, und schon stehe ich wieder auf der Tanzfläche. Irgendwo zwischen meinem ersten und meinem dritten … oder vierten? … Glas Cidre. Ich hatte mir doch vorgenommen, kein weiteres mehr zu trinken! Aber Eliaz ist ziemlich überzeugend …

Wir sind eine kleine Gruppe, und Eliaz erklärt vorab, was auf mich zukommt. Man tanzt zu zweit, dann wechselt man den Partner, dann die Gruppe. Vor meinem inneren Auge sehe ich eine Filmszene, in der Elizabeth feixend mit Mr. Darcy tanzt. Aber was hat das mit mir zu tun? Ganz offensichtlich bin ich weder in England noch in der Regency-Zeit, sondern im Hier und Jetzt im Finistère.

Wir stellen uns auf, und ich tanze erst mit Eliaz und dann mit einem anderen Mann, der diagonal zu mir steht. Danach bilden wir Gruppen, die Frauen auf der einen, die Männer auf der anderen Seite. Wir machen die gleichen Bewegungen, nur spiegelverkehrt. Wenn der Tanz schneller wird, finden wir unsere Ausgangspartner wieder. So weit die Theorie. In der Praxis irre ich die meiste Zeit über auf der Tanzfläche herum, nur wenn Eliaz mein Partner ist und mich führt, kann ich den Rhythmus halten.

Wieder habe ich Angst, mich zu blamieren, vor allem da es mir gelingt, ein solches Durcheinander zu stiften, dass selbst Eliaz aus dem Takt gerät. Aber als ich seinen Blick suche, lächelt er mich an. Auch die anderen sind nachsichtig und würdigen jedenfalls meinen Ehrgeiz!

Eine halbe Stunde später gehe ich nach draußen, um frische Luft zu schnappen, ich bin beim Hüpfen, Drehen und Springen mit Eliaz ganz schön ins Schwitzen gekommen. Eliaz kommt mir nach und fragt ein wenig beunruhigt, ob alles in Ordnung ist.

»Als du mich zu diesem ›à deux‹ überredet hast …«

»›Avant-Deux‹«, verbessert er, »sonst könnte man meinen, du sprichst von etwas anderem.«

Er hält inne, und ich hoffe, dass ich nicht rot werde … Es gelingt mir nicht. Super Versprecher, bravo! Ich hatte nicht vor, mit Sonias Bruder zu flirten. Erstens weiß ich gar nicht mehr, wie das geht, zweitens wäre es komisch. Aber ich hätte gerne einen Mann als Freund. Nach dem Ende des Studiums ist einer nach dem anderen in der Versenkung verschwunden. Ich versuche, mich zu fassen.

»Was ich eigentlich sagen wollte: Kein Wunder, dass sich keine der älteren Damen an den ›Avant-Deux‹ wagt. Das hätte mir zu denken geben sollen!«

Er lacht ein raues Lachen.

»Gut, er ist ein wenig sportlicher … Aber eine Freundin meines Vaters hat ihn bis ins hohe Alter getanzt, du hättest sie sehen sollen!«

Im Anschluss erzählt Eliaz Anekdoten von all den Fest-Noz, an denen er teilgenommen hat und bei denen es scheinbar schon oft hoch hergegangen ist.

»Jetzt flunkerst du aber!«, unterbreche ich ihn. »Nackt? Das glaube ich dir nicht!«

Ein Tänzer soll einer seiner Klassenkameradinnen einmal so ungeschickt auf den Rock getreten sein, dass sie vor dem versammelten Dorf splitternackt dagestanden habe. Mein Gott, die Arme!

»Glaub mir ruhig, das war Thema bis zum Abitur … Sie war übrigens Sonias beste Freundin!«

Ich lache, schüttele aber auch spontan aus Mitleid den Kopf. Wir kommen auf Sonia zu sprechen, und ich gestehe ihm, wie gut ich mich mit ihr verstehe.

»Marion ist vor einem Jahr nach Bordeaux gezogen, ich glaube, seitdem ist Sonia ein wenig einsam. Sie wohnten nebeneinander und haben sich fast jeden Tag gesehen.«

Sofort muss ich an die Freundschaftswüste denken, in der ich monatelang herumgeirrt bin, bis Camille glücklicherweise wieder Kontakt zu mir aufgenommen hat. Ich zucke mit den Schultern.

»Vielleicht ist sie nur dankbar, dass ich Lou bei Mathe geholfen habe. Sonia hätte neulich fast ihr Buch verbrannt.«

»Meine Schwester und ich stehen auf Kriegsfuß mit Mathe, das liegt in der Familie.«

Er verzieht das Gesicht, und ich lache.

»Eigentlich ist Mathe nicht schwer, es hat alles mit Logik zu tun … Aber Lou hat mir auch schon erzählt, dass es ›an den Genen‹ liegt. Ist das eine bretonische Eigenschaft oder eher spezifisch Tano?«

Er lächelt verschmitzt, die Falten um seine Augen werden tiefer.

»Sag nichts gegen die Bretagne! Vor allem nicht vor einem Saal voller Bretonen, die ein Fest-Noz feiern. Das kann gefährlich werden!«

Ich hebe beschwichtigend die Hände.

»Keine Angst, dass würde ich niemals wagen … vor allem nicht, nachdem mich keiner von euch beim Tanzen ausgelacht hat.«

Instinktiv schaue ich auf die Uhr.

»Es ist schon spät, ich werde Camille vorschlagen, nach Hause zu gehen. Sie darf sich nicht überanstrengen.«

»Kein Problem«, sagt er und wirft seine Zigarette auf den Boden, die er sich angezündet hat, als er zu mir rausgekommen ist. Es hat mich überrascht, dass er raucht, er riecht gar nicht nach Rauch. Mein Blick muss Bände sprechen, denn er kratzt sich verlegen im Nacken.

»Normalerweise rauche ich gar nicht. Aber ich bin ein bisschen nervös …«

»Warum?« Ich bin nicht sicher, dass ich ihm folgen kann.

Schließlich hat dieser Mann bei mehr Fest-Noz getanzt, als er zählen kann. Aber es stimmt, seit er hier draußen ist, wirkt er etwas angespannt. Seit wir allein …

»Oh …«

Am liebsten hätte ich mich geohrfeigt. Regungslos stehe ich da. Ach Quatsch, ich habe ihn sicher falsch verstanden! Ich setze ein Lächeln auf, um meine Verlegenheit zu verbergen, meine typische erste Reaktion, egal in welcher Situation. Er sieht mich belustigt an, und ich wechsele lieber das Thema.

»Danke, dass du mich in die Welt des Fest-Noz eingeführt

hast. Das war wirklich schön. Ich lerne auf dieser Reise so viel. Eigentlich wollte ich dich auch das eine oder andere über deinen Beruf fragen, ich habe noch nie einen Fischer kennengelernt …«

»Du willst was vom Fischen wissen?«, fragt er erstaunt. »Was denn?«

»Keine Ahnung, zum Beispiel, ob du ein eigenes Boot hast? Oder was man in der Bretagne so fischt?«

Er hält mir die Tür auf, und wir gehen wieder rein.

»Ach, da fängt man nichts Besonderes«, sagt er wegwerfend, als wir den Saal durchqueren. Er wirkt nachdenklich, wahrscheinlich ist er müde. Als ich bei Camille ankomme, werfe ich ihr einen fragenden Blick zu. Unsere nonverbale Kommunikation scheint sich verbessert zu haben, denn sie nickt sofort, was bedeutet, dass es ihr gut geht. Ich hatte schon wieder ein schlechtes Gewissen, weil ich so lange weg war. Als ob meine wachsende Vertrautheit zu Sonia und Eliaz eine Art Verrat an ihr wäre. Aber mir war heiß, und sie hat es kategorisch abgelehnt, sich im Abendwind »den Tod zu holen«. Eines Tages werde ich Camille erklären, dass das nur eine Redensart ist.

Während Eliaz sich mit Sonia unterhält, beuge ich mich zu ihr.

»Gehen wir nach Hause?«

»Ich möchte nicht, dass du auf mich Rücksicht nimmst«, antwortet sie und schüttelt den Kopf.

Ich erlaube mir eine kleine Lüge.

»Ich bin müde, Camille. Deshalb, wenn es für dich in Ordnung ist …«

Sie sieht mich prüfend an, und ich gebe mein Bestes, erschöpft zu wirken. Nach all den Gavottes und Was-weiß-ich-noch-für-Tänzen ist das gar nicht schwer.

»Gut, aber ich bin nicht dumm.«

Ich kichere, als sie ermahnend einen Zeigefinger hebt, bevor sie verkündet: »Wir gehen.«

Sonia lächelt und nickt. Dann schaut sie sich suchend im Saal um.

»Okay, offensichtlich habe ich Lou aus den Augen verloren … Dieses Mädchen macht mir graue Haare! Wenn ich rausbekomme, dass sie sich heimlich weggeschlichen hat, brate ich ihr eins mit dem Smartphone über, von dem sie sich nicht lösen kann!«

Ich versuche, ernst zu bleiben und mich nicht über Sonias etwas übertriebene Fürsorge lustig zu machen. Außerdem hat sie ja auch ein bisschen recht, ich bin ja selbst ganz abhängig von diesem Ding. Und Lou ist noch mal ein anderes Kaliber, das muss man schon sagen! Eliaz sucht meinen Blick, auch er verkneift sich einen Kommentar. Sonia begleitet Camille zur Garderobe, um ihren Mantel zu holen, ich bin nur mit einer dicken Strickjacke gekommen. Wieder bin ich allein mit Eliaz. Er zögert, bevor er etwas sagt, was mich wundert, draußen war er gesprächiger. Dann schaut er mir in die Augen und sagt: »Wenn dich mein Beruf interessiert, warum kommst du nicht mal morgens mit auf mein Boot? Ich weiß nicht, wann du wieder abreist, aber …«

Das Angebot trifft mich unvorbereitet, und ohne nachzudenken, antworte ich: »Ich habe das Arbeitsamt informiert, dass ich meine Ferien verlängere. Wusstest du, dass Arbeitslosen drei Wochen Urlaub im Jahr zur Verfügung stehen?«

Er zieht die Augenbrauen hoch. Hilfe, was fasele ich da? Selbst bei meinem Auftritt auf der Tanzfläche habe ich mich wohler gefühlt.

»Ich muss da etwas falsch verstanden haben. Sonia meinte, du wärst Anwältin«, fragt er vorsichtig nach.

»Bin ich auch. Aber ich hatte einen Burn-out, und mein Arbeitgeber musste Personal abbauen …«

Sein Gesicht verzieht sich ein wenig, und mir wird noch mulmiger. Wieso erzähle ich ihm das alles? Ohne es zu wollen, habe ich gerade jede Regel des Small Talks gebrochen!

»Haben sie denn das Recht dazu? Du bist doch Anwältin! Hättest du das nicht vor dem Arbeitsgericht anfechten können?«

Ich wische mir über die Stirn und weiche seinem Blick aus. Wie viel Cidre habe ich eigentlich getrunken? Auf jeden Fall zu viel.

»Entschuldige, das hätte ich nicht sagen sollen. Es ist nur so, dass mich der Burn-out lange begleitet hat und ich mich nicht in der Lage gefühlt habe, danach meine Arbeit wieder aufzunehmen. Mein Chef hat deshalb vorgeschlagen, dass er mir betriebsbedingt kündigt. So habe ich eine Abfindung bekommen.«

Er kratzt sich an seinem Dreitagebart.

»Okay … nun … es war auch nur eine Idee. Du willst jetzt sicher …«

»Meine Beruhigungsmittel nehmen?«

Die Verlegenheit steht ihm ins Gesicht geschrieben.

»Was? Nein, ich wollte nicht …«

»Eliaz, das war ein Witz. Danke, dass du mich mitnehmen willst, ich weiß aber nicht, ob ich seefest bin.«

»Wenn dir das mit dem Boot zu viel wird, verstehe ich das, mach dir keine Sorgen.«

Sagt er das wegen meinem Burn-out? Aus den Augenwinkeln sehe ich, wie Sonia und Camille zurückkommen, eine beleidigt wirkende Lou im Schlepptau.

»Ich weiß zwar nicht, ob ich seefest bin, aber ich würde es gerne herausfinden«, sage ich leise, bevor die anderen kommen. »Ich hoffe, ich habe dir mit dem Burn-out keinen Schrecken eingejagt. Keine Sorge, es gibt Krankheiten, die fängt man sich zu zweit schneller ein. Mein Gott, habe ich das gerade wirklich gesagt? Wie peinlich …«

»Was ist peinlich?«, möchte Sonia wissen, die hinter Eliaz aufgetaucht ist.

Himmel, es reicht, dass ich mich vor Eliaz blamiert habe. Und jetzt auch noch vor Sonia und Lou? Warum stelle ich mich nicht gleich auf der Bühne ans Mikro?

»Ach nichts, nur eine Normannin, die sich unter Bretonen verhält wie ein Elefant im Porzellanladen«, rettet Eliaz die Situation.

Perplex schaue ich ihn an. Er amüsiert sich sichtlich. Lachend schüttele ich den Kopf und werfe ihm einen »Übertreibs-nicht«-Blick zu, den er zu verstehen scheint, denn er sieht aus, als würde er jeden Moment laut loslachen. Schließlich sage ich schicksalsergeben: »Der Cidre …«

CAMILLE

Auf der Rückfahrt vom Fest-Noz genieße ich die Ruhe im Auto. Die Musik im Festsaal war zu laut für mich, und meine Ohren pfeifen. Ich bin schon lange nicht mehr selbst gefahren, aber da Isabelle mehr getrunken hat als geplant, habe ich mich ans Steuer gesetzt.

Eigentlich müsste ich mit Isabelle über meine Umzugspläne sprechen. Aber obwohl ich sie nicht ansehen muss, weil ich mich auf die Straße konzentriere, ist es nicht einfach, davon anzufangen. Wenn ich aber noch länger warte, könnte sie sauer sein.

Überraschenderweise ergreift sie als Erste das Wort: »Eliaz hat mich auf sein Boot eingeladen, um mir seine Arbeit zu zeigen. Ich habe spontan zugesagt, aber jetzt bin ich ein bisschen beunruhigt, vielleicht war das ein Fehler?«

Klar bin ich überrascht, aber auch nicht so sehr. Die beiden sind sich heute Abend nähergekommen. Ich würde nicht gleich auf eine sich anbahnende Romanze tippen, aber sie mögen sich offensichtlich. Warum auch nicht?

Nachdenklich schüttelt sie den Kopf und fügt hinzu: »Ich hoffe, ich kotze ihm nicht aufs Boot.«

»Dagegen gibts Tabletten.«

Ich habe immer eine vollständige Hausapotheke dabei, man weiß nie. Deshalb wiegt mein Gepäck aber auch immer zwei

Kilo extra. Isabelle verkneift sich ein Lächeln und nickt. Ich beschließe, dass der Zeitpunkt gekommen ist.

»Isabelle, ich trage das schon eine Weile mit mir herum, aber ich wusste nicht, wie ich es dir sagen soll. Deshalb versuche ich es jetzt«, verkünde ich und halte inne. Ich versuche, die richtigen Worte zu finden.

»Camille, muss ich mir Sorgen machen?«, sie klopft mit den Fingern auf ihre Knie.

Ich schaue zum hundertsten Mal in den Rückspiegel, bevor ich weiterspreche: »Ich … ich habe das Haus in Trouville zum Verkauf angeboten. Ich fühle mich dort nicht mehr wohl, es ist zu groß, ich bin zu alt … Ich habe nachts Angst und schließe mich in mein Schlafzimmer ein. Lächerlich, ich weiß, aber so ist es nun mal. Pauline hat mir schon bescheinigt, ich sei verrückt, ich würde es bedauern, das Haus aufzugeben. Aber mein Entschluss steht seit zwei Jahren fest. Ich möchte in die Bretagne zurück. Wegen Arnaud habe ich darauf verzichtet, damit wir nicht so weit auseinanderwohnen. Aber jetzt ist alles anders. Ich überlege, nach Douarnenez zu ziehen.«

Trotz der Dunkelheit kann ich erkennen, wie überrascht sie ist. Sie atmet tief durch.

»Uff, das hätte ich nicht erwartet … Aber als du nach unserer Abfahrt aus Locronan vom Verkauf deines Elternhauses erzählt hast, davon, dass es die richtige Entscheidung war … Da schwang so etwas mit … Eine Art Sehnsucht.«

Ich nicke, so ist es teilweise auch. Während des Besuchs im Haus meiner Eltern dachte ein Teil von mir: *Warum habe ich es nicht behalten?* Aber ich weiß sehr wohl, dass ich nicht mehr jung genug bin, ein so großes Haus zu unterhalten.

»Dass du jedoch endgültig hierher zurückwillst, das habe

ich nicht erwartet«, gesteht Isabelle nach kurzem Überlegen. »Auch wenn es naheliegt, so verbunden, wie du dich mit der Bretagne fühlst.«

Ratlos zucke ich mit den Schultern, während ich im Schritttempo in eine Kurve fahre. Da hätten wir auch zu Fuß gehen können … Isabelle seufzt, verkneift sich aber eine Bemerkung.

»Ich weiß nicht, ob der Schmerz jemals verschwinden wird«, erwidere ich. »Aber ich glaube, hier wird es mir leichter fallen. Ohne all die Erinnerungen. Außerdem schließt sich der Kreis, wie man so schön sagt.«

Isabelle nickt und klopft sich auf den Oberschenkel.

»Isabelle?«

Ich muss beunruhigt klingen, denn ihr Kopf fährt herum, und sie lächelt mich an.

»Wenn es dein Wunsch ist, dann freue ich mich über deinen Entschluss. Ich habe nur ein wenig Angst davor, dich nicht mehr in meiner Nähe zu haben, das ist alles. Ich weiß, das ist sehr egoistisch.«

Ich schlucke.

»Dann sind wir ja schon zu zweit.«

Sie greift nach meiner Hand, drückt sie kurz und fragt: »Hat dir unsere Reise gutgetan?«

»Sehr, ich bin dir so dankbar, Isabelle. Allein schon die Aussicht, mit meiner Trauer nicht allein zu sein. Nach dem Tod von Hervé hat Arnaud mich oft besucht … also, für ihn war es oft. Dreimal pro Woche. Aber glaub mir, das hat nicht gereicht, um das plötzlich leere Haus mit Leben zu füllen. Ich wollte nicht undankbar erscheinen, ich weiß, wie viel Zeit es ihn gekostet hat … Aber ich kann nicht über die Geister von zwei Männern in meinem Leben wachen.«

Isabelle beißt sich auf die Lippen. Ich muss nicht mehr sagen. Sie kennt das Gefühl der Einsamkeit, wenn die Stille schwer und erdrückend wird.

»Und du?«

Ihr Blick schweift in die Ferne.

»Dass ich allein in die Normandie zurückfahren muss, macht mich traurig, das kann ich nicht leugnen. Aber was sind schon vier Stunden Fahrt? Ich werde dich besuchen kommen. Wenn du das willst …«

»Aber natürlich will ich das! Ich suche mindestens eine Dreizimmerwohnung, damit ich ein Gästezimmer habe. Du bist immer willkommen, es sei denn, du willst lieber bei Sonia wohnen … Das war ein Scherz, du musst natürlich bei mir wohnen!«

»Etwas anderes käme für mich nie infrage!«, verspricht sie und wird wieder ernst. »Und was die Reise angeht, habe ich endlich ein bisschen Distanz gefunden, Zeit für mich gehabt … Ein Fest-Noz erlebt, in Restaurants gegessen. Und du hast recht, Sonia und ich verstehen uns sehr gut. Wenn du dich nachmittags ausruhst, verbringen wir viel Zeit miteinander, und das genieße ich. Wir machen nichts Großes, wir reden, aber das tut uns beiden gut. Wir kochen zusammen, gehen einkaufen, hängen die Wäsche auf …«

Ich habe schon gemerkt, dass die beiden sich verstehen, und es freut mich, dass sie Bindungen knüpft, die ihr in schweren Zeiten sicherlich zugutekommen werden.

»… Kleinigkeiten, Alltag eben, aber es hat uns nähergebracht. Wir mögen uns. Ein bisschen ist sie für mich die große Schwester, die ich niemals hatte. Ich frage mich, wie das so schnell gehen konnte … Sonst bin ich eher verschlossen.«

Ich werfe ihr einen kurzen Blick zu und sehe, dass sie strahlt. Ein Thema, das mich schon eine Weile beschäftigt, kommt mir in den Sinn, und ich schneide es spontan an: »Glaubst du, dass du bereit bist, dir eine Stelle zu suchen?«

Ihre Augenbrauen ziehen sich reflexhaft zusammen. Ich weiß nicht, ob es richtig war, ihr unvermittelt diese Frage zu stellen. Aber ich mache mir Sorgen um sie: Wie wird es finanziell für sie weitergehen? Sie hat keinen Mann, keinen Job, kein großes eigenes Vermögen … Mir wäre wohler, ich wüsste sie versorgt. Ich überlege, wie ich meinen Nachlass regeln und sie davon profitieren lassen kann.

»Darüber habe ich heute Mittag mit Sonia gesprochen«, antwortet sie nach einer Weile, »vor allem über den Burn-out. Sie dachte, ich sei auf verlängerten Ferien zwischen zwei Jobs … Kurz gesagt, es ist mir sehr schwergefallen, über das Thema zu sprechen, ich habe nichts als Angst empfunden. Seit Monaten geht das so. Rate mal, was Sonia dazu gesagt hat?«

Da ich Sonia als Frau kennengelernt habe, die anpackt, wird sie ihr wohl nicht geraten haben, Däumchen zu drehen …

»Sie hat gesagt: ›Das ist doch ganz einfach, orientiere dich neu! Verändere dein Leben. Du hast keine Kinder, keinen Ehemann, der dich bremsen könnte. Du bist frei, meine Liebe!‹«

Jetzt, wo ich das höre, klingt es völlig logisch. Ich frage mich, warum ich nicht selbst auf so eine Ansprache gekommen bin! Amüsiert schüttle ich den Kopf. Sonia gehört wahrscheinlich zu der Sorte Frauen, die sich morgens entschließen, noch am selben Tag ihren Haushalt aufzulösen und sich Hunderte Kilometer entfernt neu anzusiedeln, einfach so, weil sie Lust dazu haben. Eine waschechte Bretonin, charakterstark und immer unter Strom!

»Was hältst du davon?«, fragt Isabelle ernsthaft. Aber da ist noch etwas in ihrer Stimme, etwas, was ich lange vermisst habe: Aufregung, Erwartung. Das Aufflackern eines Feuers, das viel zu lange erloschen war und das ich so sehr gehofft hatte, auf unserer Reise neu zu entfachen. Mit reinem Gewissen antworte ich ihr: »Ich finde die Idee großartig!«

ISABELLE

Die Ereignisse auf dem Fest-Noz haben Spuren hinterlassen. Nachdem Sonia Lou wiedergefunden hatte, ist zwischen den beiden ein heftiger Streit entbrannt, ich habe gehört, wie Lou die Tür hinter sich zugeschlagen hat.

Am nächsten Morgen sitzt Sonia deprimiert in der Küche.

»So schlimm?«, frage ich mitleidig und halte ihr eine Tasse Kaffee hin.

»Sie hängt mit einem Jungen aus dem Dorf rum, den ich nicht ausstehen kann. Er passt mir einfach nicht. Aber natürlich will sie nichts davon hören.«

Ist das der richtige Moment, um eine von Camilles Weisheiten zu zitieren? *Wenn die Jugend wüsste, wenn das Alter könnte …*? Aber Sonia ist nicht mal fünfzig, ich möchte sie auf keinen Fall verärgern! Sie wirkt so angespannt, dass ich mir Sorgen mache.

»Alles okay? Bist du wirklich so wütend?«

Sie seufzt.

»Ich habe seit dem Aufstehen schreckliche Migräne, das kommt bei mir selten vor, aber wenn, könnte ich meinen Kopf gegen die Wand schlagen.«

Ihr gequälter Gesichtsausdruck spricht für sich.

»Ruh dich aus. Ich kann mich um die Gäste kümmern, wenn du mir das Reservierungsbuch überlässt.«

Sonia wirkt erstaunt.

»Das ist sehr nett von dir, aber heute Morgen reist ein Paar aus dem Elsaß an, ich muss das Zimmer vorbereiten. Und dann muss ich das Abendessen planen …«

»Lass mich das machen. Ich habe dir so oft zugeschaut, du hast mir schon so viel erklärt … Außerdem bist du ja nicht auf den Seychellen, wenn ich nicht klarkomme, dann frage ich dich.«

Das gerade gewonnene Selbstvertrauen beginnt zu bröckeln, die wohlbekannte »Isa-out« meiner Depression steht schon bereit. Was, wenn Sonia Nein sagt? Wenn sie es mir nicht zutraut? Vielleicht ist sie gar nicht bereit, mir die Schlüssel zu ihrem Königreich zu übergeben?

Als ob sie ahnen würde, was mir durch den Kopf geht, richtet sie sich entschlossen auf.

»Reich mir doch mal den Notizblock dahinten, bitte. Ich werde mich jetzt ein wenig hinlegen und helfe dir, sobald es mir besser geht.«

Ich ziehe die Augenbrauen hoch.

»Sein Baby loszulassen fällt schwer, oder?«

Sie wirft mir einen belustigten Blick zu und reibt sich dann die Schläfe.

»O weh, mir ist im Sitzen schon ganz schwindelig. Aber keine Angst, ich zweifle nicht an deinen Fähigkeiten. Ich nehme sogar an, dass du das mit den Betten besser hinbekommst als ich. Im Gegensatz zur Küche: Da wirst du noch einige Zeit brauchen, bis du mich eingeholt hast.«

Ich nicke lachend.

»Das ist wohl wahr! … Na los, schreib mir eine To-do-Liste und leg dich hin!«

Sonia protestiert nicht weiter und notiert einige Punkte, die sie sich für heute vorgenommen hatte. Als ich merke, was sie alles von ihrem üblichen Programm weglässt, bin ich noch beeindruckter von ihrer Ausdauer und ihrer Hartnäckigkeit.

»Nicht zu viel?«, fragt sie verlegen, als sie mir den Notizblock zurückgibt.

Ich lächele ihr zuversichtlich zu, und tatsächlich bin ich auch zuversichtlich. Ihr Vertrauen in mich stärkt mein Selbstvertrauen, außerdem fühlt es sich gut an, ihr, die immer alles selbst erledigt, etwas abzunehmen.

»Auf keinen Fall!«, erwidere ich mit fester Stimme. »Und jetzt ins Bett mit dir, ich werde mein Bestes geben.«

Als sie aufsteht und mich an sich drückt, bin ich tief gerührt.

»Danke, du kannst dir gar nicht vorstellen, wie … Manchmal wünsche ich mir, Lou würde mich so unterstützen … aber dann erinnere ich mich daran, wie jung sie ist, dass sie ein eigenes Leben hat und mich nicht darum gebeten hat, dass ich dieses Gästehaus eröffne.«

Ich kann den Schmerz in ihren Worten hören, der jüngste Streit hallt noch nach. Dann verschwindet sie, nicht ohne sich noch einmal bei mir zu entschuldigen.

Als ich allein bin, mit dem Telefon, dem Reservierungsbuch und meiner Aufgabenliste, ist mir einen Moment lang flau. Aber jetzt ist nicht der Zeitpunkt für Zweifel. Ich muss mich nur gut organisieren.

Anfangs geht alles gefühlt unglaublich langsam, ich fürchte, Fehler zu machen, etwas zu vergessen, und überprüfe jeden Handgriff mehrere Male … Aber dann werde ich selbstbewusster. Ich finde meinen Rhythmus, wenngleich ich im

Vergleich mit Sonia lächerlich langsam vorankomme. Mir fehlt einfach ihre Routine …

Das Zimmer für die neuen Gäste vorzubereiten ist die angenehmste Aufgabe, vor allem weil Sonia schon geputzt und vieles vorbereitet hat. Ich rücke den Blumenstrauß auf dem kleinen Tisch zurecht, überprüfe, ob auch genug Teebeutel und Kaffeetütchen neben dem Wasserkocher stehen, dann mache ich mich auf in die Waschküche.

Hier warten die Bettlaken, die Sonia schon in den Trockner gesteckt hatte. Obwohl ich sie laut Liste nur zusammenlegen soll, bügele ich schnell drüber. Ich kenne ihre Gewohnheiten.

Einige potenzielle Gäste rufen an, ich beschreibe die Zimmer, die Region. Und so schlecht kann ich mich nicht anstellen, denn zwei von ihnen reservieren tatsächlich.

Wieder einmal nehme ich mir vor, mit Sonia über die Website zu sprechen, ein Problem, das sie nicht angehen möchte. Wenn ich schon Schwierigkeiten hatte, das Gästehaus zu finden, wie wird es dann anderen, weniger geduldigen Gästen gehen? Die Telefongespräche geben mir recht.

Mittags bin ich fix und fertig, mir tut alles weh. Ich habe den ganzen Morgen Betten gemacht, mich um die Wäsche gekümmert, die Gemeinschaftszimmer aufgeräumt, Zeitungen auf den niedrigen Tisch gelegt, wo die Gäste am Nachmittag gerne einen Tee trinken, und so weiter und so weiter.

Sonia macht das jeden Tag, mit ihrer Effektivität erledigt sie sogar noch wesentlich mehr als ich. In der Küche tue ich mich besonders schwer, auch wenn es nicht wirklich viel zu tun gibt. Ich sitze vor einem Berg Zwiebeln, Tränen laufen mir über die Wangen.

»Isabelle?!«

Erschrocken fahre ich zusammen. Durch einen Schleier aus Tränen erkenne ich Sonia, die im Türrahmen steht und mich alarmiert ansieht. Ohne ein Wort deute ich auf die Zwiebel, die ich gerade schälen möchte.

»Oh. Ich habe dir doch gesagt, dass ich mich um die Zwiebelsuppe kümmere, ich weiß ja, dass das nicht deine Sache ist …«

»Papperlapapp, das bisschen Heulen. Außerdem habe ich ein tolles Rezept gefunden, mit dreihundert positiven Bewertungen.«

Sie wirkt belustigt.

»Da bin ich ja gespannt. Mein Rezept mal abzuwandeln kann sicher nicht schaden. Ich höre zwar gerne Komplimente für mein Essen, aber für kulinarische Experimente fehlt mir leider die Zeit.«

Sie schaut sich um. Von hier aus kann man den Innenhof und einen Teil des Salons überblicken.

»Du hast wunderbare Arbeit geleistet, ich bin dir so dankbar. Am liebsten würde ich gleich mitheulen vor Rührung.«

Ich lege das Gemüsemesser weg und sehe, dass Sonias Augen tatsächlich feucht schimmern. Ich räuspere mich verlegen. »Ich habe mein Bestes gegeben.«

Sie zieht mich vom Stuhl und drückt mich an sich, ich klopfe ihr mit dem Handgelenk auf den Rücken, besser geht es nicht, wenn man die Hände voller Zwiebeln hat.

»Danke, Isabelle.«

Sie greift an meine Schultern.

»Danke«, wiederholt sie noch einmal, »du weißt gar nicht, wie einsam es hier sein kann. Natürlich sind da auch die

Gäste … Du zum Beispiel! Würde ich nicht jeden Tag aufstehen und die Zimmer richten, wärst du heute nicht hier.«

Die Vorstellung gefällt mir.

»Geht es dir wenigstens besser?«, frage ich besorgt. Wenn sie Nein sagt, schicke ich sie ins Bett zurück!

»Der Schraubstock um meinen Kopf hat sich gelockert, vielleicht sind es aber auch nur die Schmerzmittel, die wirken. Zum Glück habe ich solche Anfälle nicht oft.«

Ich nicke und gebe ihr dann eine Zusammenfassung dessen, was ich heute Vormittag erledigt habe, in der Hoffnung, dass nicht allzu viel schiefgegangen ist. Wir drehen eine Runde durchs Haus, und zum Glück scheint auf den ersten Blick alles in Ordnung zu sein.

»Mach dir keine Sorgen, das hast du großartig gemacht!«

Es klingt vielleicht lächerlich, aber ich bin geschmeichelt. Ich habe das gute Gefühl, etwas geschafft zu haben.

»Danke«, sage ich erleichtert und lächele zufrieden.

Und dann erzähle ich ihr von den beiden Reservierungen.

CAMILLE

Was habe ich mir da nur wieder eingebrockt? Nun, jetzt komme ich aus der Nummer nicht mehr raus.

»Du wirst sehen, Cam, ich werde dir helfen, was Cooles zu finden!«

Cam? Ach so, für Camille … Wie kommt eine Einundachtzigjährige nur auf die Idee, sich von einem Teenager bei der Wohnungssuche beraten zu lassen? Wahrscheinlich ein erstes Zeichen seniler Demenz. Statt Isabelle zu bestärken, mit Eliaz aufs Meer zu fahren, hätte ich vielleicht besser sie um Hilfe bitte sollen. Schicksalsergeben wende ich mich zu Lou.

»Okey dokey, L.«

»L?«

Ich betrachte ihre hochgezogenen gezupften – gefärbten? – Augenbrauen und hebe meine faltigen Hände: »Es ist nicht leicht, einen so kurzen Vornamen wie Lou abzukürzen.«

»Logisch, deshalb machen die Leute ihn ja auch länger. Aber Loulou oder Loujolie, wie meine Großmutter sagt, sind auch nicht gerade der Hammer … Und einer meiner Lehrer nennt mich ›Ried‹, weiß auch nicht, was der für ein Problem hat.«

Wahrscheinlich kennen die jungen Leute Lou Reed nicht mehr. Ich lenke das Gespräch wieder aufs Thema Wohnungssuche.

»Ich habe zwei, drei Anzeigen für Wohnungen im Stadtzentrum gesehen. Ich dachte, eine Wohnung wäre besser, sie sollte aber groß genug für meine Pflanzen sein … vielleicht mit Terrasse? Ein Haus kann ich alleine nicht mehr in Schuss halten, aber ich habe einen grünen Daumen und würde gerne Gemüse anbauen.«

»Was für einen Daumen? Klingt ja eklig.«

»Ein Händchen für Pflanzen, L«, übersetze ich. Lou ist ein zauberhaftes und lebhaftes Mädchen, enthusiastisch, direkt und ein Quell mir unbekannter Ausdrücke. So wunderbar extrovertiert, dass es schade wäre, sie zu zähmen. Richtig erfrischend! Aber auch ein bisschen anstrengend.

»Ich brauche auf jeden Fall einen Aufzug. Eine Erdgeschosswohnung ist mir zu unsicher, und wer weiß, wie lange ich noch Treppen steigen kann.«

Sie nickt, dann deutet sie auf die Straßenkarte im Computer.

»Ich habe die Adressen mal gecheckt. Diese Wohnung hier liegt direkt an einer Bushaltestelle und ist nahe genug am Stadtzentrum, ideal zum Shoppen. Okay?«

Ich nicke nur, diese ganzen Anglizismen überfordern mich. Aber das sage ich diesem jungen Mädchen nicht, das allein in den letzten zehn Minuten drei Worte verwendet hat, die ich nicht verstanden habe. »Schnäpp-Schätt« klingt auf jeden Fall englisch, aber ich kann mich auch täuschen.

»Also dann: Go, Cam!«

Ich hoffe, dass ich auch dieses Abenteuer überstehen werde.

Der Nachmittag verläuft besser als gedacht. Lou ist durchaus vernünftig und erkennt wichtige Details in den Wohnungen, die mir auf den ersten Blick entgehen, während ich mit den Immobilienmaklern über Nebenkosten und Heizung spreche.

Um vier sitzen wir in einer Bar und trinken Tee. Lou sprüht immer noch vor Tatendrang, während ich völlig erschöpft bin. Amüsiert stelle ich fest, wie wandlungsfähig sie ist. Zu Hause hängt sie lethargisch am Handy, wahrscheinlich um ihre immer aktive Mutter zu ärgern, aber wenn sie außer Haus ist, kommt sie richtig in Fahrt!

»Hast du Enkel?«, fragt sie, als unser Tee kommt.

»Nein, leider nicht.«

Ich wähle meine Worte mit Bedacht, ich möchte nicht, dass Lou Isabelle durch eine ungeschickte Bemerkung in Verlegenheit bringt. Lou reißt überrascht die Augen auf.

»Tut mir leid, hattest du keine Kinder?«

»Doch, einen Sohn, Arnaud.«

»Warte mal, der Ex von Isa?«

Ich nicke.

»Er hat nicht wieder geheiratet.«

Sie lässt drei Würfel Zucker in ihre Tasse fallen und sagt: »Vielleicht hast du ja Glück, und er findet noch jemanden!«

Der Schmerz durchzuckt mich, betont knapp antworte ich: »Das wird schwierig, er ist tot.«

Ich bedauere meine harsche Reaktion sofort, sie hat ohne jede böse Absicht gefragt.

»Ich bin so dumm. Sorry … Aber Isabelle ist doch auch ein bisschen deine Tochter, also …«

Ich winke ab, um ihr zu signalisieren, dass ich ihr die Frage nicht übel nehme.

»Nein, mir tut es leid. Und was Isabelle angeht, hast du glücklicherweise recht.«

Wir schweigen, sie aus Vorsicht, ich, weil ich erschöpft bin.

Dann fragt sie: »Und wann ist das passiert? War er krank? Mein Vater ist an Krebs gestorben, keine Ahnung, ob Mama dir das erzählt hat.«

Ihr Ton ist jetzt ernsthafter. Eine Ernsthaftigkeit, die sie sonst verbirgt. Wir schauen uns einen Moment an, in der Trauer verbunden, obwohl uns mehr als ein halbes Jahrhundert trennt.

»Nein, mein Mann hatte einen Herzinfarkt und Arnaud einen Schlaganfall. Ein Schlaganfall ist …«

»Ich weiß schon, der Vater einer Klassenkameradin hatte auch einen. Er ist aber nicht daran gestorben.«

»Ja, das ist unterschiedlich, Arnaud hatte dieses Glück nicht. Hat der Vater deiner Schulfreundin Folgeschäden?«

Sie nickt.

»Er ist halbseitig gelähmt. Sie haben ziemliche Probleme, weil er nicht mehr arbeiten kann … Ich glaube, er bekommt aber irgendwie Unterstützung. Adèle hat mir in der Schule davon erzählt.«

Während ich ihr zuhöre, wird mir klar, wie sehr sich die Zeiten geändert haben. Zu meiner Zeit hätte dieses Mädchen die Schule abbrechen und sich Arbeit suchen müssen … Ich bin froh, dass das heute anders ist.

»Denkst du oft an deinen Sohn? Ich stelle mir das brutal hart vor.«

Ich brauche nicht lange zu überlegen.

»Ja, auch wenn ich versuche, mich mit der Reise mit Isabelle abzulenken. Genau wie damit, in die Bretagne zurückzuziehen, statt in der Normandie zu bleiben.«

Sie trinkt einen Schluck Tee und beißt in das Teilchen, das sie sich aus der Bäckerei nebenan geholt hat.

»Meine Mutter meinte mal, sie würde verrückt vor Schmerz, wenn ich sterben würde. Das war, als der Sohn von Onkel Eliaz gestorben ist, er war noch ganz klein, und plötzlich hatte er hohes Fieber. Unsere Familie hat ganz schön viel Pech gehabt, Eliaz' Sohn, mein Vater … Du kannst bei uns mitmachen. Vielleicht können wir dich adoptieren?«

Ich muss lachen. Dieses Mädchen hat es wirklich faustdick hinter den Ohren.

»Dein Vorschlag ehrt mich, aber es gibt schon einen gewaltigen Unterschied. Ich habe eine lange Zeit gemeinsam mit meinen Liebsten verbringen dürfen, Eliaz nicht.«

Lous Blick ist ernst, sie hat nichts mehr von dem bockigen Mädchen, das sich hinter ihrem Smartphone verschanzt.

»Das stimmt. Mama sagt immer, dass er fast den Verstand verloren hätte, und das kann ich verstehen, auch wenn ich natürlich kein Kind habe … Wie ist das eigentlich? Mutter sein?«

Die Frage trifft mich unvermittelt. Wie soll ich das in wenigen Worten erklären? Ich versuche es: »Ich weiß es auch nicht wirklich. Ich bin zwar Mutter, aber jede Frau, die ein Kind hat, erlebt ihr Muttersein auf ihre Weise. Viele Menschen geben Ratschläge zu diesem Thema, als wären alle Mütter gleich. Aber wie soll das gehen, wo doch alle Kinder verschieden sind?«

Meine Worte müssen überzeugend klingen, denn sie nickt, sodass ihre Federohrringe wackeln, deren Farbe täglich wechselt.

»Warum hast du nur eins bekommen? Ein Kind, meine ich. Nachdem sich meine Eltern haben scheiden lassen und mein Vater gestorben ist, war in den Augen meiner Mutter kein Typ ›gut genug‹. Aber du warst immer mit dem gleichen Mann zusammen. Wolltest du kein Zweites?«

Ich könnte sie für taktlos halten, aber vor allem ist sie schonungslos ehrlich. Sie fragt nicht, weil sie eine dramatische Geschichte hören will, sondern aus dem Wunsch zu verstehen.

»Nun … es hat sehr lange gedauert, bis ich schwanger geworden bin, ich habe schon gar nicht mehr daran geglaubt. Ich war selbst überrascht, dass es noch geklappt hat. Und dann, als das Kind endlich kam, habe ich mich nicht erfüllt gefühlt, sondern ziemlich allein …«

»Hattest du einen Babyblues? Das kommt auch in dem Programm von Florence Foresti vor, das musst du dir ansehen, das ist so witzig, wie sie darüber erzählt. Meine Mutter meint, sie würde das Thema ›herunterspielen‹.«

Sie malt mit den Fingern Gänsefüßchen in die Luft. Ich reagiere nicht gleich, wie kann diese Generation so locker über ein solches Thema sprechen und sogar darüber lachen? Ich verstehe zwar nicht viel Englisch, aber »Babyblues« verstehe sogar ich. Ein so schambehaftetes und schmerzhaftes Ereignis mit einem so saloppen Ausdruck zu belegen klingt in meinen Ohren befremdlich.

Kann man mit zwei Worten die Nacht zusammenfassen, in der ich Arnaud so sehr geschüttelt habe, dass nicht viel gefehlt hätte, und ich hätte ihn verletzt, nur damit er endlich still ist? Oder die Nacht, als er einfach nicht schlafen wollte, keine Sekunde, und ich darüber nachgedacht habe, ihn in den

Garten zu stellen, damit ich sein Geschrei nicht mehr hören musste. Dabei hatten wir Januar. Das kann ich mir bis heute nicht verzeihen, daran muss ich immer wieder denken. Vielleicht war ich für eine Mutter einfach zu alt.

Lou schaut mich an und verzieht das Gesicht.

»Verdammt, jetzt habe ich dich wieder verärgert. Sorry, Camille. Ich bin echt TSTL«, reißt mich das Mädchen aus den Tiefen der Vergangenheit.

»Bitte?«

»TSTL, das heißt *too stupid to live,* das sagt man so.«

Ich schüttele lachend den Kopf.

»Meine kleine Lou, ich verstehe nur die Hälfte von dem, was du sagst! Aber ich danke dir dafür, dass du eine so alte Frau wie mich erträgst, dass du mir mit den Wohnungen geholfen hast und dass du so ehrlich mit mir über deinen Vater gesprochen hast. Ich glaube, dass er dir sehr fehlt, mir fehlt mein Sohn auch sehr, irgendwie verbindet uns das.«

Sie trinkt noch einen Schluck Tee und nickt. Dann mustert sie mich von oben bis unten. Hoffentlich schlägt sie mir jetzt keinen neuen Look vor oder rät mir, etwas mit meinen Augenbrauen zu machen …

»Für dein Alter bist du echt cool, Cam.«

Das verstehe selbst ich.

ISABELLE

Morgens um fünf am Hafen von Rosmeur bin ich nicht mehr sicher, ob dieser Ausflug eine so gute Idee war. Eliaz hat mich auf meinem Handy angerufen und mir den Weg zu seinem Boot erklärt. Es ist ziemlich bescheiden, der Rumpf ist in zwei verschiedenen Blautönen, die Kabine weiß gestrichen. Das Heck ist flach, der Bug spitz. Am Kai steht eine Art Kran, wahrscheinlich um die Netze aus den Booten zu hieven.

Ich frage mich, ob er einen Matrosen hat, aber dazu hat er wohl kein Geld. Ich gehe an Bord, und wir schippern aus dem Hafen. Eliaz trägt einen dicken schwarzen Wollpulli, eine gelbe Wachshose und Gummistiefel. Ich bin auch dick eingepackt, dazu hat er mir geraten.

Er wirkt etwas mürrisch, und schweigend fahren wir aufs Meer hinaus. Es ist noch sehr früh, ich sitze auf der Holzbank, schaue ihm bei seinen Manövern zu und döse vor mich hin.

Dann geht mein Blick zum Horizont in der Ferne. Bei der Abfahrt lag er im Dämmerlicht und verschwamm mit dem Wasser, jetzt ist es heller geworden, und ich kann die Trennlinie erkennen. Nach etwa einer Stunde bringt mir Eliaz eine große Tasse mit heißem Kaffee. Er ist ein wenig stark für mich, aber ich trinke ihn trotzdem. Eliaz steht auf der Brücke, die Haare wehen im Wind, das Urbild eines Fischers. Wie hieß gleich der Kapitän aus *Moby Dick*?

»So, wie du mich ansiehst, muss ich ja schrecklich aussehen, oder? Tut mir leid, dass ich so schweigsam bin. Vor zehn ist mit mir nichts anzufangen.«

»Gar nicht, ich dachte nur … Ach nichts.«

Er insistiert nicht und setzt sich neben mich. Seit wir an Bord sind, arbeitet er ununterbrochen. Jetzt verstehe ich, wie hart sein Beruf ist. Etwas lässt mir keine Ruhe, ich frage möglichst beiläufig: »Bist du immer allein unterwegs?«

Er nickt und wendet sich mir zu, damit ich ihn trotz des lauten Motorengeräuschs hören kann. Ich rieche den Kaffeeduft in seinem Atem und trinke einen Schluck, wie aus einem pawlowschen Reflex.

»Ja, ich kann selbst kaum von meinem Beruf leben. Die meisten von uns fahren inzwischen alleine raus.«

»Und wenn dir etwas passiert?«

Er schweigt und sieht mich ruhig an. Ich überrasche mich dabei, wie ich seine Lippen betrachte. Aber nur weil ich auf seine Antwort warte, bestimmt nicht, weil sie so perfekt geschwungen sind.

»Das gehört zum Berufsrisiko. Ich bin vorsichtig, mach dir keine Gedanken.«

Ich muss an Arnauds Schlaganfall denken.

»Und außerdem rede ich sowieso erst nach zehn«, fügt er in ironischem Tonfall hinzu. Ich spüre, wie sich unsere Knie berühren.

Ich starre nach unten und bemerke, dass ich sogar bei dieser Kälte rot werden kann. Dann hebe ich den Blick und ziehe die Augenbrauen hoch.

»Ich wette um eine zweite Thermoskanne Kaffee, dass es noch nicht so spät ist …«

»Eine Ausnahme.«

Dieser ebenso raubeinige wie freundliche Mann verwirrt mich. Im Schweigen zwischen uns liegt eine gewisse Spannung. Nichts Schweres, eher eine Art elektrisches Flirren … oder bilde ich mir das nur ein? So etwas habe ich schon lange nicht mehr gespürt. Sein Lächeln wird breiter, was mich noch mehr verunsichert.

Um mich abzulenken, stelle ich ihm ein paar Fragen zur Fischerei und lerne, dass der Hafen von Douarnenez seit den 1980er-Jahren sehr viel weniger ausgelastet ist, weil es mehr Schleppnetzfischerei gibt – ich frage nicht nach, was das bedeutet, aus Angst, mich zu blamieren –, und man vor allem Blaufisch fängt, wie überall in der Region.

»Ich dachte, Blaufische gehören zu den exotischen Fischen?«, frage ich und erinnere mich an einen Tauchkurs auf den Malediven. Eliaz lacht und erwidert: »Nein, als Blaufische bezeichnet man Sardinen, Thunfisch, Sardellen oder Makrelen. Im Gegensatz zu Weißfisch wie Wolfsbarsch oder Seelachs.«

Ich komme mir ein bisschen dumm vor, aber Eliaz wird sich im Strafrecht auch nicht auskennen. Die Sonne geht auf. Schweigend teilen wir diesen spektakulären Moment. Nur das Motorengeräusch ist zu hören, der Rest der Welt um uns herum ist still.

Und so erlebe ich den ersten Sonnenaufgang meines Lebens auf einem Boot auf offener See. Fast schöner als ein Sonnenuntergang. Ein Moment außerhalb von Raum und Zeit, eingeschlossen in einer Blase tiefen Friedens. Ich bezweifle, dass sich Eliaz diesen Luxus oft erlaubt.

»Siehst du immer noch die Schönheit, die dich hier umgibt, oder verliert sich der Zauber mit den Jahren?«

Er schüttelt den Kopf.

»Nein, das ist eines der Dinge, die mich in schlechten Zeiten retten. Das habe ich schnell gemerkt, als ich das alte Boot meines Vaters verkaufen wollte … Es ist vielleicht dumm, aber ich kann nicht ohne das offene Meer leben. Ich bin jeden Tag draußen gewesen, seit … Ich weiß gar nicht mehr, wann es angefangen hat.«

Für mich klingt das logisch. Und ich betrachte es als gutes Zeichen dafür, dass auch ich eines Tages etwas finden werde, das mich so erfüllt.

Als die Sonnenscheibe sich von der glitzernden Wasserfläche losreißt, macht sich Eliaz wieder an die Arbeit. Ich gehe zu ihm und frage, wie ich mich nützlich machen kann.

Natürlich nicht beim Netzeinholen, das ist zu komplex für einen Neuling, da muss man wissen, was man tut.

Aber beim Sortieren des Fangs kann ich helfen. Es gibt verschiedene Wasserbottiche, und wir müssen die Fische nach Arten ordnen. Einige zappeln und flutschen uns aus den Fingern. Die Haut der Makrelen und Sardinen glänzt silbern und regenbogenfarben, ein faszinierender Anblick. Aber nach und nach wird die Arbeit eintönig. Mit Eliaz zu plaudern lässt die Zeit schneller vergehen. Wir sprechen über unsere Berufe, erst über seinen, dann über meinen.

Ich weiß nicht genau, ab wann, aber irgendwann, ganz allmählich, werden wir persönlicher. Ich erzähle von meiner Scheidung, er, dass er als junger Mann das Gleiche erlebt hat. Aus seinem Gesichtsausdruck lese ich, dass noch etwas anderes hinter dieser Trennung steckt, aber ich bohre nicht weiter. Die Fische zappeln in meiner Hand, bevor sie mir entgleiten und über die Brücke fliegen. Während wir arbeiten, erwische ich mich immer wieder dabei, ihn anzusehen.

Der Morgen vergeht wie im Flug, und unerwartet früh laufen wir wieder im Hafen ein. Als ich mich über die wenigen Boote wundere, die dort vor Anker liegen, erklärt er mir, dass die meisten seiner Kollegen nachts fischen, ihren Fang schon weggebracht haben und nun schon wieder draußen sind.

Eliaz arbeitet mit einigen Restaurants in der Region zusammen und verkauft auf dem Markt, er hat einen anderen Rhythmus als die anderen. Er wirkt angespannt, während er davon spricht.

»Eigentlich hätte ich mich längst an einen großen Fischhändler wenden müssen, das machen viele meiner Kollegen. Aber ich ziehe es vor, meinen Fang direkt zu verkaufen. Meine Hauptabnehmer sind zwei, drei angesagte Sushi-Restaurants hier in der Nähe, die nehmen den Fisch gerne von mir. Was ich nicht verkaufe, kommt bei Sonia für die Gäste auf den Tisch … Na ja, hin und wieder friert sie auch etwas ein«, sagt er mit leisem Vorwurf in der Stimme und zieht missbilligend die Augenbrauen hoch.

Ich bin nicht sicher, ob ich ihn richtig verstehe.

»Aber das ist doch gut? Dann hält sich dein Fisch länger …«

Eliaz schüttelt lächelnd den Kopf, dabei werden seine Lachfältchen wieder sichtbar.

»Das kann nur eine Städterin sagen. Fisch muss fangfrisch gegessen werden.«

Offensichtlich hätte ich das wissen müssen. Ich versuche noch mal, ihm ein Lächeln zu entlocken, ohne recht zu wissen, warum mir das so wichtig ist: »Soll ich dir ein Geheimnis verraten? Ich glaube, ich habe noch nie eine fangfrische Makrele gegessen.«

Es funktioniert, seine Mundwinkel ziehen sich nach oben.

»Ich kann dir gerne mal eine braten … Oder du bittest Sonia darum. Aber sag mir vorher Bescheid, sodass ich ihr eine frische bringen kann, sonst nimmt sie womöglich eine aus ihrer Kühltruhe.«

Dann fragt er, ob er mir die Gegend zeigen darf. Ich bilde es mir nicht nur ein: Dieser Mann macht mir mehr und mehr Angebote. Ob ich sie annehme oder nicht, überlässt er mir.

»Männer, die kochen können, waren mir schon immer sympathisch.«

Nicht gerade originell. Doch er rückt noch etwas näher zu mir, und ich spüre einen Schwarm Schmetterlinge in meinem Bauch.

Nach unserer Rückkehr lege ich mich erst mal hin und verschlafe das Mittagessen. Am Nachmittag gehe ich zu Sonia in die Küche, die gerade das Abendessen vorbereitet. Alle Gästezimmer sind belegt. Das Gemüse wartet darauf, geschält zu werden, und mit einer Tasse Kaffee neben mir nehme ich mich der Aufgabe an.

»Du musst nicht, Isabelle …«

»Ich weiß, aber ich mache das gerne. Zumal wir schon mehrmals umsonst bei dir gegessen haben. Das ist das Mindeste, das ich tun kann.«

Sie schaut kurz hoch, dann widmet sie sich wieder der Teigkugel, die sie auf der Anrichte rollt, wahrscheinlich für ihre Früchte-Tarte, die Spezialität des Hauses.

»Wie viele sind wir heute Abend?«

»Zwölf.«

Ich betrachte das Netz mit den Kartoffeln.

»Ähm, dann schäle ich … alle?«

»Wie gesagt, du musst nicht, das ist meine Aufgabe. Aber ja, wir brauchen alle, wenn das deine Frage beantwortet.«

»Kein Problem.«

Ich fange an zu schälen und betrachte die Karotten und die Rüben, die noch auf mich warten. Bis ich fertig bin, brauche ich sicher noch zwei Tassen Kaffee …

»Wie wars mit Eliaz?«

Ihr Tonfall klingt beiläufig, trotzdem werde ich rot wie ein Schulmädchen.

»Sehr gut, ich hatte zuerst Zweifel, ob ich seefest bin, aber dann war es wirklich schön. Ich habe einen Sonnenaufgang gesehen, stell dir das mal vor!«

Mein Lächeln muss völlig verzückt wirken, denn sie bricht in Lachen aus. Für mich ist ein Sonnenaufgang auf See eben etwas sehr Besonderes.

»Und Eliaz? War er kein Brummbär wie sonst?«

Instinktiv verteidige ich ihn. »Nein! Er hat mir zwar erklärt, dass er vor zehn nicht gerade gesprächig ist, aber gleichzeitig hat er mir das Gegenteil bewiesen. Wir haben über die Fischerei und die Situation im Hafen von Douarnenez gesprochen … Er scheint es nicht gerade leicht zu haben.«

Sonia legt den Teig in die Form und nickt.

»Ja, es ist nicht einfach, vom Fischen kann er nicht leben. Deshalb nimmt er immer wieder kleinere Aufträge an, Wände streichen, etwas reparieren, kleine Umbauten … Glücklicherweise ist er gut vernetzt und hat immer zu tun. Und hier wartet ja auch noch mein ›Großprojekt‹ auf ihn.«

Sie deutet auf einen Stapel Papiere auf dem Buffet, die mir

noch nicht aufgefallen sind. Ich kneife die Augen zusammen, um das Logo zu erkennen.

»Gîtes de France?«

Sie nickt.

»Wenn man ein Gästehaus eröffnet, darf man höchstens fünf Zimmer haben für maximal fünfzehn Leute. Aber dieses Haus ist groß, ich müsste nur das Dach ausbauen, dann könnte man in den beiden oberen Etagen weitere Gästezimmer einrichten.«

»Und wo würdest du wohnen?«

»Am hinteren Ende des Gartens gibt es noch ein altes Gebäude, das wir zu einer Wohnung umbauen wollen. Die Vorschriften sind ziemlich streng, und bald kommen die Gutachter. Aber wir können es schaffen. Einen Teil der Arbeit kann Eliaz selbst erledigen, für die schwierigeren Sachen engagieren wir Leute vom Fach, zum Beispiel für die Elektrik ... Das Projekt beschäftigt mich schon seit einem halben Jahr.«

Ich höre aus ihren Worten Vorfreude, aber auch Respekt heraus. Man merkt, dass sie an diesem Vorhaben hängt und genaue Vorstellungen hat. Ohne nachzudenken, platze ich mit einer Idee heraus, die mir gestern auf ihrer Veranda durch den Kopf gegangen ist.

»Ein Gästehaus wäre auch etwas für mich. Seitdem ich dir zusehe, lässt mich der Gedanke nicht mehr los. Klar, es ist alles andere als ein Zuckerschlecken, aber die Gemeinschaft, der Kontakt mit den Gästen, die Idee, Reisenden für einen gewissen Zeitraum ein gemütliches Nest zu bieten, einen Ort, an dem sie sich erholen können, das finde ich toll. So wie ich es hier bei dir mit Camille erleben durfte.«

Ich halte inne, schaue sie aber nicht an. Dann lege ich eine geschälte Karotte in die Schüssel und fahre fort: »Diese Reise hat mir Frieden gegeben, und das hat auch mit deinem Gästehaus zu tun, diesem wunderbaren Ort, den du geschaffen hast. Seit ich hier bin, weiß ich, dass ich nicht mehr in mein altes Leben zurückkehren werde, das nur aus Zweifeln und Selbstvorwürfen bestanden hat. Aus der Frage, ob ich mein Leben vergeudet habe, weil ich nie Mutter geworden bin. Weißt du, was ich mich stattdessen frage? Wenn ich ehrlich bin? Ob Eliaz mir seit unserem Ausflug schon eine Nachricht geschrieben hat. Ehrlich Sonia, die Vorstellung, für andere Gastgeberin zu sein, ihnen den Raum zu geben, den sie brauchen, um zur Ruhe zu kommen, ihre Sorgen abzuschütteln und ihre Reserven aufzuladen, gefällt mir mehr, als ich sagen kann.«

Sonias Augen funkeln belustigt.

»Das erinnert mich an die Gründe, weswegen ich ein Gästehaus eröffnet habe … Eliaz mal ausgenommen.«

»Weißt du, dass Camille ihr Haus in Trouville verkauft?«

Sie nickt: »Ja, das hat sie mir erzählt.«

Ich lasse eine weitere geschälte Karotte in die Schüssel fallen und sage dann: »Es wäre die perfekte Gelegenheit, auch wenn der Preis außerhalb meiner Möglichkeiten liegt …«

Sonia nickt, sie kennt den Ruf der Immobilienmakler in der Gegend um Deauville ebenso gut wie ich. Dann lächelt sie mich an.

»Ich kann dir nicht versprechen, dass es einfach wird, man muss Rechnungen zahlen, für einen Rolls reicht es nicht, aber nach fünf Jahren kann ich sagen, ich bin aus dem Gröbsten raus. Ich bin überzeugt, dass man es mit einigen Ersparnissen und viel Mut schaffen kann.«

Während sie zwei Tartes in den Ofen schiebt, sehe ich die

Entschlossenheit in ihren Augen leuchten. Habe ich Sonias Mut? Kann ich mich in ein Abenteuer stürzen, das so gar nichts mit meinem Studium und meinem bisherigen Beruf zu tun hat? Meine pragmatische Seite hat mich das Ganze schon durchrechnen lassen. Wenn ich mich übernehme, was dann?

Die Angst ist da. Die Aufregung auch. Wie bin ich überhaupt auf diese Idee gekommen? Mit meinem bisherigen Lebensweg hat das alles rein gar nichts zu tun. Aber seit ich mir erlaubt habe, die Idee einmal für mich zu formulieren … klingt sie nach einem Plan.

Ich schäle die Karotten zu Ende, verwirrt von dieser Stimme, die ohne Zweifel meine war. Bin ich noch Herrin meiner Sinne? Der Satz meines Therapeuten mit der in verschiedenen Grüntönen gehaltenen Praxis fällt mir wieder ein: »Wenn der Wunsch da ist, dann kommen die Pläne von ganz allein. Nach und nach geht alles seinen Weg.«

Beim Tee erzähle ich Camille die ganze Geschichte. Sie wirkt irgendwie abwesend. Als ich fertig bin, halte ich den Atem an, ihre Meinung ist mir wichtig. Wird sie mich auslachen? Mich davon abbringen wollen? Nur die Idee mit ihrem Haus in Trouville behalte ich für mich. Wahrscheinlich wäre es auch doch zu viel des Guten, die Last der Erinnerungen könnte mich erdrücken. Nein, irgendein anderes normannisches Haus ohne Erinnerungen, die daran haften, ist sicher besser.

»Über den finanziellen Aspekt muss man natürlich ernsthaft nachdenken, aber …«

Sie hebt den Kopf.

»Warum denn nicht?«, sagt sie schließlich ruhig. »Du bist kontaktfreudig, auch wenn das durch deinen Burn-out etwas verloren gegangen ist. Aber seit unserer Ankunft in der Bretagne blühst du richtig auf, wenn ich das sagen darf. Besonders seit du ein bisschen Seeluft geschnuppert hast, wie mir scheint.«

Sie zieht übertrieben die Augenbrauen nach oben. Ich lache.

»Wer weiß … Übrigens, heute Abend bin ich nicht zu Hause, wenn es dir recht ist. Eliaz hat mich zum Essen eingeladen.«

Mehr sage ich nicht, als ob dieser Satz bereits alles erklären würde. Ich tadele mich ein bisschen, immerhin spreche ich mit meiner ehemaligen Schwiegermutter. Als ich hektisch nach einer Entschuldigung suche, hebt sie abwehrend die Hand.

»Amüsier dich gut.«

Und als ich sehe, wie Camilles Augen leuchten, werde ich fast rot.

ISABELLE

Ich betrachte mich im Spiegel. Fertig bin ich schon lange, aber ich schaffe es einfach nicht, das Badezimmer zu verlassen. Es klopft, und Camille schiebt ihren Kopf durch den Türspalt.

»Musst du nicht los? Du bist doch sonst immer pünktlich … Isabelle?«

»Ich glaube, ich sage ab«, stammele ich atemlos.

»Warum?«

Sie sieht auf der Suche nach des Rätsels Lösung an mir herunter. Aber mit meinem einfachen Kleid ist alles in Ordnung …

»Hast du Angst?«

Aha, man sieht es mir an. Ich nicke und erwidere: »Das war eine Schnapsidee. Das ist vorbei, warum sollte ich es überhaupt noch mal versuchen? Seit Jahren hat sich kein Mann mehr für mich interessiert …«

»Hast du sie denn gelassen?«, fragt Camille mit bewundernswerter Ruhe.

Hilfe suchend schaue ich sie an.

»Ich …«

»Hast du zugelassen, dass dich ein Mann … was weiß ich? Zum Essen eingeladen hat?«

»Nein, nicht wirklich. Schon lange nicht mehr. Deshalb

verstehe ich auch nicht, warum ich plötzlich meine Meinung geändert habe.«

Camille lässt sich auf dem Badewannenrand nieder und nimmt meine Hand.

»Hör mir mal zu, Isabelle. Wir beide sind von unserem Alltag ziemlich weit entfernt, und wir haben auf dieser Reise glücklicherweise beide so einige Gewohnheiten hinter uns gelassen. Und das erklärt auch, warum du es gewagt hast.«

Ich habe es gewagt, das stimmt. Aber ob das eine gute Idee war, da bin ich nicht so sicher. Ich werde nicht mehr lange in der Bretagne bleiben. Und ich bin lange raus aus dem Alter, in dem ich mich auf flüchtige Bettgeschichten einlasse. Aber wenn ich mich mit einem Mann zum Abendessen treffe, kann es nun mal sein, dass es auf etwas anderes hinausläuft. Und ich habe keine Ahnung, wie ich mich damit fühle.

Wieder betrachte ich mich im Spiegel. Eliaz ist nicht der Grund, es liegt an mir. Weiß ich überhaupt noch, wie das geht? Und mein Gott, wie konnte es dazu kommen, dass ich mit der Mutter meines verstorbenen Ex-Mannes darüber spreche?

»Ich glaube wirklich, das ist keine gute Idee.«

»Doch, aber sie birgt ein Risiko«, erwidert sie mit einem freundlichen Lächeln. »Und das ist etwas Ungewohntes für dich. Es ist nur ein Abendessen, Isabelle. Und sollte es anders kommen … Soweit ich Lou richtig verstanden habe, hat er eine Chance verdient. Besonders wenn man ihn mit anderen Männern vergleicht.«

Und wenn ich mich lächerlich mache? Nicht weiß, wie ich mich verhalten soll? Es gibt so viele Ungewissheiten. Ich verschränke meine Finger in ihren. Sie strahlt so viel Vertrauen aus. Allmählich atme ich wieder ruhiger.

»Das Leben ist kurz, Isabelle. Und du hattest lange genug Pause davon, findest du nicht? Vielleicht wirst du einfach nur gut zu Abend essen, vielleicht wird mehr daraus … Aber wolltest du nicht alles ›nehmen, wie es kommt‹?«

Ich muss an den eingewickelten Becher in meinem Koffer denken, grau, dazu verschiedene Weißtöne, rissig und zart und doch viel stabiler, als das Material es vermuten ließe. An Camille, wie sie in ihrem Krankenhausbett liegt, und an meine Angst, als mir klar wurde, wie schnell ein Leben vorbei sein kann. All das breitet sich in mir aus … Ich atme tief durch.

»Ich gehe jetzt, sonst komme ich zu spät.«

Ich stehe vor seiner Tür. Fünf Minuten zu spät, aber ich habe es geschafft. Ich ringe meinen Fluchtreflex nieder und drücke die Klingel.

Sofort öffnet sich die Tür. Darin steht Eliaz, seine Haare sind ein bisschen durcheinander, er trägt ein schwarzes T-Shirt und eine Jeans.

»Komm rein. Ich dachte schon, du kommst nicht.«

»Du hast mich doch eingeladen, oder?«, frage ich unsicher. Er zuckt mit den Schultern.

»Ja, aber das habe ich schon sehr lange nicht mehr gemacht …«

Ohne dass er es weiß, ist seine etwas ungeschickte Antwort genau das, was ich brauche. Etwas in mir löst sich. Ich lächele und frage: »Und du weißt nicht mehr, wie so was geht?«

Er verzieht das Gesicht.

»Ja, so ähnlich …«

Er führt mich in die kleine Küche, und ich helfe ihm beim Kochen. Dann decken wir den Tisch und setzen uns. Es gibt Fisch und Beilagen, er hat alles sorgfältig vorbereitet.

»Du hättest dich nicht so ins Zeug zu legen brauchen.«

Er wirkt jetzt entspannter und erwidert: »Keine Sorge, ich koche gerne. Das hilft mir beim Runterkommen.«

»Ich bin eine echte Katastrophe am Herd. Entspannung finde ich eher im Füllen des Gefrierschranks.«

Er schüttelt belustigt den Kopf.

»Ich habe gar keinen.«

»Ich dachte nicht, dass es das heutzutage noch gibt!«

Er erklärt mir, was er alles gekocht hat, und wir fangen an zu essen, dabei unterhalten wir uns. Eine Stunde später frage ich mich, wovor ich eigentlich Angst hatte. Selten habe ich mich so wohlgefühlt. Die Zeit vergeht, ohne dass ich es bemerke, wir fragen einander, was uns gerade in den Sinn kommt, und lernen uns immer besser kennen.

»Ich war noch nie auf einem Musikfestival, wie ist das denn so?«

»Auf dem Vielles Charrues gibt es viele bekannte Gruppen. Kommt darauf an, was du gern hörst.«

Er zieht eine Broschüre aus dem Bücherregal voller Taschenbücher, die meisten davon Krimis.

»Das ist das Programm von 2015. Ich war schon öfter mit Sonia da … Aber in diesem Jahr habe ich noch niemand, der mich begleitet.«

Die Einladung ist offensichtlich, sein Blick klar und direkt. Ich lächele, meine Wangen sind vom zweiten Glas Wein gerötet.

»Ich höre zwar eigentlich nur Rock, aber … warum nicht? Eliaz, so wie du redest, da …«

Ich verstumme, das Thema anzusprechen ist mir peinlich. Er richtet sich wieder auf, nachdem wir uns so nahe gekommen waren, dass sich unsere Knie berührten. Seine grau melierten Haare sind zerzaust, sein Bart ist im Vergleich zum letzten Mal länger. Er sieht verwegen, aber nicht ungepflegt aus, ganz anders als die Anwälte, die mir sonst über den Weg laufen. Dieser Mann ist wie Treibholz. Ist es gerade das, was ihn so anziehend macht? Oder ganz einfach seine Persönlichkeit?

»Beende deinen Satz, bitte«, drängt er.

»Ich fühle mich ein bisschen unsicher oder, besser gesagt, eingerostet. Von meiner Scheidung habe ich dir ja erzählt. Danach habe ich ein zurückgezogenes Leben geführt. Meine Versuche, einen neuen Partner zu finden, endeten immer katastrophal.«

Ich verstumme wieder und weiß nicht recht, wohin dieses Geständnis führen soll. Eliaz berührt meine Hand, so sanft, dass ich sie jeden Moment zurückziehen kann.

»Sprich weiter.«

»Ich … ich habe noch keinen Mann getroffen, der mir so direkt ein Rendezvous vorgeschlagen hat, der so … aufrichtig war?«

Es fällt mir schwer, das richtige Wort zu finden.

Sein eben noch leicht belustigter Tonfall wird ernster. Am liebsten würde ich meine Hand ausstrecken und mit den Fingerspitzen über seine Fältchen um die Augen gefahren.

»Meine Versuche, jemanden zu finden, sind ebenfalls gescheitert. Irgendwann habe ich damit aufgehört und meine

Situation als Realität betrachtet, die ich eben akzeptieren muss. Auch wenn es hart ist, damit zu leben. Aber seit ich dir begegnet bin, hat sich etwas verändert. Plötzlich wollte ich daran glauben, dass ich dich einladen, mit dir reden … dass wir ein Rendezvous haben könnten.«

Obwohl auch er nicht gerade Klartext spricht, weiß ich genau, was er meint. Er schaut mir tief in die Augen. Und ich beuge mich nach vorne, um mit meinen Lippen seine zu berühren.

Der Vorteil an einem Kuss in den Vierzigern ist, dass man sich Zeit nimmt. Man überstürzt nichts, und die Gefahr, dass etwas schiefgeht, ist gering. Er kommt mir entgegen, empfängt meine Lippen, und einen Augenblick verharren wir in dieser zärtlichen Berührung. Danach verschwindet die Zurückhaltung allmählich, wir werden mutiger.

Mein Stuhl gleitet zurück, Eliaz zieht mich an sich, und ich rutsche auf seinen Schoß. Keine Ahnung, wer damit angefangen hat. Ineinander verschlungen landen wir auf dem Sofa. Worte sind überflüssig, unsere Kleidung brauchen wir auch nicht mehr. Ob aus uns etwas wird, ob das Ganze zu nichts führt, all das spielt jetzt keine Rolle mehr. Viel zu lange schon hat mein Körper die Wärme eines Mannes nicht mehr gespürt. Trotzdem bekomme ich plötzlich Angst.

»Eliaz, ich … ich habe das schon seit einer Ewigkeit nicht mehr gemacht. Es ist schrecklich, aber ich fühle mich nicht mehr als … Frau. Ich weiß nicht mehr, wie das hier … geht.«

Ich lüge nicht, man kann die Unsicherheit in meiner Stimme hören. Endlich ist da jemand, und ich möchte vor Glück weinen und gleichzeitig schreien. Warum habe ich mich so lange zurückgezogen? Ich hoffe, dass ich all die Gefühle aushalten kann, ohne zu zerspringen. Mit siebenundvierzig Jahren fühle ich mich verunsichert, verloren und zerbrechlich wie ein junges Mädchen, das macht doch keinen Sinn.

Eliaz ist einfach da. Er urteilt nicht oder sagt irgendetwas. Er lächelt mich an, und dann küsst er meine zitternden Lippen.

»Du solltest dich mehr darauf konzentrieren, was du spürst, dann hättest du weniger Zweifel. Ich habe keine«, sagt er leise.

Seine rauen Finger streicheln sanft über meine Haut, wandern weiter, erinnern mich daran, dass ich eine Frau bin. Natürlich habe ich nie aufgehört, eine Frau zu sein, dafür brauche ich keinen Mann an meiner Seite, aber in diesem Moment entdecke ich mich wieder. Die Angst wird kleiner und verschwindet schließlich ganz. Unsere Beine umschlingen sich, mein Körper presst sich an seinen, unsere Herzen schlagen im gleichen Rhythmus. Er streichelt mich lange, und als er schließlich in mir ist, scheinen unsere Körper perfekt ausbalanciert und antworten aufeinander.

Ich bin selbst verblüfft, dass es wie von selbst geht. Ich muss nur auf meinen Körper hören und dem Kopf eine Pause gönnen. Auch wenn meine Haut älter und weniger straff ist als früher einmal, erkenne ich nichts in Eliaz' Augen, was mir das Gefühl gibt, mich verstecken zu müssen. Stattdessen nehme ich mich an, wie ich bin, genau jetzt, in diesem Moment in meinem Leben. An ihn gedrückt, in der Intimität seiner Arme, erwacht mein Körper wie aus einem viel zu langen Schlaf. Ich genieße den Sex, das Lachen in warme Haut, das Seufzen ins Kissen. Ich verbringe mit meinem Seemann eine lange Nacht, wir lassen uns treiben, bis wir eng umschlungen einschlafen.

CAMILLE

Es ist so weit. Ich habe ein Angebot für mein Haus bekommen, das ich nicht ablehnen kann. Und zwar netto. Der Makler hat ganze Arbeit geleistet, außerdem lebe ich in einer begehrten Gegend, da musste ich nicht lange warten.

Seit einer Woche sind wir nun schon in der Bretagne, und nachdem ich mit Isabelle an meiner Seite bestimmt bei einem Dutzend Wohnungsbesichtigungen war, habe ich das Richtige gefunden. Nach dem Verkauf werde ich mich in Tréboul, einem Stadtteil von Douarnenez, niederlassen.

Das Viertel hat mir sofort gefallen, und die Dreizimmerwohnung ist frisch renoviert. Ich habe sie mehrmals angesehen. Einmal mit Isabelle, dann, auf Rat von Sonia, mit Eliaz und Lou.

Eliaz hat sich die Armaturen und Waschbecken angesehen, jeden Winkel überprüft und sogar den Stromzähler kontrolliert, nach dem ich nicht mal gesucht hatte. Danach ist er sicher: Die Wohnung ist in einem Topzustand. Lou meinte, die Aussicht sei »krass«, und ich nehme an, dass damit etwas Positives gemeint ist, da sie den Daumen gehoben hat.

Am meisten beeindruckt hat mich die überdachte und verglaste Terrasse, die sie »Loggia« nennen. Sie bietet mehr als genug Platz für meine Pflanzen. Die Nord-Süd-Ausrichtung des Hauses ist ideal, bei großer Hitze dürfte es hier nicht ganz so drückend werden. Die Loggia ist fast so schön wie meine Veranda in Trouville, die ich am liebsten mitnehmen würde. Ich tröste mich, dass ich statt in den Garten bald aufs Meer sehen werde. Es gibt Schlimmeres.

Trotzdem habe ich den ganzen Morgen gezögert, sodass die Nachricht meines Maklers kommt wie ein Wink des Schicksals: Wenn ich das Angebot annehme, wird das Haus binnen vierzehn Tagen verkauft, ein echter Glücksfall in diesen Zeiten.

Ich nehme all meinen Mut zusammen, greife nach meinem Handy, das sich dauernd ausschaltet, weil ich immer vergesse, es aufzuladen, und gebe meine Zustimmung. Die Sekretärin der Agentur versichert mir, dass man bis Ende der Woche einen Notartermin vereinbaren könnte. Dann kontaktiere ich die Enkelin der Besitzerin der Wohnung in Tréboul und informiere sie, dass ich ein Angebot machen möchte.

Erschöpft von der Aufregung betrachte ich Sonias Hortensien durch das Fenster, ich brauche jetzt erst mal ein paar Minuten, um mich zu erholen. Ihre Blautöne finden sich in den Kissen des Rattansofas wieder, auf dem ich sitze. Ihr Garten wird mir fehlen, aber da Sonia und ich uns so gut verstehen, werde ich sicher oft hierher zurückkehren. Auch um mich um Lou zu kümmern, die aquarellieren lernen will und mich offensichtlich für eine gute Lehrerin hält.

Ich habe das Gefühl, dass sich zwischen Sonia und Isabelle eine tiefe Freundschaft entwickelt hat. Ich weiß nicht, ob es daran liegt, dass beide etwa im gleichen Alter und alleinstehend sind, auf jeden Fall kommen sie gut miteinander aus. Am Anfang war ich deswegen sogar ein bisschen eifersüchtig. Vorher hatten wir ja nur uns. Aber dann ist mir klar geworden, wie gut Isabelle diese Freundschaft tut, und ich habe mitansehen können, wie sie aufblühte. Es klingt immer ein bisschen platt, aber sie hat es verdient, glücklich zu sein.

Ich höre ein Geräusch und drehe mich um. Isabelle steht in der Tür, um mich zum Frühstück abzuholen. Sie mustert mich und zieht fragend die Augenbrauen hoch.

»Mein Haus ist verkauft. Ich muss im Laufe der Woche nach Trouville, um den Vertrag zu unterschreiben«, eröffne ich ihr. Ich sehe einen Anflug von Wehmut in ihren Augen, doch dann reißt sie sich zusammen.

»Das ist ja großartig, Camille, ich freue mich für dich! Seit wir in Tréboul waren, habe ich gespürt, dass du bereit bist, diesen Schritt zu gehen.«

Sie kommt auf mich zu und setzt sich neben mich auf das Sofa. Schulter an Schulter, in Freundschaft verbunden, schauen wir in den Garten, der ein Wort schreit: Bretagne!

»Ja, ich bin bereit für Veränderungen … genau wie du.«

Ihre schokobraunen Augen strahlen, und mir wird klar, dass das nicht nur an der Morgensonne liegt, die durch das Fenster flutet.

»Kann man mit siebenundvierzig und einundachtzig sein Leben noch einmal neu beginnen?«

Ich schubse sie sanft.

»Fordere mich nicht heraus! Sonst mache ich das alles mit hundert noch mal! Nur um es dir zu beweisen.«

Wir lachen.

»Du hast ja recht!« Isabelle seufzt. »Ich bin ein bisschen traurig, Sonia verlassen zu müssen und jetzt auch noch dich … aber ich werde oft in die Bretagne zurückkehren. Die Normandie hat ihr letztes Wort hier noch nicht gesprochen!

Übrigens, wir müssen auch noch über unseren Wettbewerb sprechen!«

Sonia ruft, und wir gehen zu ihr ins Wohnzimmer, es duftet nach ofenfrischer *Tourte forestière,* und beim Anblick des goldenen Blätterteigs läuft mir das Wasser im Mund zusammen. Beim Essen machen wir eine Lagebesprechung und einigen uns darauf, schon einen Tag vor dem Notartermin abzureisen, um nicht in Zeitnot zu kommen. Da werde ich nervös. Auch wenn ich dabei bin, mein Leben zu ändern, bin ich immer noch eine alte Frau!

Der Notar hat den Termin mit den Käufern auf Donnerstagnachmittag festgesetzt. Heute ist Dienstag. Ich mache mit Lou einen Spaziergang zum Strand »Les Sables Blanches«. Mir zuliebe hat sie ihr hochheiliges Smartphone zu Hause gelassen, dafür zeige ich ihr eine neue Aquarelltechnik.

Ich entpuppe mich als ziemlich gute Lehrerin, natürlich nur weil sie eine blutige Anfängerin ist. Lou gefällt mir immer besser. Es schmeichelt mir, dass sie mich als coole Großmutter ansieht. Und es erfrischt. Mit diesem Energiebündel etwas zu unternehmen färbt auf mich ab. Lou sagt auch, ich würde »jetzt nicht mehr so reden wie in Büchern«.

Schuldbewusst stelle ich fest, dass ich mir all die Jahre ein Enkelkind gewünscht habe. Ich wollte es mir nicht eingestehen, aus Angst, Isabelle dafür verantwortlich zu machen. Vielleicht möchte ich meinen »Babyblues« wiedergutmachen? Ob es mir gelingen würde, mein Enkelkind schon beim ersten Augenaufschlag zu lieben? Ohne die Mühen der Geburt und ohne die Verpflichtung zur Erziehung, die uns in den Büchern immer wieder eingebläut wird, ist es bestimmt leichter.

Vielleicht hängen Großeltern deshalb so sehr an ihren Enkeln. Man muss auch nicht ständig Angst haben, etwas falsch zu machen. Stattdessen ist man Freundin, Ratgeberin, offenes Ohr. Vielleicht läge mir das Großmuttersein besser als das Muttersein.

Die gemeinsame Zeit mit Lou ist schön und voller Vertrautheit. Und sie lernt schnell! Sie versucht sich bereits an einer Tuschezeichnung. Ich schaue ihr zu, gebe hier und da einen Tipp, wenn nötig. Isabelle habe ich ja auch schon adoptiert. Vielleicht kann ich für Lou die Großmutter sein, die sie nie kennengelernt hat. Pardon, die »coole« Großmutter, die sie nie kennengelernt hat.

CAMILLE

Schon ist Mittwoch. Unsere Koffer sind gepackt, und wir verabschieden uns von Sonia und Lou. Obwohl sie sich ungerührt gibt, ist Lou bewegt.

»Versprochen?«, wiederholt sie.

»Ja-ha! Ich werde lernen, SMS zu schicken. Weißt du, wie kompliziert Bridge ist? Das wird ein Klacks für mich! Sonia, vielen Dank für deine Gastfreundschaft, ich hätte mir meine Rückkehr in die alte Heimat nicht schöner vorstellen können. Und du bist einer meiner Trümpfe in unserem kleinen Regionenwettbewerb!«

»Pfft«, protestiert Isabelle, die sich jetzt von Sonia in den Arm nehmen lässt. »Menschen, denen wir begegnet sind, sind außer Konkurrenz! Das gilt übrigens auch für den Kouignamann.«

Ich stoße meinen Zeigefinger in die Luft.

»Dann werden auch Giverny und der Garten von Monet disqualifiziert. Alles miese Tricks! Und der Hafen von Honfleur …«

»Jaja«, sie verdreht die Augen. »Darüber reden wir noch!«

Als ich Sonia und Isabelle betrachte, frage ich mich, wen von beiden dieser Abschied mehr berührt. Ich schaue auf unser Spiegelbild in der Autoscheibe. Wir vier sehen wie eine Familie aus oder zumindest wie eine Gruppe Frauen, die zusammengehören. Frauen verschiedener Generationen, die sich verbündet haben. Uns fehlen die Worte. Alter, Herkunft oder Beruf haben keine Bedeutung. Wir verstehen und schätzen uns, das ist alles, was zählt.

»Ich rufe dich an, wenn wir angekommen sind, und halte dich auf dem Laufenden«, sagt Isabelle zu Sonia.

»Wehe, wenn nicht! Ich habe dir übrigens auf Facebook eine Freundschaftsanfrage geschickt. Aber ich gucke da nicht so regelmäßig rein. Alles andere, SMS, E-Mails, Anrufe oder Brieftauben, funktioniert! Du hast die Wahl, aber lass auf jeden Fall von dir hören!«

»Versprochen«, antwortet Isabelle.

Eliaz hat sich schon vorher von Isabelle verabschiedet. Die beiden haben sich dafür abgesondert. Was sie sich wohl zu sagen hatten? Nicht dass es mich etwas angehen würde …

Es fällt uns nicht leicht, ins Auto zu steigen. Als wir schließlich abfahren, habe ich Tränen in den Augen. Aber um wiederzukommen, muss ich erst mal abreisen. Auch etwas anderes schmerzt mich: Ich hätte gerne Isabelle für immer an meiner Seite. Wenn Lou die Enkelin ist, die ich nie hatte, dann ist Isabelle die Tochter, die ich gerne gehabt hätte: aufmerksam, mitfühlend, sanft und verständnisvoll. Sie hat ein gutes Gespür dafür, wie es den Menschen in ihrer Umgebung geht, kümmert und sorgt sich um sie. Sie ist keine, die sich bitten lässt, eine Kanne Tee zu kochen, sie macht es einfach.

Nach einigen Kilometern breche ich das Schweigen zwischen uns, die vier Stunden Fahrt halte ich so nicht aus. Wenn ich Angst habe, sie zu verlieren, geht es ihr wahrscheinlich genauso.

»Glaubst du wirklich, ich könnte mit hundert noch mal mein Leben ändern?«

»Warum nicht? Jedenfalls eher als ich.«

Sie lächelt mich über den Rand ihrer Sonnenbrille an.

»Die Vorstellung, dass du mich so siehst, gefällt mir.«

»Und was würdest du machen? Erzähl mal!«

Ich lasse mich in meinen Sitz sinken und lausche einen Moment Agnes Obel, die uns mit sanfter Stimme etwas vorsingt. Auch wenn es nicht Keltisch ist, passt es doch wunderbar zur bretonischen Landschaft, die uns umgibt.

»Ich würde nach Puducherry ziehen. Diesen Namen fand ich schon immer toll, das kann nur eine großartige Stadt sein, oder? So wie Casablanca, aber das liegt wohl eher an Bogart ... Ich würde andere Sachen essen, eine andere Sprache sprechen. Ein Haustier haben, das hatte ich noch nie. Und vielleicht einen Ficus ...«

Isabelle kichert und biegt auf die Landstraße ab.

»Einen Ficus?«

»Ja, ich war mir meiner Gefühle gegenüber dieser Pflanze nie sicher, deshalb habe ich nie einen gekauft«, antworte ich mit einem verschmitzten Lächeln.

Sie schüttelt grinsend den Kopf.

»Und du, Isabelle? Was würdest du machen? Wo würdest du leben?«

Sie klopft auf das Lenkrad.

»Ich würde ein Gästehaus aufmachen. Ich weiß, das klingt kindisch, aber ich werde den Gedanken einfach nicht mehr los. Ich bin wie verknallt in die Vorstellung. Ich kann machen, was ich will, ich muss dauernd daran denken.«

Das gefällt mir.

»Du solltest auf deine innere Stimme hören. Du hattest den Mut, Arnaud zu verlassen und allein in deine Richtung zu segeln, du kannst es wieder tun.«

Sie verzieht das Gesicht.

»Was ist?«

»Ich … ach, ich weiß auch nicht … Nach meiner Scheidung haben meine Freunde und Kollegen von nichts anderem gesprochen. Und jetzt soll ich noch mal alles hinschmeißen? Für ein Gästehaus?«

Sie lacht bitter auf. Warum müssen die Menschen ständig über andere urteilen? Das wird mir ein ewiges Rätsel bleiben.

»Wenn ich daran denke, was ich alles gemacht habe, um mich anzupassen, und was das für eine riesige Zeitverschwendung war … Weißt du, dass ich früher Dottergelb geliebt habe?«

Sie dreht sich überrascht zu mir um.

»Was meinst du?«

Ich erkläre es ihr: »Bei meiner Kleidung, Dottergelb und Fuchsia! Das waren kreischend helle Farben … Das gehörte sich nicht. Mein ganzes Leben lang habe ich darauf verzichtet, meine Lieblingsfarben zu tragen. Anfangs, weil es nicht in Mode war und ich zu feige war, danach, weil sich das für eine Mutter nicht gehörte, und schließlich, weil ich zu alt war. Weißt du, was ich nach meinem Umzug als Erstes mache? Mir eine dottergelbe Mütze kaufen!«

So lustig ist das gar nicht, trotzdem müssen wir lachen. Die Vorstellung, wie ich mit meiner dottergelben Mütze durch Tréboul spaziere, ist einfach zu komisch. Plötzlich weiß ich genau, dass sie mich oft besuchen wird und wir uns nicht aus den Augen verlieren werden.

Wir spinnen eine Weile herum, was man noch so alles gerne wagen würde. Die Straße des Todes in Bolivien besuchen, einen Tee auf dem Dach der Welt mit tibetischen Mönchen trinken, eine Sommernacht am Polarkreis erleben, wenn die Sonne niemals untergeht, einen Koala streicheln … und, und, und. Irgendwann verliere ich den Überblick.

Während wir darüber sprechen, wird mir klar, dass ich nur wenige Jahre habe, das alles umzusetzen, während Isabelle noch alle Zeit der Welt hat. Sie muss nur die Angst vor dem ersten Schritt überwinden.

Dann klären wir, ob die Bretagne oder die Normandie gewonnen hat. Erst wägen wir noch ab, aber am Ende einigen wir uns darauf, dass es ganz egal ist. Es gibt keine Gewinnerin und keine Verliererin auf dieser Reise, wir haben beide gewonnen. Und es gibt auch keine Rivalität mehr, was unsere Regionen angeht. Na gut, außer vielleicht, was den Cidre betrifft, aber selbst bei diesem Getränk ist es schwer zu sagen, ob es normannisch oder bretonisch ist, wahrscheinlich ist es sogar beides.

Getragen von unserer guten Laune verlassen wir die Landstraße, die Isabelles GPS empfiehlt, und biegen in Richtung einer mittelalterlichen Stadt ab, für die auf einem Schild geworben wird. Die Stadt finden wir nicht, aber ein außergewöhnliches Restaurant. Die Gäste sitzen in einem großen schattigen Garten unter hohen Bäumen, an denen Schaukeln hängen. Dieser Ort wirkt so skurril, dass man ihn erfinden müsste, wenn es ihn nicht schon gäbe.

Als Isabelle nach dem Essen in Richtung Toiletten verschwindet, stelle ich mir Arnaud auf einer der Schaukeln vor.

Dann Hervé, der ihm gegenübersitzt, sie schwingen hin und her. Sie fühlen sich offensichtlich wohl in der Gesellschaft des anderen. Die Vision wirkt sehr real, die beiden kommen mir genauso vor, wie ich sie das letzte Mal gesehen habe, sie sind am Leben, lächelnd oder ein wenig missmutig, sich selbst treu geblieben. Keiner der beiden ist wütend oder traurig ohne mich. Sie sind zusammen, und ich habe das Gefühl, als könnten sie noch eine Weile auf mich verzichten.

Ich begreife, dass dies der Moment ist, um Abschied zu nehmen. Hier und jetzt. Bei der Trauerfeier, bei den Worten des Pfarrers, der Musik und den Ritualen konnte ich das nicht. Wie soll man Trauer zeigen, wenn man beobachtet wird? Aber hier geschieht etwas mit mir, vielleicht ist der Ort ein Nemeton, ein heiliger Hain an der Grenze zwischen der Bretagne und der Normandie. Genau der richtige Platz, um Frieden zu schließen.

Ich merke mir dieses Bild »meiner« Männer ganz genau. Was sie mir geschenkt, was ich ihnen geschenkt, was ich mit ihnen ertragen habe. Mein Hervé lächelt. Er hat meine Liebe gewonnen, weil er mich jahrelang begleitet hat, treu, auch wenn er die Leidenschaft irgendwann hat ziehen lassen. Mein Arnaud sieht mich an. Er war bereits als Kind ein Abbild der Vernunft, so brav, als ob er zu früh erwachsen geworden wäre. Aber wenn es ihm schlecht ging, hat er sich an mich geklammert, sich an mir festgehalten, ich war sein Leuchtturm im Meer. Vielleicht habe ich ihn nicht genug angespornt, seinen Weg zu gehen, ihn aber hoffentlich auch nicht zu sehr aufgehalten, meinen Kleinen, der ohne jede Vorwarnung so schnell groß geworden ist.

Der Garten ist wunderschön, die Schaukeln sind eine originelle Idee, und die Gäste hier lachen viel. Hier werde ich meine Männer lassen. In guter Gesellschaft, an einem schönen, besonderen Ort.

Ich kann sie loslassen, hier sind sie in Sicherheit. Ich atme tief durch, ziehe die Schultern zurück und stehe auf. Langsam gehe ich auf die beiden Schaukeln zu, auf denen ich sie habe sitzen sehen. Als ich näher komme, schaukelt eine von ihnen ein bisschen, die von Arnaud. Ich lächele unter Tränen.

Ich habe das Gefühl, als ob er sich von mir verabschiedet. Liebevoll streichele ich über die Sitzfläche. Dann sage ich Hervé Adieu.

»Camille?«

Isabelle steht vor unserem Tisch, überrascht, dass ich nicht mehr dort sitze.

»Alles in Ordnung?«

Ich lasse meine Trauer bei den Bäumen und vertraue darauf, dass alles seinen Weg geht. Die Erde verwandelt alles, aber nichts geht verloren.

»Es geht mir gut, Isabelle. Fahren wir weiter?«

ISABELLE

Es ist vielleicht das letzte Mal, dass ich hier bin. Sobald man etwas Derartiges ausspricht, bekommt der Moment etwas Feierliches und gleichzeitig etwas Erleichterndes. Ich spüre beides. In diesen Mauern wohnen so viele Erinnerungen, und sie sind nicht alle schlecht, beileibe nicht ...

Das Schild mit der Aufschrift »Verkauft« hängt am Tor. Ich parke in einer Ecke des Hofs und gehe dann langsam auf Camilles Haus zu. Ihr Haus, das bald jemand anderem gehören wird.

Ich klingele und warte fast eine Minute, bis sich etwas tut. Camille ist nicht die Schnellste, das war sie noch nie.

Die Tür fliegt auf, und Sonia steht vor mir. Sie breitet die Arme aus, und wir umarmen uns zur Begrüßung.

»Sonia! Was machst du denn hier?«, frage ich.

»Eine kleine Überraschung, die sich Camille ausgedacht hat. Wie es scheint, braucht sie Hilfe beim Packen.«

Ich nicke, immer noch ganz verdutzt. Seit zwei Wochen ist der Kaufvertrag unterschrieben, kurz darauf hat Camille die Wohnung in Tréboul erworben. Seitdem räumen wir das riesige Haus aus. Es dauert ewig, denn Camille hat alles Erdenkliche aufgehoben.

Ich folge Sonia in die Küche, unsere aktuelle Baustelle. Ich versuche, Camille davon zu überzeugen, sich zumindest von der Hälfte des sich über die Jahre angesammelten Geschirrs zu trennen. Als ich Eliaz neben ihr stehen sehe, macht mein Herz einen Satz. Er sieht mich durchdringend an, seine Augen glänzen. Dann kommt er auf mich zu. Will er mich küssen? Es sieht ganz danach aus. Im letzten Moment scheint ihm einzufallen, dass wir nicht allein sind, und er küsst mich auf die Wangen, eine Hand auf meiner Schulter. Ich rieche seinen Duft an seinem Hals und spüre die Wärme seiner rauen Finger auf meiner Haut. Heute wirken seine Augen mehr grau als blau. Leuchtend grau, wenn man das so sagen kann. Er drückt etwas fester, und ein Zittern läuft durch meinen Körper.

»Hallo, Isabelle.«

Ich merke, wie sehr mir seine kehlige Stimme gefehlt hat.

»Du hast mir am Telefon gar nichts gesagt …«

Er nickt, seine Augen blitzen mich an. Dann stoßen Sonia, Camille, Eliaz und ich mit schwarzem Kaffee auf unser Wiedersehen an, im Stehen, weil sich keiner setzen möchte. Schließlich sind wir hier, um das Haus auszuräumen, und nicht, um zu plaudern … Aber wir nehmen uns trotzdem kurz Zeit.

Ich lästere über Camilles vollgestopfte Schränke, auch die Garage und die Regale platzen aus allen Nähten. Sonia versichert, dass sie uns während der beiden nächsten Tage unterstützen kann. Nach Camilles Anruf hat sie für diese Zeit keine Reservierungen angenommen. Lou ist begeistert, ein Wochenende ungestört mit ihren Freundinnen zu verbringen. Sie hatte keine Lust, alte Möbel zu rücken.

Eliaz ist für die Garage und den Garten zuständig, Camille gibt präzise Anweisungen. Er muss die Gartengeräte zusammenpacken und die Pflanzen, die mit in die Bretagne umziehen, in die extra gekauften Terrakottakübel umtopfen.

Sonia und ich gehen in den ersten Stock. Camille hat mich gebeten, Hervés und Arnauds Kleidung zusammenzupacken, die sie nicht anrühren konnte. Das dauert einige Zeit, beim Aussortieren scheint kein Chardin besonders rigoros gewesen zu sein.

Sonia kümmert sich um die Bücherregale, und ich entschließe mich, das Thema anzusprechen, das ich eigentlich für unser nächstes wöchentliches Telefonat vorgesehen hatte.

»Ich habe die ersten Schritte gemacht, mich mit meinem Bankberater getroffen und meine Wohnung zum Verkauf angeboten. Jetzt muss ich nur noch den Ort finden, wo ich bleiben möchte, und mit dem Arbeitsamt besprechen, welche Ausbildung hilfreich für mich sein könnte.«

Sonia wirft mir einen schwer zu deutenden Blick zu, während sie einen Karton zuklebt.

»Du hast dich also entschlossen?«

Ich nicke. »Ehrlich gesagt, ja. Anfangs dachte ich, es wäre nur eine fixe Idee, aber ich habe gründlich recherchiert und bin Feuer und Flamme. Es wird viel Arbeit, das ist mir klar, vor mir liegt eine lange Durststrecke, aber egal! Ich bin bereit, für dieses Projekt zu kämpfen. Und das ist nicht nur so dahingesagt: Ich habe das Gefühl, dass es aufwärtsgeht, meinen Burn-out habe ich endgültig hinter mir gelassen.«

Sonia streicht mir über den Rücken.

»Gut, dann setze ich noch einen drauf. Ich habe über deinen Plan nachgedacht. Statt irgendwo bei null anzufangen … Warum kommst du nicht zu mir, und wir betreiben das Gästehaus gemeinsam? Viel Geld wirst du natürlich nicht verdienen, wir müssen den Gürtel ziemlich eng schnallen, wenn wir die Unkosten decken und uns beiden ein Gehalt auszahlen wollen … aber ich denke, wir sollten es probieren. Wir verstehen uns gut, wir haben ähnliche Vorstellungen, und allein schaffe ich es mit den zusätzlichen Zimmern nicht … Was meinst du?«

Was ich meine? Ich meine, dass diese Idee meinen verrückten Plänen von jetzt auf gleich ziemlich konkrete Formen verleiht! Ist das alles nicht doch zu verrückt? Aber warum eigentlich nicht? Es war auch verrückt, zur Beerdigung meines Ex-Mannes zu gehen. Und Camille zu diesem Roadtrip zu überreden. Das sind übrigens nicht meine Worte, sondern die von Pauline, die Camilles Umzug noch immer nicht akzeptiert und uns jeden Tag aufs Neue die Ohren volljammert, ich hätte ihr Flausen in den Kopf gesetzt.

»Wir könnten es ausprobieren, schauen, ob es passt, ob wir uns gut ergänzen. Du könntest dich um die Zimmer kümmern und ich mich ums Kochen. Und wenn alles gut läuft, dann nehmen wir die Erweiterung in Angriff. So kannst du Erfahrungen sammeln, hast ein Quartier und, wenn du willst, sogar Zeit, dein eigenes Projekt weiterzuentwickeln. Ich hoffe aber, dass irgendwann ›Sonia und Isabelle‹ auf dem Schild steht. Wir könnten auch mixen wie bei Brangelina?«

»Die haben sich getrennt«, entgegne ich trocken.

Sie grinst.

»Okay, schlechtes Beispiel! Aber ›Sonibelle‹ oder Gästehaus ›Isania‹ klingt gar nicht so schlecht … Und dein Jurastudium kann uns auch sehr nützlich sein.«

Ich nicke und überlege schon, welcher der beiden Namen mir besser gefällt.

»Und mit dem Geld aus dem Verkauf der Wohnung könnten wir die Renovierungsarbeiten finanzieren …«, sage ich.

»Ich weiß, das geht alles ein bisschen schnell, aber die Idee ist genial. Seitdem mir das eingefallen ist, bin ich total aufgekratzt!«, erwidert Sonia.

Das muss ansteckend sein, denn ich muss mich sehr zurückhalten, um nicht auf der Stelle zu platzen.

»Vielleicht sollten wir Camille um Rat fragen und sehen, was sie davon hält …«

Sie hebt abwehrend die Hand und sagt: »Ich denke, du solltest besser mit jemand anderem darüber reden. Camilles Antwort ist klar. Als ich ihr davon erzählt habe, mit einem Knoten im Magen vor Angst, sie würde die Idee schlecht finden, war sie in keiner Weise überrascht. Sie denkt, wir sollten es versuchen. Es wird wahnsinnig viel Arbeit werden … Aber wenn du genauso verrückt bist wie ich, dann schaffen wir es. Bitte denk drüber nach.«

Und das mache ich. Wir arbeiten das ganze Wochenende, und der Gedanke lässt mich nicht los. Als wir endlich allein sind, kommt Eliaz auf mich zu und begrüßt mich noch einmal auf seine Art. Wir haben beschlossen, uns Zeit zu geben, wollten sehen, was ein wenig Distanz mit uns macht, aber meine Lippen haben nach meiner Rückkehr aus der Bretagne ihre neu gewonnene Weichheit verloren: Das kann kein Zufall sein.

Er hat sein Versprechen gehalten und mir fast jeden Tag eine Nachricht geschickt, wenn ich ihm nicht zuvorgekommen bin. Für einen introvertierten Menschen kann er sich sehr gut ausdrücken, wenn er schreibt. Manchmal kam es mir fast wie Telefonsex vor. Dieses eine Mal hat uns nicht gereicht, das wissen wir inzwischen.

Möchte ich wirklich in die Bretagne ziehen? Hat das Projekt Potenzial für die Zukunft? Ich bin dabei, meine Wohnung zu verkaufen, also warum eigentlich nicht? Natürlich weiß ich, dass ich damit ein Risiko eingehe. Aber die Vorzeichen sind gut: Eliaz macht nicht den Eindruck, als wolle er vor mir weglaufen, Sonia hat mir ein Angebot für eine gleichberechtigte Zusammenarbeit gemacht … Trotzdem nagen Zweifel an mir.

Während Sonia mit Eliaz die Kleidersäcke zur Sammelstelle fährt, trinken Camille und ich eine Cola, bevor wir uns ans Wohnzimmer machen. Camille mit einer Dose Cola in der Hand zu sehen hat etwas Surreales. Dass sie so etwas Künstliches überhaupt trinkt …

Ich erzähle ihr von Sonias Angebot. Camille lächelt wissend.

»Ich gestehe, dass ich nicht die geeignetste Ratgeberin bin. Ich würde alles dafür geben, wenn du mit mir in die Bretagne kommen würdest.«

Ich schüttele den Kopf, immer noch ein wenig überwältigt von der Idee.

»Um mich an einem erst mal kaum rentablen Gästehaus zu beteiligen? Das ist … Wahnsinn!«

Sie zuckt die Schultern.

»Ich habe die Bretagne für einen Mann verlassen, du verlässt die Normandie für eine neue berufliche Perspektive. Und vielleicht auch wegen eines Mannes. Da bin ich nicht ganz sicher, weil du darüber nicht mit mir redest.«

Ich höre einen leisen Vorwurf heraus. Verlegen nippe ich an meiner Cola.

»Es fällt mir schwer. Ich habe immer noch im Hinterkopf,

dass du Arnauds Mutter bist, es kommt mir vor, als wäre ich irgendwie untreu … Ein dummer Gedanke.«

»Das spüre ich auch, und ich möchte, dass du diese Blockade überwindest. Ich möchte, dass du glücklich bist. Arnaud ist schon lange kein Teil deines Lebens mehr.«

Ich denke an die noch immer ungeklärte Beziehung zu Eliaz.

»Und was das ›unrentable‹ Gästehaus angeht, denke ich, dass ihr zwei das schon schaffen werdet. Du mit deiner Ruhe und deiner Besonnenheit, Sonias Temperament, das seinesgleichen sucht, einfach perfekt. Außerdem würde ich zwei selbstbestimmten Frauen niemals davon abraten, zusammen ein Unternehmen zu führen!«

Ein Gedanke schießt mir durch den Kopf.

»Wenn ich daran denke, dass Arnaud mir angeboten hat, mit mir zusammen eine Kanzlei zu führen, und ich abgelehnt habe, weil mir das zu unsicher war …«

Mein jetziges Projekt ist wirklich weit verrückter als eine gemeinsame Kanzlei mit dem Ehemann, die ich immer für zu riskant gehalten habe, weil wir in Krisenzeiten dann beide kein Einkommen mehr gehabt hätten. Camille erwidert amüsiert: »Tja, wir Frauen kommen heute eben ganz gut allein zurecht. Ohne Männer, die sich als Chefs aufspielen … Hervé hat damals die Werkstatt verkauft, ohne mir ein Wort zu sagen, dabei war ich seit zwei Jahren auf dem Papier Miteigentümerin … Das habe ich nie richtig verdaut, das muss ich zugeben, selbst wenn ich damals geschwiegen habe. Kurz gesagt, ich finde die Idee gut, und du hast meine volle Unterstützung!« Camille wirkt kämpferischer denn je.

Und auch ich denke, dass ich mir nach der Strenge der

Juristerei etwas Extravaganz durchaus erlauben darf. Sonia und ich können es schaffen. Was Eliaz und mich angeht, wird die Zukunft zeigen, was sie für uns bereithält. Aber gute Freunde können wir auf jeden Fall bleiben, wenn alles andere scheitern sollte.

Bevor ich es vergesse, zeige ich Camille das Buch, das ich schon die ganze Zeit über in der Hand halte. Es stand im Wohnzimmer in einem der Regale, ich habe es sofort als das Kochbuch von Tante Marie identifiziert, das Buch, das eigentlich das Hochzeitsgeschenk von ihrer Mutter hätte sein sollen.

»Ach so ... und jetzt willst du wissen, ob wir es wegwerfen oder behalten sollen?«

Ich schüttele den Kopf und schlage das Vorsatzblatt auf. Fast hätte ich es übersehen, denn die Seiten klebten ein bisschen aneinander, und ich musste sie vorsichtig lösen, um die Worte lesen zu können.

Oben auf der Seite steht in feiner, lang gezogener Handschrift *Für meine geliebte Tochter Camille von Maman, 1990.*

Camille reißt mir das Buch fast aus der Hand und hält es dicht vor ihre Augen, dabei blickt sie über ihre halbmondförmige Brille. Ich sehe, wie sie schluckt, und kann nur ahnen, wie sie sich fühlt.

»Sie hat es schwarz auf weiß niedergeschrieben, Camille ...«

»Sie hat es mir tatsächlich hinterlassen?«

Ich zucke die Schultern und erwidere mit aller Vorsicht, denn ich weiß, wie heikel dieses Thema für sie ist: »Auf ihre Art und Weise ... Ja, ich denke, so ist es.«

Camille schweigt lange. Dann legt sie Tante Maries Rezeptsammlung in den Karton zu den anderen Kochbüchern. Eine beiläufig wirkende Geste, aber ich könnte schwören, dass Camille sich jetzt leichter fühlt.

Bevor ich es mir wieder anders überlege, greife ich in meine Tasche auf dem Boden und halte ihr leicht verlegen ein Päckchen hin. Sie schüttelt es, wie es Kinder bei Geschenken machen, und packt es dann behutsam aus. Einen Moment hält sie inne, dann betrachtet sie mit großen Augen den Inhalt: eine dottergelbe Strickjacke. Ich habe lange nachgedacht. Ich wusste nicht, ob es dottergelb oder fuchsia sein sollte, aber ich denke, ich habe richtig gewählt.

Camille vergießt ein paar Tränen, dann lacht sie und presst die Jacke an sich. Wortlos nimmt sie mich in den Arm, löst sich wieder und zieht die Jacke an.

»Und? Sehe ich aus wie eine übergeschnappte Alte?«

Mit ernstem Gesicht schüttele ich den Kopf.

»Nein, ich finde das passt gut zu deinem Teint.«

Zögernd streicht sie über die Ärmel. Ich habe die Jacke wegen der weichen Wolle ausgewählt und mir vorgestellt, wie sie sich darin einkuschelt. Camille hat ein Faible für Strickjacken, die sie auch im Sommer trägt. Dieses Geschenk ist ein Symbol, ich sage nichts dazu, sie ist sensibel genug, um es auch so zu verstehen.

»Danke«, sagt sie schließlich leise und streichelt mir über die Wange. Ihre Finger zittern ein wenig.

Bevor die Gefühle überschwappen, versuche ich, wieder Leichtigkeit in die Situation zu bringen, immerhin haben wir ein Haus auszuräumen!

»An die Arbeit?«

»Aber sicher! Was denkst du denn?«

Mit einem Lied auf den Lippen räumt sie das Geschirr ein,

ich sehe ihr noch einige Minuten dabei zu, bevor ich nach oben gehe.

Eine halbe Stunde später sehe ich Eliaz' Kombi in den Hof fahren. Er scheint mich auch gesehen zu haben, aber ich kann mich auch täuschen. Als ob er meine Gedanken lesen könnte, steigt er aus und winkt mir zu.

Kurz darauf steht er neben mir, und wir räumen gemeinsam die zweite Bibliothek aus. Dabei habe ich Zeit zum Nachdenken und lasse mich von Eliaz' Ruhe anstecken, wobei ich inzwischen weiß, dass er nicht so introvertiert ist, wie er alle glauben lassen möchte.

»Du weißt, dass Sonia mir vorgeschlagen hat, mit ihr gemeinsam das Gästehaus zu führen?«

Er ist gerade dabei, die oberen Regalbretter zu leeren, die ich nicht erreichen kann, und hält in der Bewegung inne. Langsam dreht er sich um.

»Sonia hat mich nach meiner Meinung gefragt, als sie die Idee hatte.«

Zweifel überfällt mich, dazu eine Enttäuschung, mit der ich nicht gerechnet hatte.

»Ach, und du hast nichts dazu gesagt, weil …«

Seine Hand streicht über meine Wange und bringt mich zum Schweigen. Ich genieße den Kontakt, auf den ich so lange verzichten musste und für den Nachrichten kein Ersatz sind.

»Weil ich dich nicht beeinflussen wollte. Ich habe meine Schwester bestimmt ein Dutzend Mal angerufen, um zu erfahren, ob sie endlich mit dir gesprochen hat. Ich wäre auch bereit gewesen zu pendeln, eine Zeit lang. Aber wenn du jetzt ins Finistère kommst … dann hätten wir eine echte Chance, findest du nicht?«

Mein Herz rast. Was soll ich sagen? Keine Ahnung. Ich spüre die Schmetterlinge in meinem Bauch, sie flattern von dort aus durch meinen ganzen Körper. Ich kann sie sogar in meinen Ohren hören. Ich nicke, kann ihn aber nicht ansehen, ohne zu wissen, warum. Seine Hände umfassen mein Gesicht, er küsst mich auf den Mund, und dabei bleibt es. Aber als ich weiterräume, habe ich ein Lächeln auf den Lippen.

Während ich mir die kommenden Wochen vorstelle, die Ausflüge ans Meer, die Arbeit im Gästehaus, das Schlagen neuer Wurzeln in bretonischer Erde, verpacke ich die Erinnerungsstücke, die Camille mit in ihr neues Zuhause nehmen will und entsprechend markiert hat. Eine Reihe Gegenstände, die von ihrer Geschichte erzählen: Bilder in einem Schulheft, eine alte geschenkte Vase … und ein Aquarell von einer Reise, die noch gar nicht lange zurückliegt, das sie aber schon sorgfältig gerahmt hat. Denn wir selbst entscheiden, welche Erinnerungen wirklich zählen und es verdienen, uns zu begleiten.